Narratori Feltrinelli

Lorenzo Marone
Tutto sarà perfetto

Published by arrangement with Meucci Agency-Milano
Prima edizione ne "I Narratori" maggio 2019
Seconda edizione luglio 2019

Stampa Grafica Veneta S.p.A. di Trebaseleghe - PD

ISBN 978-88-07-03342-1

Tutto sarà perfetto

A mio figlio.
Impara presto a lasciar sparire la terra all'orizzonte.

Ah, io non chiederei di essere un gabbiano, né un delfino; mi accontenterei di essere uno scorfano, ch'è il pesce più brutto del mare, pur di ritrovarmi laggiù, a scherzare in quel-l'acqua.

Elsa Morante

Il bello è ciò che cogliamo mentre sta passando.
È l'effimera configurazione delle cose nel momento in cui ne vedi insieme la bellezza e la morte.

Muriel Barbery

1. Non lasciarlo MAI solo!!!

2. Aiutalo a vestirsi.

3. Rispetta l'orario dei farmaci.

4. Niente intralci per casa, può inciampare.

5. Attento alla dieta: no fritti e dolci.

6. Non chiuderti in bagno.

7. Non lasciare la mia camera da letto aperta.

8. Non spegnere la luce del corridoio di notte.

9. Non fargli fare cose stupide (ti conosco).

10. Non spostare Augusto dal divano.

La raccomandazione numero 10

“Pronto?”

“Marina...”

“Andrea, papà sta bene?”

“Certo, che dev’essere successo? Ve ne siete appena andati.”

“Ma sta bene?”

“Sì, sta bene, ora si è fatto convincere a infilarsi nel letto. Non dorme, ma sembra tranquillo.”

“Ok.”

“Senti, piuttosto...”

“Sono contenta che stiate un po’ insieme, sai?”

Io meno, in effetti.

“Vi servirà. Da quant’è che non succedeva?”

In sottofondo, la voce del navigatore di mio cognato avverte che a duecento metri c’è un autovelox.

“Sono venuto due weekend fa, non ricordi?”

“Sì, va be’, io dico starci sul serio, parlarci, condividere del tempo...”

“Non mi sembra che lui abbia mai avuto del tempo da condividere con me, con noi.”

“Dai, adesso non ricominciare con la solfa del figlio bistrattato! Hai quarant’anni e il passato è passato, cerca di andare avanti e goderti questi due giorni, non so se avrai un'altra occasione."

La conversazione si fa difficile. Sbuffo e apro il frigo. "Ma non avete birra?"

"Birra?" fa lei. "No, lo sai, Fiorenzo è astemio. C'è del succo di mirtillo, però."

"Sì, come no. Ora scendo al supermercato."

"Ma che dici?" alza la voce. "Che scendi? L'hai letto il primo punto del foglietto?"

Tiro fuori il pezzo di carta dalla tasca. "C'è scritto di non lasciarlo mai solo, con tre punti esclamativi."

"Ecco, appunto. Devi restare lì. Metti quel cavolo di foglio bene in vista, così non sbagli!"

"Cioè, mi stai dicendo che non posso uscire fino a domenica sera?" ribatto mentre tento di attaccare il foglietto con un magnete al frigo rosso finto anni cinquanta che fa molto radical chic.

Marina sospira: "Andrea, ti sto chiedendo di farlo per me, e per Fiorenzo. E anche per le tue nipoti. Se non ti interessa di tuo padre, fallo per noi".

"Sì, però..." replico prima che una brutta calamita di ceramica che ho staccato dalla cappa, una testa femminile con tre gambe piegate e la scritta TRINACRIA a caratteri cubitali (uno di quei souvenir tutti uguali che si trovano a ogni angolo nelle cartolibrerie siciliane), caschi a terra con un fragoroso crac riuscendo nella duplice impresa di mettere in allerta mia sorella, che si zittisce di colpo, e il cane, che dal soggiorno si lancia in un abbaio impetuoso.

"Cosa è successo?"

È successo che lo sportello del tuo frigo radical chic è di plastica.

"Niente..."

"Ho sentito un rumore."

"Quale rumore?"

"Non so, credevo ti fosse caduto qualcosa," insiste, ma io non tentenno e continuo imperterrito a negare; non posso di certo confessarle che le ho già rotto uno dei suoi bellissimi oggetti inutili.

"Comunque," riprende mentre mi impegno a far sparire per sempre dalla cucina i cocci dell'orribile aggeggino, "c'è tutto in casa, ho fatto la spesa ieri. Non hai bisogno di nulla." Quindi allontana il telefono e la sento confabulare con il marito. "Dice Fiorenzo che il telecomando di Sky è agganciato al bracciolo del divano, stasera puoi guardarti un bel film."

"Sì, ok, guarderò un bel film."

"Non mi fare quella voce però."

"No, quale voce. È tutto ok."

"Davvero?"

"Davvero, dai, state tranquilli. Ci sentiamo domani."

"Domani? No, ti chiamo dopo, per la cena."

"Non ti preoccupare, ho già adocchiato dei würstel da fare alla piastra."

"Dovrai cucinare anche per papà."

Resto in silenzio.

"Andrea, mi stai ascoltando?"

"E come no."

"Hai capito che ho detto?"

"Che mi chiami dopo, per la cena."

"Ecco, bravo. Ah, un'altra cosa: fra poco arriva Gina, l'infermiera, per l'iniezione. Le ho detto che avrebbe trovato te."

"Ok." E già mi sento mancare l'aria.

"Allora a dopo."

"Ciao."

Riattacco e torno a curiosare nel frigo per controllare se per un incredibile colpo di fortuna dietro il contenitore dei formaggi ci fosse una birra ghiacciata. Sono ancora con la testa infilata per metà nel fichissimo frigo rosso quando mi giunge una folgorazione, ed è ancora peggiore della consapevolezza di non avere birre a sostenermi.

"Le sigarette..." sussurro con voce gutturale portandomi la mano al taschino della camicia.

Come preso da un irrefrenabile raptus che non saprei e che, in ogni caso, non oserei contrastare, inizio ad aprire tutte le ante della cucina, i cassetti, poi passo al soggiorno, ispeziono la credenza, la libreria, il tavolino della televisione, butto giù il bassotto dal divano e sollevo i cuscini, infine mi dirigo come un folle nelle stanze da letto, alla ricerca di un pacchetto lasciato da non si sa chi, dato che in famiglia nessuno fuma, ahimè.

Il cane mi segue ringhiando e abbaiando.

La camera di mia sorella e del marito è perfetta, ordinata e profumata come se dovesse essere immortalata su una rivista d'arredamento. Troppo profumata per i miei gusti. Infatti mi giro d'istinto e sulla destra noto uno di quegli arnesi infernali che ogni tanto nebulizzano nell'aria il loro aroma dolciastro; che se fosse solo per l'odore potrei anche passarci sopra, il problema è quando 'sti dannati cosi si mettono a spruzzare in piena notte facendoti venire un mezzo infarto. Perciò decido di sfilarlo dalla presa con un gesto repentino, troppo repentino a detta di Augusto, che fa un salto e mi azzanna l'indice.

Augusto, se non si fosse capito, è un bassotto di cinque anni viziato e prepotente, re incontrastato della famiglia (che comanda a bacchetta), che si aggira per le stanze con aria di superiorità lanciando occhiate di disprezzo ai malcapitati che hanno la sventura di passargli davanti. Il nome che si porta dietro rispecchia tutta la sua autorità e a volte, per non incorrere in pesanti sanzioni, mi è anche capitato di doverlo salutare con un "Ave, Imperator Augustus" e un cenno della mano. In realtà, più che cattivo è proprio pazzo, ha qualche rotella fuori posto, così tempo fa mi venne istintivo chiamarlo Cane pazzo Tannen, il soprannome affibbiato all'avo di Biff Tannen nella trilogia di *Ritorno al futuro*. Alla fine, Augusto per me è diventato semplicemente Tannen.

"Cazzo, Tannen!" grido, e per cercare di liberarmi dalla sua morsa urto l'indossatore di Fiorenzo, che finisce dritto nello specchio a muro. Il boato conseguente all'impatto per fortuna terrorizza il mio nemico, il quale lascia la presa e fugge in salotto con un guaito e la coda fra le gambe.

"Ma che succede?"

Diamine, in questo parapiglia ci mancava solo papà.

Calpesto quel che rimane dello specchio e lascio svolazzare una bestemmia nel corridoio mentre mi avvio in bagno per mettere la mano sotto il rubinetto.

"Andrea, che hai combinato?"

Mio padre in vestaglia, le mani intrecciate dietro la schiena e lo sguardo da ramanzina, è fermo sulla porta.

"Niente, pà, niente. Torna a letto, è successo un casino con la belva."

Lui si accosta con calma serafica, apre l'armadietto, tira fuori l'acqua ossigenata e l'ovatta, quindi mi afferra il dito e inizia a disinfettarmi la ferita. Lo lascio fare mentre lo scruto, era una vita che non mi capitava di guardarlo così da vicino. I volti degli anziani in generale mi piacciono, hanno il vissuto attaccato alla pelle e gli occhi pieni di storie; nei dettagli, però, le cose iniziano a complicarsi, nella pelle martoriata di macchie, rughe e punti neri, e nei peli che escono come cespugli di rovi dal naso e dalle orecchie. Distolgo lo sguardo.

"Non è che mi attacca la rabbia?"

"Ma figurati," ribatte lui con gli occhi al mio dito. "Marina non gli fa saltare un vaccino, questo poveretto passa la vita dal veterinario."

"Poveretto sì..."

Dopo avermi imbavagliato l'indice con due cerotti, papà fa: "Ecco qua, ma stai attento la prossima volta. Meno male che tua sorella è una donna diligente...". E mi sembra che gli scappi un sorriso.

"Già, che fortuna..."

Poi torna a intrecciare le mani dietro la schiena e se ne va strascicando le pantofole sulle piastrelle.

"Pà?"

"Che c'è?"

"Non è che per caso ti avanza una sigaretta?"

"Una sigaretta?"

"Eh."

Resta a squadrarmi immobile, le spalle incurvate come mai gli ho visto, sfidando il mio sguardo, quasi volesse costringermi a rivelare l'astuto piano.

"Sai bene che mi è vietato fumare..." ammette alla fine.

"Va be'," replico, "potresti avere qualcosa comprato al mercato nero e sfuggito al controllo asfissiante di Marina..." E faccio un risolino.

Pensavo che se la prendesse, invece ci riflette e poi mi invita a seguirlo nella sua stanza grigia che puzza di disinfettante e farmaci. Apre il cassetto del comodino, infila la mano sotto alcune scatole di medicinali e tira fuori un sigaro, un toscano per la precisione. Quindi me lo porge soddisfatto.

"E questo da dove viene?"

"Ho corrotto Gina." Stavolta è lui a sorridere. "Ma non ti azzardare a dirlo a tua sorella!"

"Per carità." Allargo le braccia in segno di resa. "Non le ho mai confessato nulla, figurati se inizio dopo i quaranta. Solo che i sigari non mi piacciono, mi fanno venire mal di stomaco."

"La solita femminuccia..." commenta lui, e si infila il toscano in bocca. Prende anche uno zippo, si siede sul bordo del letto e accende il sigaro con un paio di boccate poderose che gli avvolgono il volto in una nube di fumo denso e giallastro.

Dovrei ribattere sul fatto della femminuccia, ma sta morendo, che senso avrebbe? È la risposta che mi do da un anno a questa parte, la replica alla mia voglia di tenergli testa a ogni frase, come ho sempre fatto. È mezzo morto, mi dico, che senso ha?

"Vado a comprare le sigarette, il sigaro mi fa venire mal di stomaco," ripeto, ed esco dalla stanza contrariato. Questo vecchio è l'unico essere sulla faccia della terra capace di modificarmi l'umore con una frase.

"Andrea?"

Torno indietro. "Che c'è?"

"Già che ci sei, prendimi una confezione di Garibaldi."

"Senti, non è che adesso devi approfittarne. Una cosa è non dire a Marina della merce sottobanco, altra è diventare complice a tutti gli effetti," rispondo con voce ferma.

Lui però non arretra. "Lo sai quanto mi resta da vivere?"

Socchiudo gli occhi. "Ora non fare il pietoso."

"Se fra qualche mese sarò comunque in una cassa, mi dici tu un toscano come cambia le cose?"

"Marina non vuole."

"È scritto in quelle stupide raccomandazioni che ti ha lasciato?"

Appoggio la mano allo stipite della porta e mi lascio andare a un sorriso. "Le conosci pure tu?"

"E certo. È ossessionata dalle regole, dagli elenchi." Tira una labile boccata.

"Stai impuzzolentendo tutta la casa."

"Fammi campare..."

Resto a fissarlo, ma lui torna al discorso sulle regole. "Mi gioco quel po' di senno che mi è rimasto e ti dico che fumare, in quell'elenco, non c'è!"

Ha lo sguardo acuto, le labbra secche socchiuse in una smorfia di disgusto, una sfoglia di barba bianca sfilacciata che ricorda lo zucchero filato.

“Che c’entra? Se non c’è, è perché Marina non ritiene possibile nemmeno l’idea,” rispondo.

Lui sembra sgonfiarsi di botto di fronte alla mia resistenza. “Come non detto, la discussione mi ha già stancato. Fate come vi pare, tanto avete deciso di farmi morire da prigioniero.” E mi manda a quel paese con un gesto della mano.

Sospiro e mi costringo a non rispondere, anche perché, a essere sincero, tutti i torti non mi sembra li abbia. Forse potrei davvero tentare di parlare con Marina: papà ha due metastasi in corpo e pochi mesi di vita, quale danno irreparabile potrebbe mai creargli un sigaro? Sbuco in cucina e afferro il telefono. Il cellulare ha già fatto due squilli quando l’occhio mi cade sul foglietto stropicciato abbandonato sul tavolo: in effetti non si fa cenno al fumo. In alternativa, la raccomandazione numero dieci recita testuale: *Non spostare Augusto dal divano quando dorme*.

Si arrabbia e può morderti, aggiungerei.

Due giorni possono essere un tempo infinito.

Un passo indietro

A metà settimana avevo ricevuto la telefonata della mia adorata sorellina che mi supplicava di passare da lei perché doveva chiedermi un enorme favore.

In buona sostanza, su reiterata insistenza di nostro padre, Marina aveva deciso di recarsi con la famiglia al gran completo a Sondrio nel fine settimana per andare a trovare il suocero, che circa due mesi fa è stato colto da ictus e non se la passa benissimo. La famiglia al gran completo escluso il bassotto Augusto, che ad abbandonare il comodo divano non ci pensa proprio. Avevo dovuto pertanto rinunciare a un lauto compenso per immortalare una sfilata a Positano (dove tra l'altro mi aspettava una certa Veronica) per farle questo favore.

Appena arrivato, Marina mi aveva afferrato la mano e, guardandomi dritto in faccia con aria pietosa, aveva sussurrato: "A papà ci pensi tu?".

Avevo balbettato qualcosa di sciocco perché, sembrerà assurdo, ma a quarant'anni inoltrati ancora non ho capito come funziona questa cosa del prendersi cura degli altri. Le mie relazioni durano quanto la vita di una farfalla perché, dal giorno lontano nel quale nostra madre tolse il disturbo, ho smesso di crescere. Lei era solita spingere me e Marina contro la parete della cameretta per segnare con una biro l'altezza e la data: il mio ultimo segno sul muro è datato aprile millenovecentottantasette e, se non ricordo male, l'altezza non superava il metro e quaranta. Da allora mi separano oltre trent'anni e quarantacinque centimetri, un tempo e uno spazio che mi hanno portato a credere che non vale la pena riempirsi la testa di troppi dettami, che tanto nulla è mai progettabile e gestibile fino in fondo, e che è meglio anche non farsi tante domande se si vuole arrivare a sera. Tutto il contrario di mia sorella, che ha occupato il suo spazio di regole da rispettare così da giungere a un'illusoria perfezione.

Perciò oggi pomeriggio, mentre il marito trascinava le valigie sul pianerottolo e le mie nipoti Barbara e Alessandra mi fissavano come se fossi un extraterrestre appena piombato nel loro salotto, lei ne ha approfittato per affidarmi un foglietto spiegazzato contenente una decina di raccomandazioni che per nulla al mondo devono essere violate.

Ho atteso che si chiudesse la porta di casa alle spalle per tirare un sospiro di sollievo, quindi ho infilato il biglietto in tasca (pronto a dimenticarlo) e mi sono presentato in camera del vecchio sforzandomi di indossare un bel sorriso. Lui era in piedi davanti alla finestra e mi dava le spalle, con una radiolina all'orecchio. Ha continuato a guardare fuori e ha detto sottovoce: “Fai pure un passo indietro. Ti hanno informato male, non sono ancora crepato”.

L'estuario di un grande fiume

Marina mi ha richiamato all'ordine sostenendo che il nostro dovere è proteggerlo e prolungargli il più possibile la vita, e che lo conosciamo, se gli dai una mano si prende tutto il braccio, per cui di farlo fumare non se ne parla. Stavo per risponderle con una vecchia battuta di Troisi, che se vogliamo allungargli la vita gliela dobbiamo lasciare, una vita, ma siccome mia sorella non conosce lo humour ho lasciato perdere. Così lei è passata a parlarmi per l'ennesima volta della famigerata Gina, una rumena che a breve dovrebbe venire a pungere le chiappe di Libero Scotto (mio padre), cosa che fa ogni pomeriggio alle sette. Il problema è che questa benedetta donna è in ritardo e fra poco il tabaccaio sotto casa chiuderà. Perciò ho deciso: scendo. Sono pochi metri, devo solo voltare l'angolo per ritrovarmi su via Caldieri, un'arteria che collega la tangenziale al quartiere Vomero. Cosa può mai accadere in cinque minuti? Mi tocca rischiare, altrimenti trascorro la serata senza sigarette. Infilo la giacca e mi affaccio nella stanza di papà: lo trovo che si è assopito seduto sul letto, con il capo appoggiato alla testiera e la bocca spalancata dalla quale esce un rantolo sinistro. Mi scopro a fissarlo un po' troppo a lungo, intimorito dalla posa innaturale che gli deforma il viso. Non è la morte in sé a terrorizzarmi, ma lo scampolo di vita che siamo costretti a portarci dietro prima dello stop, quel ritaglio inutile che non sappiamo più come riempire. Sposto lo sguardo e mi avvio con passo silente verso l'ingresso, apro la porta di casa e sguscio fuori accorgendomi solo all'ultimo che il cane pazzo ha sollevato il muso dal divano per studiare le mie mosse.

Sul pianerottolo c'è una donna anziana abbastanza in carne che aspetta l'ascensore e che nemmeno si gira a salutarmi, il collo infossato nelle spalle e le gambe come stinchi di maiale. Mi lancio per le scale e arrivando nell'androne mi accorgo che l'afa che attanagliava la città si è sciolta in piccole gocce d'acqua che rinfrescano silenziose l'asfalto. Non ho l'ombrello, perciò cerco di camminare rasente i muri. Sono le sette e mezzo di una sera di inizio luglio e la strada mi appare stranamente vuota. Un uomo di mezza età con un giornale aperto sulla testa e in mano un mazzo di chiavi, impaurito da un tuono, si affretta verso un portone, mentre un gatto fa lo stesso per infilarsi sotto un'auto.

Girato l'angolo, ritrovo il solito vialone che accoglie l'uscita della tangenziale: sbuca proprio sotto casa nostra (o dovrei dire di mia sorella) e rende il paesaggio simile all'estuario di un grande fiume che si getta sfiancato in mare portando con sé i detriti raccolti lungo il viaggio. Stasera i detriti sono pochi, solo un autobus vuoto che sfila veloce e fa tremare il lastricato, tre auto che frenano appena prima di essere inghiottite dalla città e un ragazzo sul motorino che si arrampica sul marciapiede in cerca di un riparo. La croce verde di una farmacia lampeggia e riverbera su una pozzanghera a pochi metri, mentre io resto come uno stoccafisso a guardare la serranda della tabaccheria abbassata. E ora?

Lancio un'imprecazione e mi volto per tornare indietro; la serata sta precipitando verso la tragedia. Poi mi ricordo che nella tasca interna della giacca conservo ancora un mattoncino di fumo regalatomi qualche sera fa dalla mia ultima conquista, una thailandese di padre tedesco lunga due metri conosciuta a una festa a Milano. La mattina seguente alla nostra notte d'amore le ho detto ridendo che assomigliava un po' a Olivia, la fidanzata di Braccio di Ferro, credevo di risultare simpatico, invece dev'essersela presa perché non mi ha più risposto al telefono.

Sbircio l'orologio: sono passati solo quattro minuti. Bene, nessuno saprà mai nulla della sortita. La pioggia, nel frattempo, cresce d'intensità e il telefono nei jeans inizia a squillare. Tre falcate e raggiungo il palazzo, una mano in una tasca per cercare le chiavi e i piedi in una pozzanghera; con non poco sforzo riesco a sfilare anche il cellulare e guardo il display: Marina. Dannazione! Apro in tutta fretta il portone e affronto i quattro piani due gradini alla volta, perché attendere l'ascensore mi farebbe perdere troppo tempo. Come mai mia sorella sta chiamando sul telefonino? È che con ogni probabilità avrà già provato a casa. Che iella. Quante possibilità c'erano che decidesse di chiamare proprio in questi cinque minuti? Stramazzo sul pianerottolo con la lingua fuori.

Davanti a me c'è una donnina tracagnotta dalla pelle marmorea come quella dei cadaveri e i capelli di un colore indefinito, un giallino stinto che fa pensare alla bile. La cara Gina. E io che avevo fantasticato su un cambio di rotta improvviso per il fine settimana, trascorso in compagnia di una stangona dai capelli neri e dalla pelle ebano, una gitana allegra e sorridente piombata in casa Scotto per alleviare i miei tormenti e farmi dimenticare Positano e la bella Veronica. Gina avrà suppergiù la mia età, ma dimostra almeno sessant'anni, ha lo sguardo cupo, gli occhi piccoli, le mani intrecciate sul petto robusto e le labbra che sembrano serrate con il Vinavil. È ferma davanti alla nostra porta e mi guarda con aria preoccupata.

"Buonasera, lei dev'essere Gina," sussurro cercando di riprendere fiato, e allungo la mano.

Lei non ricambia il gesto e risponde veloce: "Buonasera".

Mi verrebbe voglia di mandarla al diavolo, l'ho appena

conosciuta e già mi sta sulle balle, solo che poi sento il telefono di casa squillare, allora apro la porta e mi precipito a rispondere. Quando arrivo all'apparecchio è troppo tardi, papà sta dicendo queste testuali parole: "Tesoro, mi costringi a ripetermi, non so dove sia quello scavezzacollo di tuo fratello, mi hai svegliato e sono corso a rispondere...".

Gli strappo la cornetta dalle mani e lui indietreggia, impaurito. Come se non bastasse, Augusto si mette ad abbaiare senza sosta.

"Marina," esordisco, la voce ancora spezzata dall'affanno, con l'indice nell'orecchio per coprire i versi del cane tarantolato.

"Oh, che sta succedendo? Dov'eri? Mi ha chiamato Gina, non le apriva nessuno."

"In bagno, dove vuoi che vada? È tutto a posto."

"Ma che sta succedendo?"

"Niente, ti ripeto. Ero in bagno e non ho sentito il telefono."

Gina mi squadra da capo a piedi con un'espressione strana che non so decifrare, forse ribrezzo – naso arricciato e occhietti da talpa socchiusi –, quasi si trovasse di fronte a un vecchio ratto di fogna. Nel silenzio che segue (nel quale mia sorella sta chiaramente valutando il da farsi e la rumena è intenta a vigilare sulle mie prossime mosse), vedo papà sorridere divertito.

"Il punto 6, Andrea," dice poi Marina.

"Cosa?"

"Il punto 6," ripete in un sussurro. "Cosa dice il punto 6?"

"E che dice... Il punto 6 dice... non mi ricordo, Marina. Poi il tuo cane è indemoniato!"

"Il punto 6 dice che non ti devi chiudere in bagno! Lascia la porta aperta, altrimenti non senti nemmeno se ti sta chiamando!"

"La porta aperta?"

“Sì, almeno socchiusa. Non dovrebbe alzarsi dal letto senza averti accanto, soffre di giramenti di testa.”

La richiesta è talmente priva di senso che ammutolisco, senza sapere come controbattere. Di fare le mie cose con la porta aperta non se ne parla proprio, sono un tipo riservato io, nemmeno a cinque anni ne ero capace. E poi da piccolo una volta si presentò proprio papà per pulirmi, e quella volta è ancora impressa in questa specie di cervello che mi ritrovo, che proprio non riesce a rimuovere le cose e le conserva impacchettate in qualche stupido anfratto, come fanno i nonni con gli oggetti che un domani potrebbero rivelarsi utili. E dimmi tu, sorellina, se potrà mai esserci qualcosa di utile in questo cavolo di ricordo! È utile rivedere l'espressione schifata sul volto di tuo padre mentre ti lava come se gli fosse capitata la più incredibile delle brutture? È utile conservare la sua memorabile frase: “Andrea, la prossima volta, se ci riesci, cerca di trattenerla finché arriva mamma”?

"Mamma, devo fare pipì."

"Ancora? Ma l'hai fatta dieci minuti fa."

"E mi scappa..."

"Fai presto, che se no papà si sveglia."

"Posso venire a dormire in mezzo a voi?"

"No, Andrea, hai la tua cameretta adesso. E c'è Marina con te, vuoi lasciarla sola?"

"La notte mi fa paura."

"E di cosa hai paura?"

"Del buio."

"Amore, ma il buio mica esiste davvero, il sole non è *disparu*."

"E dove sta?"

"Sta sempre lì, siamo noi che ci siamo voltati."

"Mmm... va bene, però posso dormire lo stesso con voi?"

"Papà non vuole, lo sai. Vi ha comprato questa bella cameretta..."

"Solo stasera!"

"Amore, dai, dormi, ti lascio la porta socchiusa. Noi stiamo di là. Non c'è niente di cui aver paura. Ecco qui il tuo pupazzo. *Bonne nuit.*"

"Mamma?"

"Che c'è ancora?"

"Stai dormendo?"

"No."

"Non ti addormentare."

"*D'accord.*"

"*Maman*?"

"Andrea, basta!"

"Papà dorme?"

"Sì, e se continui si sveglia e si arrabbia!"

"Tu, però, non dormire, capito?"

"Ok."

"Mamma, mica dormi?"

"..."

"Mamma? Mà?"

Lei figlio no buono

Gina e io restiamo per circa cinque minuti a guardare il bel copriletto azzurro di mia sorella impregnato di urina, alla fine lei si gira con una smorfia antipatica appiccicata sul viso e dice: "Mai lasciare camera signora aperta con cane in giro. È la regola numero...".

"Sì, già, ho capito," sussurro portandomi la mano alla fronte.

Quella che fino a mezz'ora fa era una bella stanza da letto arredata con particolare dovizia, che profumava di vaniglia e arancia e dove tutte le cose sembravano al posto giusto, si è tramutata in un inferno: per terra ancora i cocci dello specchio fracassato, e al centro del letto il piscio del bassotto. Per fortuna Gina capisce che a me mancano le forze e si dà da fare, spalanca le imposte, raccoglie i cocci con scopa e paletta, toglie copriletto e lenzuola e dice: "Mettiamo fuori, così poi io lava".

Pur non avendo i suoi stessi bicipiti riesco a non sfigurare e in poche mosse il materasso è appoggiato al muro, sul balcone.

"Ora spruzzo detersivo e poi sciacquo, ma più tardi bisogna riportarlo dentro. Mi raccomando, soprattutto se torna a piovere."

"Sono sceso cinque minuti, solo cinque minuti." E apro la mano a ventaglio.

"Lei non scendere, lei meglio aspettava me."

Sbuffo per l'ennesima volta e sto per rientrare in casa, ma Gina non ha finito. "È la prima volta, vero?"

"In che senso?"

"Che rimane solo con lui. Io mai visto lei. Lei non venire qui."

"Io venire, ma 'lei' non c'è," ribatto acido, e le punto contro il dito incerottato.

"Mmm, secondo me lei figlio no buono. Non ha moglie?"

Ma tu guarda questo hobbit che starebbe bene in un romanzo di Tolkien quanta confidenza si prende! Socchiudo gli occhi per recuperare la calma e rispondo: "Gina, lei è infermiera, giusto?".

"Sì, certo, infermiera."

"Ecco, brava. Allora faccia l'infermiera."

Rientro in casa e mi fermo a lungo sulla soglia della stanza di papà beandomi del suo dormire come un angioletto, con le lenzuola rimboccate sotto le ascelle e il respiro regolare. È la rumena antipatica, giunta di nuovo al mio fianco, a distogliermi dalla visione consolatoria: "È l'effetto del medicinale. Gli viene subito sonno," dice ripiegando una federa sul petto con l'aiuto del mento peloso.

Mi giro a guardarla e mi viene voglia di chiederle di restare: sarà pure indisponente, ma è bastato il suo arrivo a rimettere a posto le cose. Solo che ancora una volta mi squilla il cellulare, così mi allontano nel corridoio e ascolto Lavinia esordire alla sua maniera, con una voce piena di entusiasmo e un'euforia quasi sempre ingiustificata.

"Andrea!"

"Ciao Lavinia."

"Come stai?"

"Potrei stare meglio."

Lei, come nemmeno avessi parlato, prosegue: "Dove sei? Ho una bella notizia da darti".

Mi accosto alla finestra della cucina e attendo; era da un bel po' che quella che posso definire ormai un'amica non mi chiamava per un annuncio del genere.

"Abbiamo ricevuto un'offerta stimolante e ho pensato subito a te," sussurra, e resta in silenzio per aumentare la suspense.

Lavinia ha superato i settanta, è una specie di figlia dei fiori rinsecchita, porta i capelli lunghi tinti di un nero cupo, indossa sempre un foulard scuro, parla a denti stretti e fuma cigarillos. Per fortuna non ha figli e nipoti, perché se un bambino la incrociasse di notte in giro per casa se la farebbe sotto. Assomiglia vagamente ad Amelia, la fattucchiera della Disney che, tra l'altro, vive giustappunto sulle pendici del Vesuvio. Ciononostante provo affetto per lei, è l'art director di un'importante agenzia pubblicitaria, la prima che ebbe il coraggio di affidarmi un lavoro, all'inizio della mia carriera, permettendomi di fotografare il set della réclame di un noto marchio di profumi, due modelli, un uomo e una donna, distesi su una spiaggia.

"Di che si tratta?" chiedo.

"Un servizio imponente, parliamo di centinaia di fotografie. L'azienda deve aggiornare il suo sito internet e catalogare i nuovi prodotti."

"Bene," dico, anche se inizio ad avere dei dubbi. "Marchio importante?"

Lei è incerta, sento che fa un tiro al cigarillo prima di rispondere: "Sì, marchio importante, ma non parliamo di moda... sono prodotti di ferramenta".

"Ferramenta?"

"Eh."

"Insomma, si tratterebbe di fotografare bulloni..."

"Anche chiodi, motoseghe, un po' di tutto. Ma è un lavoro facile e veloce. E ben retribuito!"

"Motoseghe?" sussurro fra me e me deluso.

"Sì, già. Si tratta di un sito molto visitato, le tue foto saranno viste da migliaia di utenti."

"Be', certo, tutte cose utili, per carità, però sono abituato a ben altro. Va be', ci penso, grazie mille," dico per chiudere la conversazione.

Lavinia assume un tono grave: "Andrea, ti invito a riflettere: è da un bel po' che non presti il tuo obiettivo ad aziende grosse, devi rimetterti in pista, anche con cose diverse, semmai. Ti faccio una bella proposta e tu stai lì a titubare".

"No, è che ora devo andare. Ci risentiamo con calma la prossima settimana."

La sento fare un altro tiro e la immagino dietro la sua scrivania di cristallo, l'espressione annoiata, avvolta da una nube giallastra, la cornetta appoggiata sulla spalla, con indosso il solito jeans nero a zampa di elefante e una camicetta opaca.

"Troppo tardi, voglio una risposta entro lunedì."

"Lunedì?"

"Là fuori ho la fila di fotografi appassionati che mi costerebbero anche meno, che credi?"

Sospiro per la decima volta nell'ultima ora e mi sforzo di dare una risposta sensata: "Senti Lavinia, è che, lo sai, mi sono sempre buttato a fare tutto, senza essere troppo schizzinoso, solo che ora, insomma, inizio ad avvertire una sensazione strana. Sarà l'età, non so, qualcosa che ha a che fare con me, forse lo definirei amor proprio".

Lei ribatte con voce ferma: "Tesoro, l'amor proprio è una puttanata inventata dai letterati per farti perdere opportunità!".

"Va bene, ti prometto che ci penso," rispondo per togliermela di dosso.

"Fai in fretta però."

"Ok."
"Andrea..."
"Eh."
"Non vuoi conoscere l'offerta economica?"
"No. Stammi bene, Lavinia, ti chiamo io." E chiudo.
L'amor proprio è una puttanata inventata dai letterati per farti perdere opportunità.
Sarà anche vero, eppure a me sembra che a un certo punto sia l'amor proprio a tenerti in piedi.

"Perché tu vuoi fumare? Fumare fa male!"
Strizzo gli occhi per difendermi dalla vocina stridula e fastidiosa di Gina che, non so perché, mi ricorda un pirata, tipo Spugna, il nostromo di Capitan Uncino. Mentre sciacqua un piatto sotto il rubinetto, mi guarda di sottecchi e fa: "Posso essere sincera?".
Annuisco, anche se so che non verrà nulla di buono da questa conversazione.
"Tu molto bello, ma..." e mi rivolge un'occhiata perplessa che mi fa subito spazientire. Non so perché, tra l'altro, abbia deciso autonomamente di passare al tu.
"Non sei in forma. Tu poco curato," insiste.
Ma tu guarda se una tizia conosciuta da poco più di un'ora deve sentirsi in diritto di darmi consigli sul mio aspetto.
"Tuo padre era bell'uomo. Lui non come te, con barba, lui viso pulito. E lui mai in maglietta. Perché anche tu non usare camicia?"
Mi porto la mano alla lunga barba bionda e rifletto se sia il caso di rispondere, ma Gina già non mi guarda più perché indaffarata a preparare il riso per papà (si è offerta dopo avermi visto con i würstel in mano). Perciò apro il frigo e caccio il succo di mirtillo, afferro un bicchiere dal pensile e mi siedo al

tavolo. Augusto entra di soppiatto in cucina e si accuccia ai miei piedi.

"La barba la porto da vent'anni ormai. Tu non eri nemmeno in Italia..." dico dopo aver buttato giù il primo sorso.

"Io in Italia da ventidue anni," risponde lei senza girarsi.

E allora sei veramente negata per la lingua, vorrei ribattere, invece chiedo: "Vieni da parecchio in questa casa?".

"Un anno, poco più, e tu mai visto..." Torna a guardarmi con espressione seria.

"Ancora con 'sta storia?" Adesso mi sto proprio scocciando. "Ti ho detto che vengo nei weekend!"

"Tuo padre brav'uomo. Tua sorella brava donna."

E io?

"Senti, Gina..."

"Tu figli?"

"Ma che, non sono nemmeno sposato."

Lei passa a sbucciare una mela. Tannen capisce che da me non otterrà nulla e inizia un lungo amoreggiamento fatto di appostamenti alla mia insopportabile interlocutrice, la quale nemmeno sembra accorgersene.

"E tu, sei sposata?"

"Io? Separata," risponde dandomi le spalle. "Due figli a Bucarest. Scusa domanda: ma tu non troppo vecchio per fare giovane?" E noto un sorrisetto sul suo volto paffuto.

Vorrei risponderle che è la frase che mi ripete da una vita mio padre (forse l'ha sentita da lui), vorrei mandarla al diavolo, ma lei è già lì che scola il riso dicendo: "Deve mangiare presto, se no non digerisce e stanotte inizia a girare per casa".

"Non dorme?"

"No, soffre di insonnia. Prima di coricarsi prende sempre camomilla. Ricorda: mai andare letto senza camomilla."

Studio il foglietto di Marina e commento: "Eppure non c'è nessuna regola sulla camomilla".

Lei infila il solito sguardo duro che ho già imparato a odiare e risponde mentre gira il riso con vigore: “Regola non scritta, regola che si impara con pratica. Tu poca voglia di fare pratica, vero?”.

E poi esce stizzita dalla cucina, lasciandomi con Cane pazzo che mi fissa dritto negli occhi senza muovere un muscolo del muso.

Sai tenere un segreto?

Intorno a mezzanotte mi sveglio di soprassalto, come se fossi preda di un brutto sogno che però non ricordo. Dal corridoio proviene uno strano sibilo, tendo il collo e resto in ascolto: qualcuno che respira a fatica.

Papà!

Salto dal letto e mi fiondo nella sua stanza, accendo la luce di botto e lui apre gli occhi. "Andrea," dice con voce impastata, "che succede?" E si alza sui gomiti.

Dovrei inventare una scusa dignitosa per averlo svegliato in piena notte per un attacco di ansia alla Marina, solo che continuo a sentire il respiro affannato provenire dal salotto. Ci sarà qualcuno? Mi inoltro per il corridoio a piedi nudi sulle mattonelle tiepide e afferro al volo un ombrello appeso all'attaccapanni. Pochi passi e capisco che non c'è nessun ladro nascosto dietro la tenda, è solo Augusto che russa come un maiale disteso sul divano.

"Ma vaff..." sussurro all'etere, e poso l'ombrello. "Dovresti farti vedere le adenoidi..." dico quindi, già pronto a tornare a letto.

Solo che le mie parole purtroppo destano il tiranno sanguinario, il quale si tira su lasciandosi andare a un sonoro sbadiglio e a una leccata di baffi, poi alza la zampa contro il bracciolo e si abbandona a un attimo di sollievo. È quando vedo la chiazza allargarsi che capisco la terribile verità. "Ma no, il divano in broccato no!" urlo, e gli sfilo il cuscino da sotto, "questa casa sembra un cesso dell'autogrill!"

Augusto mi guarda con aria di sfida.

"Sì, ho violato la raccomandazione numero 10, e allora? Che hai da ridire?"

Per fortuna il cane non sembra in vena di litigi, sprofonda in un altro sbadiglio e scompare nel corridoio.

"Ma tu guarda che schifo..." Tolgo la fodera dal cuscino e mi avvio verso il balcone, là dove il materasso che avrei dovuto riportare dentro almeno tre ore fa è rigonfio d'acqua, dopo un altro abbondante acquazzone.

Appoggio la fodera sulla ringhiera per tentare di smuovere il colosso dall'angolo, solo che, accidenti, non ce la posso fare a trasportarlo da solo, così dopo un paio di tentativi desisto e mi chiudo la finestra alle spalle. Sono già in corridoio quando mi ricordo di un particolare tralasciato e torno indietro saltellando: la pregiata fodera in broccato è ora sul tetto di un'auto, una decina di metri più giù. E adesso? Avrei dovuto insistere per far rimanere Gina, offrirle qualcosa, un assegno in bianco, prostrarmi ai suoi piedi magari.

Infilo al volo i jeans e il maglione e mi dirigo verso la porta.

"Dove vai?"

Papà è spalle alla finestra del soggiorno, una figura ombrosa ed esile che mi scruta con aria preoccupata nella solita vestaglia, ormai troppo grande per lui.

"Non ti devi alzare da solo, puoi cadere," dico, sfatto.

"E perché mai? Ho il cancro, mica sono zoppo."

"Tua figlia dice che soffri di giramenti di testa."

"A tua sorella piace giocare a fare l'infermiera."

"Torna a letto, devo scendere a recuperare una cosa," rispondo, con la mano già sulla maniglia della porta.

"La notte non riesco a dormire," fa lui, e si avvicina nella semioscurità.

"Attento a dove metti i piedi. Hai preso la camomilla?"

"Era senza zucchero..."

"Ah sì? Embè, non potevi dirmelo?"

"In realtà non volevo dormire, ma mi sono appisolato ugualmente. Per fortuna mi hai svegliato: ho bisogno di parlarti."

"Parleremo dopo. Adesso devo scendere, altrimenti chi la sente tua figlia. Sei in grado di aspettarmi senza fare guai?"

"Andrea, per chi mi hai preso, per un infante?" si indispettisce lui. "Vengo con te."

"Con me? No..." ribatto d'istinto.

"Non era una domanda la mia," precisa risoluto.

Cerco di ripassare le famose raccomandazioni di mia sorella, ma non mi sembra che si parlasse di non farlo scendere. Dovrei fotocopiare quel maledetto foglietto e tappezzare tutta la casa, così da avere sempre la risposta pronta di fronte alle innumerevoli richieste paterne.

"Fra tutte le stupide regole di Marina non c'è scritto che non posso uscire," si affretta infatti a farmi presente, come se mi avesse letto nel pensiero.

"Dovrei andare a vedere di là..."

"Ti evito di perdere tempo. Non c'è scritto."

Ha di nuovo le mani intrecciate dietro la schiena e le sue pupille, ora che è a un passo da me, sembrano palle prive di vita, senza alcun luccichio. E allora mi balza davanti agli occhi la scena di quando ero adolescente e mi veniva incontro nella stessa posa di adesso, con il medesimo sguardo, nelle notti estive in cui tornavo sempre troppo tardi per i suoi gusti. All'epoca la sua statura era imponente, il petto all'infuori e le braccia che sembravano pale meccaniche. Ora, dell'uomo che mi incuteva timore è rimasto ben poco: la schiena è curva e le braccia, mingherline e flaccide, sembrano non avere un posto nello spazio. Solo lo sguardo, dicevo, è quello di allora, e quasi mi procura lo stesso tremolio alle gambe, il ricordo della paura nel doverlo fronteggiare, quella paura che cercavo di tenere a bada con la rabbia, aggredendolo, per non mostrarmi indifeso. Odiavo il suo sguardo indagatore che, a pensarci adesso, forse più che altro era un impasto di rimbrotto e ammirazione per quel figlio che non voleva e non sapeva sottostare a nessuna imposizione. Mi ammiravi, pà? Nonostante la tua indolenza nei nostri confronti, la severità, il tuo essere sempre altrove, eri fiero di me, è così? Me ne accorgo oggi per la prima volta, nel ritrovarmi addosso lo stesso sguardo di allora.

"Devo scendere e risalire, ci metto un attimo."

"E non vuoi che venga con te. Perché?"

"Perché sei vecchio, piove e ci manca solo che ti fratturi un femore. Dai, torna a letto. Che scendi a fare? Proprio non capisco..."

Lui ci pensa, poi risponde con aria seriosa: "Sei capace di tenere un segreto?".

Sembrerebbe che le nostre discussioni seguano sempre lo stesso iter, quasi ci servissimo di modelli preimpostati. È che questa domanda credo di avergliela già sentita formulare. Sì, quel giorno che ero tornato prima da una festa e lo avevo trovato nella stanza da letto che piangeva con le mani a coprire il viso e i gomiti sulle ginocchia. Rimasi a fissarlo sulla soglia finché sollevò lo sguardo, poi fuggii in salotto. Lui mi raggiunse poco dopo, impassibile come se nulla fosse accaduto, ed esordì: "Tua sorella è fragile, non dirle niente. Sai tenere un segreto?".

"Andrea, Andrea, svegliati!"

"Mmm..."

"Svegliati, è importante."

"Che c'è?"

"Sai tenere un segreto?"

La luce era già spenta da un pezzo quando Marina si era avvicinata al mio letto. Mi sollevai a guardarle il viso illuminato dalla luna che scivolava debole nei fori della tapparella e mi sorpresi a trovarla bruttina, con i capelli così biondi da sembrare albina, gli occhiali spessi e le labbra minute, quasi inesistenti, che neanche si muovevano quando parlava e che però non riuscivano a nascondere l'apparecchio per i denti. Aveva solo tre anni meno di me, ma era ancora una bambina.

"Che segreto?"

"Giura."

"Dai, dimmi."

"No, prima giura che non lo dici a nessuno."

"Giuro." E mi portai una mano sul cuore.

Lei sospirò, si passò la lingua sui denti superiori coperti dal metallo, e disse: "Ho visto mamma e papà che lo facevano".

"Cosa?"

"Uffa, Andrea, insomma, mi scappava la pipì, sono andata in bagno e nel corridoio ho sentito... una specie di lamento. Allora mi sono avvicinata alla loro camera..." Le parole rimasero sospese nel buio.

"E allora?" domandai, ormai del tutto sveglio.

"Lui faceva dei versi strani e si muoveva sopra di lei e poi..."

"Poi?"

"E lei non diceva nulla, stava immobile e in silenzio, poi papà si è girato e mi ha visto, allora sono scappata e non ho fatto neanche la pipì."

La guardai senza sapere cosa dire.

"Non dici niente?"

"Torna a letto."

Girò gli occhi verso la porta socchiusa e si allontanò titubante.

"Andrea?" sussurrò dopo un po' da sotto le lenzuola.

"Che c'è?"

"Non riesco a dormire..."

"Conta le pecore..."

Silenzio.

"Posso venire nel tuo letto?"

Sospirai e aprii gli occhi. La lucina verde nell'angolo rischiarava il soffitto e delineava i contorni della sagoma di mia sorella seduta sul materasso, fuori dalla finestra si sentiva come sempre il suono del mare che sbuffava la sua malinconia invernale.

"Ok, dai, vieni."

"Grazie." E si tuffò subito sotto le coperte al mio fianco, con il viso schiacciato sul mio petto e i piedi intrecciati ai miei.

Due minuti e già dormiva. Io, invece, rimasi a scrutare il soffitto verdastro e a riflettere sul fatto che avrebbe dovuto esserci lui accanto a lei, a rispondere alle sue domande, a rassicurarla. In fondo avevo solo dodici anni, troppo pochi per fare da padre. Cercai di riaddormentarmi e di non rimuginare sul racconto di Marina, spostai il viso in modo che i suoi capelli non mi solleticassero il naso e coordinai il respiro al suo.

Come fanno i padri, appunto.

Impatto fra asteroidi

“Certo che so tenere un segreto! Che pensi, che abbia ancora dieci anni?”

È lui, proprio lui, l’uomo che ho temuto per una vita, lo stesso che mi portava sulle spalle per casa ridendo e mi diceva di allargare le braccia a simulare un aereo mentre con la bocca scimmiottava il rombo del motore, quello che mi obbligava ad andargli a prendere i sigari nell’altra stanza al buio perché dovevo temprarmi, così diceva, proprio lui, lo stesso che quando si accorse del mio buco all’orecchio scaraventò il piatto della minestra contro le tende e non smise di urlare nemmeno davanti alle lacrime della figlia.

Invece di rispondermi afferra la coppola agganciata all’attaccapanni, sfila il bastone di legno e avorio dal portaombrelli e dice: “Questa stanza puzza. Il bassotto ha pisciato di nuovo?”.

Un simile termine un tempo non lo avrebbe mai utilizzato, non consentiva che in casa si dicessero parolacce. Perciò mi scappa un sorriso e gli rispondo che sì, il cane nazista, dopo il letto di Marina, ha pensato bene di marchiare anche il divano. Ma papà sembra già preso da altro, come un bambino che non riesce a prestare attenzione per più di trenta secondi, e si lancia sul pianerottolo.

“Perché non mi aspetti qui?” ritento per l’ultima volta.

“Entra nell’ascensore,” risponde alla sua maniera, indirizzandomi con il bastone come se davanti avesse uno dei suoi allievi.

"Aspetta, infilati almeno la cerata."

"Con questo caldo?" E mi precede nella cabina.

"Dammi la mano," dico, una volta sul marciapiede.

Papà scoppia in un risolino beffardo e risponde: "Mi sembra di sentire tua madre con Marina".

"Lascia stare mamma," ribatto duro.

Mi fissa stranito, quindi mi porge la mano libera e si fa condurre senza dire altro. Troviamo la fodera in una pozzanghera di fango e catrame.

"Povera Marina, le verrà un infarto," commenta divertito.

È come se la vecchiaia, o la malattia, non so, lo avesse svestito di tutte le paranoie e costrizioni che si è portato appresso per decenni. Ora in alcuni frangenti potrebbe risultare addirittura simpatico, e la cosa non so se mi faccia piacere o mi disturbi. Non sono stato un figlio amorevole, proprio come lui non è stato un padre amorevole, e prima che si ammalasse evitavo di venire a trovarlo, se non nei classici giorni di festa (e anche lì, facevo di tutto per scappare il prima possibile). Non ho mai saputo cosa dirgli quando mi trovavo al suo cospetto, mai capito come relazionarmi con un vecchio che non ha voluto accettare le mie scelte, che non ha condiviso nulla della mia vita e non ha mai saputo donarmi una parola di conforto. Poi una sera Marina ha chiamato e mi ha detto: "Papà si è ammalato, non ne avrà per molto. Che ne dici di venire a trovarlo più spesso?".

Sono passati due anni da quella telefonata e lui è ancora qui, in attesa, come noi. Eppure, mi accorgo che la malattia lo ha cambiato, oserei dire migliorato, tramutando l'uomo che del controllo e del rigore morale aveva fatto il suo scopo primario in un vecchio finalmente capace di fare e dire ciò che gli passa per la testa. Lui, che non ha mai dato il giusto peso al nome che si è portato dietro senza meriti per una vita, Libero, proprio lui che prende ancora in giro il bisogno di controllo della figlia, sembra infine aver conquistato la libertà.

"Pà, non ti ci mettere pure tu, per favore."

"Ma dai, chi se ne frega! Piuttosto, vieni," e stavolta è lui a condurre me, "ti devo mostrare un posto."

"Che posto? Sta piovendo, sei in pantofole... e sei vecchio e malato!"

"È quello che vi fa comodo pensare, a te e a tua sorella. Dai, vieni, che dovevo essere morto da un pezzo se è per questo."

Mi lascio trasportare fra le strade vuote costeggiate da anonimi palazzoni di otto piani, mentre una flebile pioggerellina estiva ci scorta e il vento sembra divertirsi a disegnare improbabili traiettorie con aquiloni improvvisati, sacchetti di plastica, cartacce, foglie. Papà cammina più spedito di quanto pensassi e ben presto, voltato l'angolo, ci troviamo di fronte all'imbocco della tangenziale, in uno slargo che accoglie la rampa, una semplice rotonda circondata da fabbricati affacciati sul vuoto riempito da enormi lingue di cemento che serpeggiano nel buio per raggiungere i punti più remoti della città.

Libero Scotto si dirige verso una panchina poco oltre. Nonostante sembri sapere quel che fa, non riesco a non dire: "Ti vuoi fermare qui? Ti rendi conto che è l'una di notte e sta piovendo?".

"Da quando in qua sei così pesante, Andrea? Ti ho sempre reputato una capa fresca, questo sì, ma almeno eri un uomo libero."

Questo piccolo omino che un tempo vedevo mastodontico, con l'uniforme impettita piena di nastrini e il berretto con la visiera, d'un tratto ha deciso di distruggere le poche certezze che credevo di avere.

"Se lo venisse a sapere Marina sarei spacciato," dico infine.

"Sì, è vero, ma lei è lontana. Dai, siediti." E si mette a strofinare sulla panchina quel che resta della pregiata fodera.

“Non me ne starò sotto la pioggia.”

“Non piove più,” fa lui, “piuttosto, schizzichea.” Quindi si siede, appoggia il bastone al suo fianco e infila le mani in tasca. “Cinque minuti e torniamo a casa,” aggiunge con voce quasi supplichevole.

Sarà perché ripenso alle parole di mia sorella, che oggi mi ha fatto sentire in colpa, oppure perché il nuovo Libero Scotto mi incuriosisce, mi siedo al suo fianco, anch'io con le mani in tasca, e mi guardo intorno. Il cielo plumbeo è striato dalle venature rossastre della città, e davanti a noi si dipanano le arterie della tangenziale. Il Grand Canyon, lo chiamavamo con Marina, perché la sensazione è la stessa: le strade si interrompono di botto per far spazio al nulla. Peccato che giù non vi scorra il Colorado, solo asfalto bagnato che riflette il giallo stinto dei lampioni.

“Ha quasi smesso,” dico per rompere l'imbarazzante silenzio, e caccio lo spinello dalla tasca. Tanto mio padre nemmeno sa cos'è l'hashish.

“Dammene una,” fa subito.

“Cosa?”

“Dammi una sigaretta.”

“Ma da quando in qua fumi sigarette?”

“Da quando mio figlio non mi ha voluto comprare i sigari.”

“Era chiuso. E poi potevi chiederlo alla tua amata Gina...”

Non ribatte e resta con la mano protesa. Ciondolo il capo e domando: “Ma sei sicuro? Non ti fa male?”, nel tentativo di distoglierlo dalla pazza idea che mi vedrebbe costretto a porgergli uno spinello.

“Perché, a te fa bene? In realtà, nonostante il divieto non scritto di tua sorella, nessun dottore mi ha detto il contrario...”

“Marina ha qualche problema con le forme di controllo, chissà da chi ha preso...”

Stavolta scoppia in una risata genuina. “Già, proprio così, arguta riflessione.”

Accendo lo spinello e faccio un tiro. "Ma sì," dico allora, e glielo offro. Ho letto da qualche parte che la cannabis attenua i dolori, compresi quelli di malattie gravi come la sua. E allora perché no?

"Che siamo, ragazzini che si passano la sigaretta nel cesso della scuola? Accenditene un'altra, no?!"

"Non ne ho, e il tabaccaio era chiuso, come ti ho già detto."

Papà fa un tiro profondo e le labbra scompaiono risucchiate da quella dentiera che non toglie mai e dai fili della barba, e a me tornano alla mente le mattine della mia adolescenza scandite dalla voce del notiziario delle cinque proveniente dalla radiolina che lui ascoltava in bagno mentre si radeva. Le volte che era a casa, ovvio. È che non ho ricordi, immagini, di lui da giovane con le guance ispide.

"Un tempo mi piaceva la zona, la trovavo comoda: palazzi moderni, piano alto, luminoso, la tangenziale sotto casa... insomma, mi sembrava un buon posto dove vivere." Fa un altro tiro.

La pioggia, intanto, si è quasi del tutto arrestata e se non fosse per una pozzanghera a un metro picchiettata ogni tanto da qualche goccia, nemmeno mi accorgerei della sua presenza.

"Invece, adesso guardo tutto con altri occhi," prosegue prima di voltarsi e chiedere: "A te piace questa strada, questo quartiere?".

La domanda mi prende alla sprovvista. "Be', in effetti c'è di meglio... ma anche di peggio." E gli sfilo la canna dalle mani.

"Sì, certo, c'è di peggio, ma alla mia età tendi a guardare sempre le cose che non hai, quelle che hai avuto pian piano perdono valore. In sostanza, mi piacerebbe cambiare casa."

"Cambiare casa?" Espello il fumo dalla bocca in una nuvola bianca che il vento porta subito con sé.

"Sì, lo so, non ha senso cambiare se devi morire. Però, ecco, se non fosse così mi piacerebbe."

Io non sono capace di parlare di morte. Le volte che sono costretto, tento di girarci attorno o me ne esco con una battuta al limite della gaffe. Non prendere le cose sul serio è il mio unico scudo, la fortezza che ti costruisci da bambino con i cuscini del divano.

"Be', da morto potrai scegliere con tutta calma quale casa infestare." E rido.

Papà mi dedica uno sguardo stranito, e per un attimo penso sia pronto a colpirmi con uno schiaffo (cosa che, a onor suo, non ha mai fatto), invece alla fine ricambia il sorriso e risponde solo: "Bella battuta". Quindi si riprende lo spinello, fa un tiro veloce, stringe gli occhi e aggiunge: "Questa sigaretta ha un sapore strano...".

"Tabacco al mentolo," rispondo svelto.

"Ah, ecco." Me la ripassa.

Restiamo per un po' senza scambiare altre parole, a godere del silenzio che regala il quartiere prima dell'arrivo di una nuova auto (ma quanto rumore fanno?), quindi lancio quel che resta dello spinello nella melma davanti a noi e lo guardo affondare. "Saliamo?" domando infine.

Papà non fa una piega e riprende il discorso: "Mi piacerebbe vivere in una casa antica, nel ventre di Napoli, con i soffitti alti e le mura di tufo. Nel centro storico ci sono appartamenti meravigliosi, nobiliari. Che ne pensi?".

"Ma di che?"

"Di trasferirci."

"Pà, senti..."

"Scherzavo."

Sorride. Non l'avevo mai visto sorridere tanto. Sarà per via della canna.

"Ci viveva la tua ultima fiamma, al centro storico, se non ricordo male. Come si chiamava?"

"Pà, cazzarola, io e Sara ci siamo lasciati da meno di un anno, nemmeno ricordi il suo nome..."

Alza gli occhi al cielo e si gratta la barba. "Sai com'è, della tua vita non so più nulla ormai."

"Ora non ricominciare!"

"No, per carità," e tira un piccolo schiaffo nell'aria, "figurati se ti ho portato qui per parlare di questo. Anche se all'epoca avrei voluto dirtelo che stavi facendo una fesseria a lasciare quella ragazza..."

"Chi ti dice che l'abbia lasciata io?"

Lui fissa un'auto appena vomitata dalla tangenziale disperdersi fra le anonime vie buie che ci circondano prima di rispondere: "Be', a meno che lei non abbia scoperto una delle tue numerose tresche milanesi, sarà andata così: ti avrà chiesto un impegno maggiore, di vivere insieme probabilmente, forse un figlio... quasi tutte le donne a una certa età ti chiedono un figlio, e tu ti sarai fatto trovare impreparato, avrai titubato. Perciò la tua Sara ti avrà detto che non ha tempo da perdere con i tipi come te, che non sanno quello che vogliono".

Allungo il collo e resto a fissarlo come da piccolo restavo incantato davanti al mago Silvan.

"Ci ho preso, eh?" Ridacchia. "In ogni caso, come dicevo, hai sbagliato. In primis a non restare con Sara, ma sono affari tuoi e non voglio entrarci. E in secondo luogo a non tornare a Napoli, nel centro storico. Roba da matti. Nel centro storico c'è la vera Napoli, la città aristocratica dalla storia e dalla cultura millenarie che vorrebbero farci dimenticare."

Mi alzo di scatto. "Va bene, ora però torniamo, che se ti becchi un raffreddore chi la sente tua figlia."

Papà tira su col naso e si gratta di nuovo la barba, come se fosse seduto nella poltrona in salotto. "Rilassati, in fondo è scirocco." Poi accavalla le gambe con non poco sforzo e prosegue: "In realtà ci sto girando alla larga, ma ti ho portato qui per un altro motivo...". Mi fissa.

Cos'altro ancora aspettarmi da questa nottata?

“Mi piacerebbe tornare a Procida, dove sono nato, dove siamo nati,” dice alla fine, d’un fiato.

Mi risiedo.

“Ho un piano,” prosegue.

“Un piano? E quale sarebbe?”

“È un anno che Marina non mi liberava della sua presenza, mi mancava l’aria. Non posso non approfittare della circostanza.”

“So che hai spinto molto per farli partire.”

“Sì, le ho consigliato io di chiamarti. È che ho un piano, come ti ho detto. Ma prima dovevo svincolarmi da tua sorella e dalla sua famiglia. E quale migliore occasione di una visita al suocero malato?”

Un gatto randagio salta sul tetto di un’auto e si acciambella. Da più parti sento dire che i gatti sono animali intelligenti, eppure mi sembra proprio da stupidi sdraiarsi su un cofano bagnato invece di ripararsi sotto l’auto o dentro un portone.

“Mi stai dicendo che hai orchestrato tutto tu?”

“Ti sto dicendo che devo approfittare di questi due giorni.”

“Non so cosa tu abbia in mente, ma...”

“Andrea, sii sincero, quante volte nella vita ti ho chiesto qualcosa?”

“In che senso?”

Stavolta è lui a sospirare. “Ancora con la solita domanda? Ma è una fissazione!”

Da quando mi sono comparsi i primi brufoli sul viso ho iniziato a rispondere alle domande con queste tre paroline; un modo per prendere tempo, o anche per non rispondere. E gli altri perdono subito la pazienza. La sera che Sara mi propose di acquistare una casa insieme (sì, mio padre ci ha azzeccato) risposi proprio così, “in che senso?”, e lei corse a chiudersi in bagno. “Ho solo fatto una domanda,” cercai di giustificarmi da dietro la porta, ma non mi aprì e non mi rivolse la parola per due giorni.

"Mi devi riportare a Procida, ho una cosa molto importante da fare," riprende papà.

Alla luce dei lampioni sembra avere un volto più umano, pieno di increspature e debolezze che evidentemente non riesce a dissimulare come un tempo. Anche gli occhi, in genere neri e inespressivi come quelli dei pescecani, ora appaiono sbiaditi e danno ospitalità a una serie di venature scarlatte. Le iridi, poi, hanno dentro un inconsueto bagliore al quale non ero abituato.

"Una cosa importante?"

Socchiude le palpebre e annuisce.

"Cioè?"

"Lo saprai quando saremo lì."

Mi sorge il dubbio che stia vaneggiando, perciò lo scruto. "Hai gli occhi lucidi."

"Non ti preoccupare, non mi sto commuovendo a parlare con te."

Allora è lo spinello.

"Come ti senti?" chiedo, un po' preoccupato.

"Mai stato meglio."

"Pà, ascolta: lo sai che non sono come Marina, però, ecco, insomma, la tua idea mi sembra proprio una stronzata, a dirla tutta. Ma poi quale sarebbe questa cosa così importante? Perché non puoi dirmi di che si tratta?"

"È una storia lunga." Mi fissa serio, e di nuovo mi sembra di rivedere il padre autoritario che riusciva ad ammutolirci con uno sguardo.

"Non mi guardare così," dico allora.

"Lo sai da quanto manco da Procida?"

Faccio di no con la testa.

"Più di un anno."

"Neanche tanto."

"Certo, per te forse. Tu da quant'è che non ci vai?"

"Boh, ho perso il conto."

"Te lo dico io: trent'anni."

Resto a fissare la croce lampeggiante della farmacia che si riempie e si svuota di verde mentre rifletto sulle parole di papà. *Trent'anni.* "E allora?" chiedo poi.

"E allora niente! Tu fai un po' come ti pare, ma io voglio tornarci."

Infilo le mani sotto le gambe e mi accorgo di avere i jeans bagnati. "Andiamo a dormire, e domattina, da lucido, anche a te l'idea sembrerà una fesseria."

"Sono lucido e in me stesso, e te lo ripeto ora: voglio tornare a Procida. Voglio andare a trovare tua madre."

L'occhio mi cade sui peli bianchi della sua barba poco curata. "Non l'hai pensata per una vita, vuoi andarci ora che..." Mi fermo.

"Sì, ora che sto morendo. Cosa ci trovi di tanto assurdo?"

Poi finge di tossire e si porta la mano alla bocca, ma mi accorgo lo stesso che ha gli occhi velati di lacrime; lo strano luccichio ora è affogato nel pianto trattenuto di un uomo che d'improvviso è costretto a scoprire le sue fragilità dinanzi al figlio.

"Voglio salutarla per l'ultima volta," sussurra.

Sospiro. "Adesso non fare il melodrammatico."

"Ho paura che non riuscirò più a tornare nella nostra casa."

Siccome non so proprio come porre fine a questa imbarazzante conversazione, mi alzo, gli do una pacca sulla spalla ossuta e dico: "Adesso pensiamo a tornare di sopra".

Lui non si muove, perciò sono costretto a prendergli il braccio per invitarlo a seguirmi. Nonostante la resistenza iniziale, si lascia infine condurre. Due ragazzi parlottano seduti sugli scalini del palazzo e un piccione emette strani versi da una grondaia che corre lungo il muro. Apro il portone e gli faccio segno di entrare, papà resta sulla soglia.

"Che fai?"

"Non vengo."

"Dai, pà, ti prego, c'ho sonno."

"Non hai il coraggio di tornarci, è così?"

"Ma dai..."

"Allora dammi una spiegazione."

E io che credevo di dover avere a che fare con un vecchio moribondo.

"Ma a Marina cosa diremmo? Lo sai che non lo permetterebbe mai. Telefona a ogni ora per controllarci, ci ammazzerebbe se lo venisse a sapere. Per te non sarebbe un gran danno in effetti, ma per me..."

"Stacchiamo il telefono e ci inventiamo che si è interrotta la linea per un temporale, che ci chiamasse sul cellulare."

"Sì, e secondo te tua figlia è scema, ci crederebbe?"

"Le persone credono a quello a cui vogliono credere."

"Va bene, ne parliamo sopra, ora entra." E mi metto di lato per lasciarlo passare.

"Prometti."

"Ma che prometto, entra!"

Lui china il capo e quando torna a guardarmi ha di nuovo gli occhi sbiaditi.

"E comunque del cane che ne facciamo?"

"Lo portiamo con noi."

"Con noi? Il tiranno assassino? Tu sei pazzo!"

"A lui piace Procida. E non è cattivo come sembra."

"Sì, buonanotte..."

"Ti prego," dice allora lui.

Ora, io ho più di quarant'anni e in questi quarant'anni non mi sembra di aver mai provato l'ebbrezza di essere supplicato da mio padre, perciò da qualche parte nascosta il suo piegarsi alla mia volontà, il quasi doversi umiliare a chiedere, come un bambino impotente, mi provoca un piacevole prurito di soddisfazione alla base del collo. Ed è proprio quel prurito che mi fa rispondere: "Mò non ti mettere a recitare la parte del padre solo e abbandonato, che con me non funziona. Quasi quasi è meglio la tua versione originale, quella superba che non parlava mai".

Libero si fa piccolo, infossa la testa nelle spalle ed entra. A un tratto mi sembra di avere a che fare con un figlio, mio figlio, anche se io, in effetti, un figlio non ce l'ho, perché anche lì, quando è stato il momento, invece di rispondere sì, ho detto "in che senso?".

E però dev'essere l'età, non so, ma qualcosa dentro di me a volte mi fa sentire di poter essere padre, di essere pronto, anche se poi me ne dimentico e tiro dritto, come una spia sul cruscotto che ogni tanto si accende e che ignoriamo perché ci costringerebbe ad aprire il manuale dell'auto per capirci qualcosa. Insomma, non so, forse sarà la canna che ho appena fumato, o questa notte di luglio che assomiglia all'inverno e mi fa pensare agli anni dell'infanzia passati troppo in fretta, sarà che qualche volta nel sonno mi ritrovo la casa di Procida davanti agli occhi e quasi mi sembra di risentire le risate di mamma nel giardino... insomma, io alla fine dico sì. Non lo faccio proprio apertamente, quasi lo ingoio il sì, a dirla tutta, e infatti papà mi guarda incerto.

"Sì, ok, va bene, facciamo 'sta cazzata," mi vedo perciò costretto a ripetere, "tanto non sarà né la prima, né l'ultima. Può darsi che così i due giorni passino più in fretta," concludo.

Papà si apre in un sorriso e mi abbraccia. Già, mi abbraccia, come ha fatto una sola volta nella sua inutile vita, tanto che resto immobile, del tutto impreparato.

"È la seconda volta che mi abbracci in tutta la tua vita..." commento quindi a denti stretti, per colpirlo. E in effetti ci riesco, perché lui si stacca repentino, apre le porte dell'ascensore e fa: "Sì, hai ragione, mi sono lasciato prendere la mano. Andiamo".

Durante la salita restiamo distanti e in silenzio, guardandoci i piedi, perché non è facile trovare un modo di reagire all'inaspettato, sapere all'improvviso come comportarti, cosa dire. Perché il nostro abbraccio è stato come un impatto fra asteroidi, un boato sordo che ha cambiato le nostre traiettorie, e ora ci stiamo entrambi avventurando fuori dalla nostra orbita, verso luoghi sconosciuti, senza la minima idea di cosa ci aspetti lì davanti.

Collage

C'è un vecchio gozzo che sta portando a riva un uomo e una donna, uno di quei gozzi bianchi e blu che ogni sera i pescatori tirano in secco. Papà è in piedi a comandare i remi, uno slip senza colore per costume e il petto villoso; mamma, invece, bionda e minuta, è aggrappata a lui, il viso dolce che spunta da sopra la sua spalla. Un pallido tramonto colora di scuro le loro sagome e rende l'acqua della tinta del grano maturo. Tutto appare perfetto nell'immagine occupata per intero dalle due figure divine scolpite dalla luce e trasportate dal mare.

Avrei mai potuto immaginare allora, nel momento dello scatto, che quella fotografia avrebbe vinto il tempo? Che mi sarei ritrovato ad ammirarla una notte di molto tempo dopo, accanto al letto di mio padre dormiente, mentre cerco di tenere a bada il pianto che mi sale in gola ripensando alla nostra isola e alla giovane coppia sparita troppo in fretta, come il sole di quella giornata un attimo dopo il clic?

Una precisazione

Libero Scotto è stato un comandante, prima in una compagnia di navigazione del Golfo di Napoli che collegava la città alle isole, poi alla guida delle grandi navi che attraversavano gli oceani. Quando da bambino a Procida gli amici o le insegnanti mi chiedevano di lui (che fuori scuola non si vedeva mai), gonfiavo il petto e rispondevo pieno di orgoglio, raccontando che in quel momento si trovava in Giappone o in America. Siccome mi resi presto conto che quelle storie affascinavano i compagni, suscitando in loro reazioni di stupore e invidia, iniziai a inventare un sacco di balle, tipo che di lì a breve sarei partito con lui, il Virgilio che voleva insegnarmi a pilotare i vascelli per far sì che fossi io, un domani, a portare il nome degli Scotto in giro per il mondo. Ero talmente preso dal ruolo di copilota, esploratore e braccio destro del comandante, che proseguii dritto per la mia strada fino al giorno in cui l'insegnante convocò mamma per capire se davvero avessero intenzione di non mandarmi più a scuola. Mamma rivelò la verità alla maestra, poi venne da me e mi pregò di smetterla, che se l'avesse saputo papà sarebbero stati guai. Lei all'epoca stava già male, soffriva di frequenti mal di testa catalogati dal nostro uomo dei mari (che ogni tanto sbarcava nella nostra vita, impartiva qualche lezione e prendeva di nuovo il largo verso altre terre) come esaurimento.

A ogni modo, da quel momento smisi di raccontare frottole: fui costretto a scendere dal piedistallo e a mischiarmi ai miei compagni, i cui genitori erano perlopiù pescatori e marinai. Mi rintanai nell'angolo più lontano della classe e lì trascorsi i restanti due anni, a sognare viaggi ed esplorazioni, finché arrivai alla fatidica soglia dell'uno e quaranta di altezza, nell'aprile del millenovecentottantasette.

Il giorno in cui a mia madre scoppiò una vena in testa, papà era in mare, come sempre, e io non avevo ancora mai preso una nave in vita mia.

I ragnetti che portano i brutti pensieri

È la lingua di Augusto a svegliarmi.

Apro gli occhi e mi accorgo che il bassotto si sta accanendo sulla mia mano penzoloni. Sono a pancia sotto e dalla bocca mi è sceso un rivolo di bava che ha insozzato il cuscino. Il primo istinto è di ritirare l'arto, solo che, quando faccio per muovermi, Tannen lancia un piccolo ringhio di avvertimento: deve prima finire le pulizie mattutine. Allora mi metto l'anima in pace e attendo che il despota si stufi di sfogare su di me le sue piccole frustrazioni.

Non amo restarmene a letto a guardare il soffitto e la sera non spengo la luce sul comodino se non quando sono sull'orlo del sonno. È che il materasso mette a dura prova l'abilità sviluppata negli anni con grande sacrificio e lavoro: parlo del rimuovere con certosina pazienza ogni pensiero negativo, preoccupazione o dubbio. C'è chi tenta la strada della PNL, chi va in terapia, chi diventa dipendente da droghe pesanti, alcol o altre persone. Io, invece, non ho bisogno di nulla di tutto ciò per rimuovere dal cervello quei brutti ragnetti che ogni tanto ci si annidano, mi bastano un po' di fumo, una semplice birra e una buona compagnia. Sano e, soprattutto, economico.

In questo momento, però, non ho uno spinello, né birre, e per quel che riguarda la compagnia, dispongo solo di un cane incazzoso e prepotente che di certo non aiuta a scacciare un bel nulla. Insomma, devo alzarmi prima di essere avviluppato dalla tela dei ragnetti che portano i brutti pensieri. Perciò, vada come vada, mi tiro su e sfilo la mano dalla bocca di Augusto, il quale resta a guardarmi con aria provocatoria come a dirmi: *Sei arrivato da meno di ventiquattr'ore e già credi di poter sfidare la mia autorità. Non hai capito chi ti trovi di fronte.*

Per fortuna, in tema di resistere e combattere l'autorità so il fatto mio, gli anni passati a difendermi dallo sguardo indagatore e accusatorio dell'uomo che dorme nella stanza accanto mi hanno temprato. Pensare a papà mi riporta alla mente il discorso folle di ieri sera e la mia promessa altrettanto folle. Dannato me che quando fumo perdo ogni freno, anzi dannato me che ho sempre preferito l'azzardo, il rischio, lo sbattere la testa contro il muro pur di non avere a che fare con l'apparente quiete che portano la noia e la sicurezza. È che i ragnetti si cibano proprio della noia e dell'oblio per costruire le loro perfide tele.

Mia sorella Marina, invece, ha percorso una strada diversa. Si è procurata con meticolosità quello che non ha avuto da bambina e ha messo a posto le tessere del domino: un padre amorevole innanzitutto, e allora ecco Fiorenzo, marito e padre affettuoso, attento e presente come il nostro Libero non è mai stato. E poi una suocera accogliente e premurosa, che in qualcosa ricorda nostra madre, e, ancora, una famiglia unita, perché la nostra, in effetti, non è che lo fosse poi tanto; un lavoro sicuro, una casa ordinata e arredata con gusto, due figlie brave e studiose, l'esistenza perfetta, e peccato per il rigurgito d'infanzia che ogni tanto comunque sale su, per quella vita che ha tentato di dimenticare riproducendola in meglio, senza le crepe originarie, peccato, insomma, per quel padre che perde colpi nella stanza in fondo al corridoio.

Sì, lo so, sono cattivo, è il mio limite. E il mio bene. Quando ti vengono a dire per la prima volta che sei cattivo, allora puoi star certo di star facendo la cosa giusta, che ti stai prendendo finalmente cura di te. La mia prima volta resta tuttora indimenticabile: fu Marina ad avvicinarmi, un po' perché lei nel meccanismo di incolpare gli altri per nascondere i suoi sensi di colpa ci sguazza, un po' perché non è che ci fossero tante alternative in famiglia, considerato che nostro padre non c'era e, se c'era, non c'era lo stesso.

"Sei cambiato, sei diventato strafottente," mi disse mia sorella un pomeriggio.

Ero tornato da Milano e mi ero fatto vedere solo all'alba del terzo giorno, premettendo che andavo di fretta perché avevo l'aereo in serata.

"Davvero non te ne frega più niente di lui, di noi?"

Potrei stare qui a raccontare il diverbio di quel giorno, o i tanti che si sono succeduti negli anni con lei e con mio padre, ma siccome – si è capito – preferisco non pensare troppo e tenere lontani i ricordi, meglio lasciar perdere e tornare a parlare del presente, di me che ancora sono occhi negli occhi con quel pazzo sanguinario di Augusto, il quale in realtà, se proprio dobbiamo parlare di antichi romani, si sarebbe dovuto chiamare Caligola, per fare le cose in modo preciso.

Alla Marina, ecco.

Mi avvio verso il bagno e sento dei rumori provenire dalla cucina. Sfilo accanto all'orologio a pendolo proprio nel momento in cui si rimette a suonare e mi viene spontaneo mandarlo a farsi fottere con un gestaccio, anche lui precisino che scandisce il tempo ogni mezz'ora e che stanotte, in un paio di occasioni, mi ha fatto sobbalzare credendo si trattasse di un allarme bomba. E chissà perché ho pensato alle bombe, visto che l'ultimo raid aereo su Napoli da parte degli Alleati mi sembra sia avvenuto nel quarantaquattro.

Sono le sette e un quarto, cioè più o meno l'orario in cui in genere mi corico, e in cucina c'è papà ai fornelli.

"Ehi."

"Buongiorno," risponde voltandosi. "Stavo venendo a svegliarti, che si fa tardi."

Libero Scotto ha fritto due uova e le ha impiattate insieme a del prosciutto cotto e a un pezzo di Brie. Aggrotto le sopracciglia e tento di rimuovere l'immagine che mi è appena balzata davanti agli occhi: lui in divisa bianca, pronto a imbarcarsi per chissà dove, che si arrabatta ai fornelli per preparare alla famiglia una "sostanziosa colazione americana" mentre fischietta le note di *Malafemmena*. Sarà stato fine anni ottanta, anzi no, prima, mamma era ancora viva, perché ricordo la sua faccia spenta di fronte al marito che non provava neanche a mascherare la felicità per l'imminente partenza, che significava stare lontano dalla famiglia per chissà quanti mesi.

Soffoco uno sbadiglio e, senza rispondere, vado in bagno, lasciando socchiusa la porta. Sono già con il coso in mano quando mi sovviene, chissà perché, la raccomandazione numero 5, o 7, o 9. Lascio la pipì a metà e torno in cucina.

No fritti e dolci. Così recita la regola numero 5.

"Pà, senti, mi sa che la colazione è un po' troppo pesante, in fondo il tuo fegato non se la passa benissimo..."

Lui sembra stranamente sereno, infatti risponde d'un fiato. "Il fegato avrebbe dovuto mandarmi all'altro mondo già da un pezzo. Invece sono qui, e me la godo. Dai, siediti."

Sposto la seggiola, indeciso se continuare la discussione, e mi seggo di fronte a lui che sta già tagliando il prosciutto. Dovrei dire qualcosa, tentare di essere più convincente, ma non mi viene in mente nulla, ho sonno e fame, e desidero gustarmi questa sostanziosa colazione che nell'ultimo periodo nessuno si è preso la briga di prepararmi. Così mi zittisco e lascio correre: la mia specialità.

Papà rompe il silenzio. "Lo vedi quel tizio di fronte?"

Mi volto verso la finestra.

"Quello sul balcone," e indica con la punta del coltello.

C'è un uomo anziano in veste da camera e pantofole, capelli bianchi lisci, chino su un vaso, intento a strappare le foglie secche.

"Mbè?" chiedo.

"È stato un politico importante ai suoi tempi," commenta masticando un pezzo di formaggio.

"E allora?"

"Fa sempre un certo effetto vedere come ti riduce la vita," bofonchia. "A volte mi fermo ad ammirare questi rigurgiti... come si dice?"

"Cosa vuoi dire?"

"Rin... quando uno diventa... si secca."

"Rinsecchito."

"Sì, già, rinsecchiti, gente che ha preso decisioni importanti, tizi che hanno mandato avanti il Paese, ognuno nel proprio campo, e che ora passano il tempo su un balconcino ad annaffiare gerani."

Non rispondo, anche perché mi sono appena ricordato di non essermi lavato le mani prima di uscire dal bagno, e forse dovrei rimediare, solo che sono troppo preso dal pentimento per aver acconsentito alla sua richiesta e devo trovare quanto prima una buona scusa per tirarmi indietro. Lui si versa dell'acqua, beve un sorso, e poi cerca di coinvolgermi nella sterile discussione. "Non ti fa paura il pensiero di diventare vecchio e inutile?"

"In che senso?" riesco solo a ribattere, mentre butto giù l'ultimo boccone di frittata.

"Uff, ancora con questa domanda? Non ce ne libereremo mai?"

Sto per rispondere che no, non ce ne libereremo mai, che è il mio modo per difendermi dalle domande scomode alle quali non so o non voglio rispondere, ma per fortuna mi suona il cellulare. È Marina.

"Ciao sorellina, mattiniera come al solito!"

"Andrea, sto chiamando a casa ma la linea è sempre occupata..."

Mio padre mi fissa serafico masticando la frittata. Sposto lo sguardo verso il telefono sulla credenza e trovo la cornetta fuori posto.

"Sì, c'è stato un forte temporale stanotte e la linea si è interrotta. Ho anche contattato l'azienda telefonica e mi ha confermato il guasto. Dicono che in un paio di giorni aggiustano tutto. Ma tu perché chiami alle sette del mattino?"

"Un paio di giorni?" La voce di mia sorella raggiunge picchi di nevrastenia come da anni non accadeva. "E ora come facciamo?"

"A far che?" domando riavvicinando il telefono all'orecchio.

"A restare in contatto."

"C'è il mio cellulare."

Lei sembra acquietarsi. "Ok," risponde.

Mio padre invece si alza, mi sfila il piatto e dice sottovoce: "Taglia, che abbiamo il traghetto".

Augusto si presenta sotto il tavolo e ficca il naso nella fuga delle piastrelle in cerca di briciole.

"Dov'è papà?"

"In cucina, stiamo facendo colazione."

"Che gli hai preparato? Mi raccomando, hai letto il foglio? Niente dolci, grassi e fritti."

"Sì, certo, ho letto."

"Bene, semmai dopo puoi portarlo a fare una piccola passeggiata. Così ne approfitti e fai fare i bisogni ad Augusto. Altrimenti può usare la traversina sul balcone."

"Me la vedo io," rispondo e ingurgito l'ennesimo sospiro.

"Sì, già, ok. Non ti dimenticare il bastone però, altrimenti si stanca troppo."

"Come sta tuo suocero?" chiedo per interromperla.

"Ci sono stati dei miglioramenti nelle ultime settimane, ma a me fa ancora impressione guardarlo."

"Ma che ti frega..." interviene papà, che ora mi dà le spalle, con le mani nel lavello.

"Che ha detto?"

"Che gli dispiace. Ora vado, dobbiamo finire di mangiare."

"Semmai preparagli un po' d'orzo con i cereali, non dargli altro, anche se te lo chiede, che poi gli viene mal di pancia ed è un casino. La regola numero 5."

"Sì, la 5, ok, solo orzo."

"Ciao fratellone, ci sentiamo dopo."

"Ciao Marina."

Sto per attaccare, ma all'ultimo mi decido a porre la domanda che ho sulla punta della lingua: "Marina?".

"Dimmi."

"In che senso è un casino se si sente male?"

Lei tituba. "Niente, non ti preoccupare, tu dagli solo quello che ti ho detto e andrà tutto bene. Baci."

Poggio il telefono sul tavolo e resto a guardare perplesso il comandante, che è tornato a fischiettare la solita canzone napoletana mentre lava i piatti. Il vecchio di fronte è rientrato e Tannen ora mi fissa senza remore. A questo punto, sarà la colazione a metà, il sonno che mi porto addosso a causa di quel cacchio di orologio, il risveglio traumatico con la lingua rugosa di Augusto sulla mano, la violazione di un paio di regole di mia sorella, decido di dire ciò che penso: "Pà, non te la prendere, hai ottanta e passa anni, un tumore, e ogni tanto sragioni. Andare a Procida è una follia, un'insensatezza. Devi stare a riposo, prendere i farmaci, fare le iniezioni. Non possiamo proprio andare".

Lui si gira di colpo, con il panno della cucina fra le mani, secco e fragile come un'alice impanata, e mi fissa senza ribattere.

"Senti, lo so che te l'ho promesso, ma..."

"Sai qual è la cosa che proprio non riesco ad accettare di te?"

"Cosa?" chiedo, come uno scolaretto impreparato.

"Non tanto il fatto che non hai avuto coraggio e ora ti ritrovi a passare la vita a fotografare buzzurri che sfilano in cerimonie cafone, perché le cerimonie sono cafone di natura, e nemmeno che ti vesti in modo ridicolo e sembri un eterno ragazzino inconcludente, no, è che non conosci il significato della parola 'impegno'. Hai preso un impegno e adesso mi accompagnerai a Procida."

Il suo bel discorsetto ha la forza di farmi pompare più veloce il sangue nelle vene, così mi alzo di botto e tiro fuori la rabbia: "A parte il fatto che stai confondendo il fotografo di moda con quello da matrimoni, ma poi, parli proprio tu? Perché, tu invece la conosci la parola 'impegno'? Non credo proprio, a meno che non intenda solo quello lavorativo, lo svegliarsi puntuale la mattina per assolvere quelle che chiami responsabilità. Se lo vuoi sapere, per me gli impegni sono altri".

Papà si irrigidisce. "Ho sempre mantenuto le promesse," dice.

"Ah, sì? Non mi pare. Con mamma non hai mantenuto un bel niente, eppure non conosco impegni più grandi di quelli che si prendono sull'altare. Non le sei stato accanto, né in salute, né in malattia. E con noi, nemmeno con noi ci sei stato, se non con le tue massime inutili e i tuoi insegnamenti da quattro soldi! Io almeno non prendo impegni che so di non poter mantenere." E mi porto le mani al ventre per un crampo improvviso. Il buon Augusto, invece, saltella all'indietro, spaventato dalla mia reazione, e fa l'unica cosa che sa fare: abbaiare furiosamente.

Libero allora si lascia andare a un lungo sbuffo, come se

dovesse liberarsi di un quintale di aria stantia, e si accascia sulla sedia per riprendere con tono leggero: "Va bene, sono vecchio e stanco, sto per morire e non posso perdere il mio prezioso tempo a discutere del passato. Mi accompagni a Procida?".

Mi accorgo che il bassotto continua a guardarmi con aria minacciosa mentre rispondo di getto: "E con le iniezioni? A Gina che diciamo?".

"Gina tornerà lunedì, il weekend devo solo prendere le pillole."

E all'improvviso mi trovo senza più una risposta, privo di una valida argomentazione. Mi porto le mani ai fianchi e dico: "Sì, ok, sono io a essere sfatto, hai vinto, ti accompagno, ma solo se mi fai una promessa...".

Mi guarda speranzoso, pronto a dire sì a tutto.

"Del cane ti occupi tu."

Mio padre sorride.

Tannen anche.

Inizio ad avere le allucinazioni.

La sauna nella Dyane

La Napoli che digrada dalla collina del Vomero ti colora le pupille con una macchia di azzurro intenso. È il mare che veleggia appena sotto di te e raggiunge il Vesuvio, la punta della Campanella e, più distante ancora, Capri. Da qui non c'è traccia del centro storico, dei vicarielli umidi che tengono lontano lo scirocco e dei decumani che tagliano la città da est a ovest. La discesa è un lungo serpeggiare fra palazzi antichi dai quali, ogni tanto, spunta Mergellina, con il Castel dell'Ovo sdraiato al sole e l'edificio rosso pompeiano della Nunziatella appena dietro, con le piccole barche a vela che fendono il golfo e puntano la Gaiola, e le grandi navi da crociera che si dirigono cadenzate verso il mare aperto sconcicando l'acqua come una mandria di bufali su un tappeto stepposo.

Papà guarda fuori dal finestrino e non dice una parola. Forse sta cercando la sua isola, la nostra isola, Procida, che però si nasconde timida dietro la collina di Posillipo. In braccio ha Augusto, che ha puntato il tassista e ringhia ogniqualvolta questi si lascia andare a un'imprecazione contro un pedone o un'altra auto che procede a passo d'uomo. È un cane inflessibile, tedesco doc, non sopporta maleducazione e modi sguaiati. Ed è anche molto permaloso.

"Il cane in braccio," ha esordito l'uomo prima di caricarci in macchina, e ha commesso l'errore che non avrebbe dovuto commettere: lo ha guardato negli occhi. Tannen ha iniziato ad abbaiare come se davanti avesse Lulù, la smorfiosa barboncina del secondo piano che gli accelera tutto il sistema nervoso. Siamo scesi dieci minuti prima di chiamare il taxi proprio per permettere al nostro bassotto di evacuare la sua regale vescica e nell'androne del palazzo ci siamo imbattuti in Lulù; Augusto ha ispessito i peli della schiena, ha cacciato i canini e si è lanciato contro la sua nemica.

"Ma che ha passato?" ho chiesto mentre tentavo di tirarlo a me in modo che Lulù avesse salva la vita.

"Non sopporta quel cane stupido," ha spiegato papà quando la signora che lo portava al guinzaglio era già fuori dal nostro campo visivo.

"Per quale motivo?"

"Be', non hai visto come lo hanno conciato?"

In effetti la barboncina assomigliava a una siepe potata da un giardiniere fantasioso, con il dorso del tutto rasato e il pelo lungo sulle zampe, la testa e la coda.

"Augusto è uno rude, le smancerie non le concepisce."

"'Sti canilli nun sembra, ma sò terribili, eh?" commenta il tassista appena ci fermiamo al semaforo di piazza Sannazaro, con le pizzerie alle spalle e il mare davanti.

Un uomo di colore si avvicina con una spatola per lavare i vetri e il bassotto ricomincia a latrare come un invasato nonostante il conducente azioni i tergicristalli per far sparire subito quello che per lui è un fastidio, un moscone che torna a posarsi sempre sulle stesse cose. Raggiungiamo il lungomare e filiamo dritti puntando il Vesuvio, che da qui sembra immenso, superiamo il Maschio Angioino e in breve siamo dentro il Molo Beverello, da dove partono i traghetti per le isole. Abbiamo fatto tardi e rischiamo di perdere la nave. È che avevo dimenticato il bastone, così eravamo già in auto quando lui ha detto: "Il bastone". E allora lì ho commesso l'errore di cercare di farlo ragionare. "Pà, ma cammini benissimo, che devi fare con quel coso?"

"Il bastone," ha ripetuto senza rispondere.

"Faremo tardi," ho proseguito la battaglia.

Lui mi ha fissato e ha ribadito: "Il bastone".

Sembrava un bimbo che fa le bizze a letto per avere il suo pupazzo del cuore. Ed è quello il segreto, forse: usare gli stessi modi che gli altri adoperano con i figli, andare a rovistare dentro di noi in cerca di quella magica pazienza. Alla fine sono dovuto risalire in casa a prendere il famoso bastone con l'elegante pomello di avorio che non serve a nulla.

Sono alle prese con l'acquisto dei biglietti quando papà inizia a lamentarsi. "Andrea, dovresti accompagnarmi al bagno," dice sottovoce.

"Non puoi trattenerti? La fai sulla nave," ribatto mentre afferro i tagliandi.

Lui non replica, così ci mettiamo in fila. Con noi abbiamo solo il borsone che mi ero portato dietro per il fine settimana, nel quale lui ha infilato giusto un paio di mutande, una camicia e un maglioncino leggero.

"Ma la Dyane di mamma che fine ha fatto?" chiedo all'improvviso.

"Sta ancora lì," risponde guardando le operazioni di imbarco.

"Davvero? Ma funziona?"

"E che ne so, non ci salgo da un po'..."

Mi perdo con lo sguardo nei boccoli biondi di una turista davanti a me che parla una lingua incomprensibile con quello che dev'essere il suo fidanzato e intanto ripenso all'auto gialla che ha accompagnato la nostra infanzia. La usava quasi sempre mamma, la mattina presto, per andare a fare la spesa in paese.

La nostra casa è spiaggiata – è proprio il caso di dirlo – a Ciraccio, una lunga insenatura sabbiosa a ridosso dell'isolotto di Vivara, nella parte dell'isola che guarda Ischia e volge le spalle a Napoli e a Monte di Procida. Quando papà tornava dai suoi viaggi, la macchina restava quasi sempre confinata sulla ghiaia all'inizio del giardino, perché lui amava andare con la bici a fare compere, anche d'inverno e anche con la pioggia, ma quando lui era disperso in chissà quale continente la Dyane assolveva con dignità il suo compito giornaliero fra i minuti vicoli dell'isola. È che mamma già allora soffriva di terribili mal di testa, e a pedalare proprio non ci riusciva, nonostante papà tentasse di spronarla a suo modo apostrofandola con termini come "pesantona". "Vostra madre è una pesantona, si è fatta vecchia troppo in fretta!" E scampanellava prima di immettersi nel vialetto.

"E Ciccio? È ancora vivo, vero?"

"Ciccio? Sta sempre lì, se la cava e tira avanti," risponde. Subito dopo aggiunge una frase che non c'entra nulla: "Lo dico da una vita, dovrebbero fare dei traghetti solo per Procida".

Non rispondo e lui prosegue: "La vedi questa fila? A Procida scendiamo in cinque, noi tre e i due qui davanti". Indica la ragazza bionda e il compagno barbuto che parlano fitto. Sembrano due vichinghi e sono vestiti in modo ridicolo: lui con bermuda rossi, zoccoli e una canotta bucata dalla quale fuoriescono spalle muscolose che sorreggono uno zaino da trekking; lei, invece, ha dei pantaloncini bianchi che le cadono addosso sgraziati e che fanno pendant con il colorito delle gambe, una camicetta sbottonata con un costume blu sotto e in testa un cappello a metà fra quelli che indossavano le dame dell'Ottocento e un sombrero. Siccome è ancora relativamente presto, l'aria è piacevole e soffia una brezza fresca che sembra arrivare proprio dalla terra sperduta dei due normanni che ci precedono. Eppure la donna sta usando una rivista a mo' di ventaglio con movimenti bruschi che accrescono l'ansia di Augusto.

Papà prosegue il suo strano discorso: "Guardati intorno e dimmi se non vanno tutti a Ischia".

Il resto della fila è occupato da famiglie rumorose con nidiate di figli appresso, oltre a un gruppo di ragazzini che sventolano gli smartphone dai quali si dipana una musica dance che ritma il loro ballo sul molo. La coppia di vichinghi sembra divertita, mio padre e Augusto, invece, disgustati. Sarà che per il mio lavoro mi trovo spesso ad avere a che fare con gente di tutti i tipi, proprio non riesco ad annuire al discorso classista di papà. "Aspettami qui, compro le sigarette," rispondo per non rispondere, e mi dirigo al bar tabacchi di fronte.

"Andrea?" mi chiama lui.

Mi fermo sulla soglia.

"Prendi le sigarette al mentolo di ieri." E mi strizza l'occhio.

Come no, le sigarette al mentolo.

Bastasse il mentolo a rendere la vita più dolce.

"Marina, esci da lì dentro, fa troppo caldo!"

Poggiai il "Topolino" sul tavolo sotto la loggia che ancora conservava i resti del pasto e fissai da lontano mia sorella all'interno della Dyane parcheggiata al solito posto, dove l'aveva lasciata mamma la mattina, con le ruote anteriori girate verso il mare che schiamazzava a duecento metri e le posteriori che affogavano nel ghiaietto che accoglieva sempre i nostri piedi scalzi con un sordo scricchiolio. Il giallo della carrozzeria sembrava confondersi con il sole pieno nel cielo e mi faceva venire voglia di tornare sulla spiaggia, solo che nostra madre non transigeva: dopo pranzo niente bagno per tre ore. Così, il pomeriggio ero costretto a vincere l'oppressivo silenzio tuffandomi nei fumetti, per dimenticare che Delphine (questo era il nome di mamma) passava più tempo a letto che con noi, per fingere che tutto andasse bene e non riflettere sul fatto che, con il ritorno di nostro padre ai primi di settembre, sarebbero iniziati i litigi.

"Ti ho detto di uscire," ribadii serio, e feci per alzarmi.

Lei allora aprì la portiera e scese con un sorrisetto furbo.

La sauna era stato uno dei nostri giochi estivi preferiti per anni, praticamente aspettavamo che mamma dormisse per chiuderci nell'auto incendiata dal sole delle due del pomeriggio e iniziare a sudare. Dopo cinque minuti eravamo una zuppa e allora il divertimento era a chi resisteva di più. Vincevo sempre io, ovvio, Marina dopo un po' apriva la portiera e scappava via. E io mi sentivo un macho, capace di sopportare la fatica e il disagio senza battere ciglio.

"Se ti becca mamma, sai che succede..." dissi con voce di monito, perché ormai ero grande, mi sentivo grande.

Quindi tornai al fumetto, e così non vidi la sua faccia seria mentre rispondeva: "Mamma non si alza mai dal letto".

Ripresi a leggere e tentai di dimenticare mia sorella che a pochi passi mi guardava in un modo strano, profondo, come se cercasse un appiglio, qualcosa che proprio non potevo darle. Leggevo e non sentivo più nemmeno il canto assordante delle cicale e il ronzio dei calabroni che ogni due per tre venivano a posarsi sulla buganvillea curata dal comandante con un amore che chissà dove prendeva, un amore che non gli vedevi mai addosso.

Con tutta l'isola alle spalle

"Andrea?"

"Mmm..."

Il viso di papà schiaffato a un centimetro dal mio mi fa tornare al presente. Spalanco gli occhi e dico: "Che c'è?".

Siamo seduti in un angolo della sala e il traghetto borbotta tranquillo verso Procida. Oltre i vetri, sulla nostra destra sta sfilando Capo Miseno e Augusto russa sulle cosce del suo provvisorio padrone.

"Devo andare in bagno."

"Ti accompagno?"

"Sì, certo."

Mi alzo di scatto, papà posa il cane sulla poltrona (e Augusto lancia un piccolo latrato di insoddisfazione), quindi afferra il bastone e si appoggia al mio braccio.

"Andiamo," dico, ma lui sembra avere difficoltà a muoversi, e mi accorgo che nel suo sguardo c'è una strana piega delle palpebre che prima non c'era e che lo rende più vulnerabile.

"Fra poco arriviamo, non agitarti," lo rassicuro, credendo che inizi ad accusare il viaggio e la lontananza dalle sue cose. "E poi il mare è un olio, guarda," e indico il vetro.

"Non mi sento bene con la pancia..." replica lui, il volto pallido e madido di sudore.

Con la coda dell'occhio noto la signora seduta al nostro fianco che appare intimorita dal sommesso ringhio che le sta lanciando Tannen.

"Augusto, fa' il bravo!" dico quindi girandomi verso il cane, il quale però non smette di ringhiare.

L'andatura già di per sé non certo sportiva di mio padre si è fatta ancora più claudicante e per compiere un metro impieghiamo un quarto d'ora, muovendoci con la stessa scioltezza di questo barcollante traghetto.

"Hai bisogno di aiuto?" domando fuori dalla porta del bagno, ma siccome non ottengo risposta mi appoggio alla parete imprecando contro me stesso che l'altro giorno ho risposto d'istinto alla chiamata di Marina; ora potrei starmene nell'acqua di Positano in compagnia della bella Veronica, invece sono ingabbiato a far da testimone a mio padre che ha problemi di viscere.

Si avvicina un ragazzino sbarbato, un marinaio con una casacca bianca, che inizia a guardarmi con un certo imbarazzo. Sto per dire qualcosa riguardo all'imminente uscita di mio padre dal bagno, ma lui mi anticipa: "Il cane..." e resta lì senza aggiungere altro.

Aggrotto le sopracciglia. "Il cane cosa?"

"Il bassotto è suo, vero?"

Ecco, ci mancava anche questa. "Sì," rispondo con un sospiro, "perché, che ha combinato?"

In quel mentre ricompare papà. "Dev'essere stata la frittata. Aveva ragione Marina..."

Mi porto una mano davanti agli occhi per cercare di tenere a bada la voglia di scappare, tuffarmi in mare e con bracciate vigorose raggiungere la terraferma, il più lontano possibile dal passato che sembra sapere sempre come raggiungermi.

"Allora?" Rivolgo di nuovo la mia attenzione al marinaio, dritto impettito davanti a noi. "Che è successo?"

Lui guarda prima papà, poi me, infine dice: "Dovreste venire di là, il vostro cane ha aggredito una passeggera...".

Quando siamo tornati nel salone della nave, subito dopo il richiamo del marinaio, abbiamo trovato il ruvido bassotto avvinghiato al trolley della signora seduta al nostro fianco, la quale gridava e tentava di tirare a sé il trolley, e più lei tirava, più il cane azzannava con le sue fauci, e lei cercava di scappare da un lato e Augusto tirava dall'altro. Per fortuna papà è stato pronto di riflessi e ha cacciato un osso dalla tasca per metterlo sotto il naso del pazzo, il quale ha lasciato di botto il trolley per afferrare l'inaspettato regalo. Ho impiegato dieci minuti per convincere la signora che il suo bagaglio non aveva subìto danni e il cane stava solo giocando, e quando sono tornato dai due dissennati ai quali mi accompagno li ho trovati rabboniti come se nulla fosse successo, papà che guardava fuori con le mani appoggiate al pomello del bastone e Augusto ai suoi piedi che rosicchiava mansueto l'osso.

"Ma che gli è preso?" ho chiesto allora, sudato da far schifo.

"Non sopporta i trolley."

"I trolley? E perché, che gli hanno fatto?"

"Ah, non chiederlo a me, ha le sue fissazioni. Non sopporta i trolley, le stampelle e i negri."

"I negri?"

"Eh, quelli di colore, come li chiami."

"Di colore. O neri. Ma che c'entrano poi, perché non li sopporta?"

"Non lo so, non ama neanche gli storpi, a dire la verità."

Mi sono strizzato le palpebre con l'indice e il pollice nel tentativo di recuperare un po' di equilibrio e, quando ho riaperto gli occhi, mi sono accorto che attorno a noi avevamo fatto il vuoto.

Una volta arrivati a Procida, ci siamo diretti verso il posteggio dei taxi. Mentre attendevamo il nostro turno, papà mi ha chiesto se gli compravo una cedrata.

"Anche una cedrata? Non ti è bastato quello che è successo con la frittata di questa mattina?"

Lui si è risentito: "Appunto, la cedrata è astringente," ha risposto.

Di fronte a noi c'era Monte di Procida con le sue case bianche e dai colori pastello affondate nel suolo tufaceo che digrada in acqua, e una miriade di gabbiani sfruttavano le correnti standosene impalati a mezz'aria sulle nostre teste.

"Aspettami qui e non ti muovere per nessun motivo," ho detto quindi in tono fermo, e sono andato a comprargli la bibita.

Ero nel bar quando è squillato il cellulare. "Andrea, ma che fine avete fatto? Mi vuoi far venire un accidente?"

"Che fine ho fatto? Siamo scesi per una piccola passeggiata, come mi avevi detto."

"Avevi il telefono spento e a casa è sempre staccato."

"Evidentemente non prendeva," ho ribattuto davanti alla cassa.

"Come sta papà?"

"Bene."

"Le medicine?"

Ho allungato il collo e mi sono bloccato con i cinque euro in mano. Le medicine, cazzo, la raccomandazione numero 3, se non sbaglio: *Rispetta l'orario dei farmaci.*

"Andrea, mi senti? Ha preso le medicine?"

"Certo, come no, tutto a posto, non ti preoccupare."

In realtà le ho lasciate sul banco della cucina con accanto un bel post-it che recita: *Non dimenticare!*

Marina non è sembrata rassicurata, così sono stato costretto a ribadire: "È tutto a posto, davvero: papà sta bene, mi sembra di buonumore e in forze. Ci sentiamo stasera".

"Ok, ti chiamo dopo allora. Domani sera torneremo tardi, spero entro le dieci."

"Ok."

Dovevo correre da papà, solo che lei non sembrava voler chiudere.

"Grazie," ha proseguito, "lo so che per te non è facile, che non ti va di vederlo così. Ho capito che la tua è una difesa, perciò ti sono grata, perché so che lo stai facendo per noi, per Barbara e Alessandra."

Il cassiere mi guardava sempre più spazientito, perciò gli ho offerto i soldi e sono uscito di corsa sperando che nel frattempo non fosse successo nessun altro guaio.

"Non mi devi ringraziare," ho risposto, "e non è una difesa la mia, è che proprio mi rompo le balle..." E ho riso come sempre per sdrammatizzare. Solo che lei non si è divertita per niente, perché ha chiesto allarmata: "Ma che stai facendo, ti sento in affanno. Stai correndo?".

"Ma no, sto giocando con Augusto, un cane troppo simpatico..."

"Hai visto che tesoro? Va bene, allora a dopo. Baci, salutami papà, non ti chiedo di passarmelo se no si spazientisce, lo sentirò più tardi."

Ho posato il telefono e ho alzato lo sguardo: Libero Scotto non era più al suo posto. Mi è salito il cuore in gola e con poche falcate ho raggiunto il posteggio dei taxi. Nulla, spariti lui e il cane. Il nostro borsone invece era ancora per terra, accanto a un muretto.

"Ha visto un signore anziano?" ho chiesto al primo che mi è capitato sotto tiro, ma lui ha fatto solo una smorfia ed è passato oltre. Allora sono corso da un tassista, e nella testa già immaginavo la catastrofe che si sarebbe abbattuta sulla mia vita. "Avete visto un uomo anziano con un cane, un bassotto nero?"

L'uomo, un vecchietto con la barba sfatta e la coppola, ha

gettato lo sguardo alle mie spalle e ha indicato il molo con il mento. "Il comandante, dici? Sta laggiù..."

Mi sono voltato e ho visto papà seduto su una grossa bitta per l'ormeggio delle navi. Aveva la schiena incurvata e fissava il mare.

"Tu sei Andrea? M'arricordo di te che eri 'nu piccirillo..." ha proseguito il vecchio, che non rammentavo, ma io stavo già raggiungendo papà.

"Oh."

Lui non si è voltato.

"Che fai?"

"Ricordo."

Gli ho offerto la cedrata, ha afferrato la bottiglia con mano tremante e ha detto: "Sono un po' stanco, a dirla tutta".

"Bevi, che ti fa bene, c'è lo zucchero," ho risposto, "dopo andiamo a casa."

Ha preso un sorso ed è tornato a guardare il mare, con una mano sul pomello del suo amato bastone e lo sguardo d'improvviso rabbuiato.

"Andiamo?"

"Non ancora," ha sibilato.

Augusto si è messo ad abbaiare a un gabbiano che aveva avuto l'ardire di atterrare troppo vicino a noi, io invece sono andato a recuperare il borsone. Tornato al fianco di papà, ho acceso una sigaretta e mi sono messo anch'io a fissare il mare: stavolta, davanti agli occhi mi è balenata l'immagine di quando mamma d'improvviso si faceva allegra perché la sera sarebbe tornato lui, e allora ci caricava nella Dyane e andavamo al porto ad attendere il nostro uomo. Ci fermavamo proprio dove è ora lui, Marina e io spesso con un Calippo in bocca e nostra madre agghindata a festa, truccata e con un cappello a falde larghe, che iniziava a sorridere al traghetto quando ancora era in mezzo al mare.

All'epoca non mi sembrava così strano, anche se, in effetti, quella contentezza spiaccicata sul volto di nostra madre Marina e io non avremmo saputo proprio dove andarla a prendere. È che quando arrivava lui in casa si instaurava subito un clima di tensione; la prima sera sembrava tranquillo e lei felice, ma già il secondo giorno capitava litigassero per un nonnulla, perché mamma aveva comprato del pane non abbastanza cotto o perché si era fatta raggirare dal ragazzo che veniva a sostituire le bombole e che ai vicini chiedeva di meno. E quel clima accusatorio non risparmiava neanche noi, noi che nessuna colpa avevamo da espiare e che invece eravamo costretti ad aggirarci per il giardino o per la casa a testa bassa, come se avessimo appena compiuto la più grande fra le marachelle.

Ho terminato la sigaretta e mi sono accovacciato al suo fianco, faccia a faccia con Tannen, gli ho posato una mano sulla gamba e ho detto con voce calma: "Pà, andiamo ad aprire casa?".

Lui infine si è voltato e mi ha afferrato gli occhi con i suoi, e allora finalmente sono riuscito a percepire la sensazione di smarrimento che stava provando, quel sentirsi ormai fuori da tutto e in balìa del vento. E in quell'attimo ho capito che c'è qualcosa di carnale nel rapporto fra genitori e figli, qualcosa che si nasconde nello sguardo, nella bocca, si confonde con il respiro e ha a che fare con i sensi, con il sangue e con le cose che sanno di antico e ci sfuggono. Ho capito che hai voglia a serbare dentro di te il rancore, a custodirlo e proteggerlo come una balia per paura che cresca lontano e ti lasci senza più una difesa alla quale appigliarti; quando ti ritrovi davanti questo soffio ancestrale non puoi resistergli, e ti senti d'un tratto sfatto e senza forze, con le gambe che ti tremano come dopo una corsa o una lunga notte d'amore.

"Mi offri una sigaretta?" ha chiesto lui.

"Dopo però andiamo a prendere il taxi, ok?"

Papà ha annuito con la stessa espressione di quando Barbara e Alessandra accettano una proposta della madre utile a calmare il loro pianto dirotto. Gli ho passato la sigaretta e ha commentato: “No, non questa, una di quelle di ieri, al mentolo...”.

“Al mentolo? Me ne sono rimaste solo due,” ho tentato di dire. “Dai, fumati questa e andiamo.”

Eravamo io e lui ai piedi del Tirreno, con tutta l’isola, la nostra isola, e con il nostro passato, alle spalle. Ha fatto un tiro profondo alla Camel ed è tornato a ficcare le iridi nel suo mare. Solo al termine della sigaretta ha sciorinato una frase con la sua voce gracchiante e malferma: “Sai, quando arrivavo qui e vi trovavo sul molo ad attendermi, provavo una sensazione che non ho mai più provato. Non era solo gioia,” e stavolta finalmente mi ha sorriso, “era gratitudine”.

A proposito di soffio ancestrale.

Una brutta favola

Credo sia giunta l'ora di raccontare una storia che nasce favola e si trasforma in dramma, come spesso accade quando ci si mette di mezzo la vita. C'era una volta una splendida ragazza belga, con i capelli lunghi biondi, il viso minuto, gli occhi chiari e la carnagione color latte. Nativa di Charleroi, lavorava in un bar nel porto di Anversa, e proprio lì incontrò l'affascinante ufficiale italiano che ci sapeva fare con le donne e sembrava possedere il romanticismo tipico degli uomini del Sud. Delphine, così si chiamava la barista, si innamorò subito dell'uomo mediterraneo dalla pelle scura e dai modi decisi, e dopo un anno era già incinta di un maschietto, perciò decise di sposarsi, lasciare la sua terra e seguire l'amato in Italia, a Procida, nella casa materna di lui.

Il problema è che Delphine era abituata a ben altra vita, così dopo un po' iniziò a sentirsi prigioniera della piccola e silenziosa isola che le pareva nemica, della casa che non le apparteneva, della suocera spigolosa e invadente, e di un'esistenza che non era la sua, in una terra che non era la sua. Eppure, l'uomo dallo sguardo sicuro e dalla presa salda continuava a suscitare in lei una forte attrazione, e la sera aspettava fremendo che comparisse all'orizzonte, come se fosse il suo faro nella notte buia.

Rimasta di nuovo gravida, Delphine cominciò a piangere e

a disperarsi nel bagno davanti allo specchio, sola come sempre perché lui era già tornato in mare. Nonostante avesse coltivato segretamente l'idea di liberarsi del feto, non lo fece e anzi, quando vide che si trattava di una bambina, fu felice e ringraziò il Signore per il dono, e per un po' non pensò nemmeno più alla sua terra e alla vita di un tempo, anche perché lì non aveva nessuno, non aveva mai avuto nessuno, se non la vecchia nonna morta troppo presto e un padre che nemmeno conosceva. Perciò, in fin dei conti, a quel punto a Delphine la vita sicura e protetta dell'isola dovette sembrare migliore di quella che avrebbe vissuto in Belgio.

Lasciarono la casa di famiglia (un appartamento antico che si arrampicava sul porto della Corricella, troppo scomodo per la giovane madre) per trasferirsi nei pressi della Chiaiolella, il porto turistico che si affaccia sull'altro lato dell'isola. I primi anni nella nuova casa furono sereni, i due giovani sembravano aver trovato un equilibrio e una complicità diversa, e anche quando morì la madre Libero Scotto non accusò troppo il colpo, preso com'era dalla sua famiglia. Finché un giorno la loro piccola vita cambiò di nuovo perché lui fu assunto da una grande compagnia americana che gli affidò il comando del *Nautilus*, un bastimento battente bandiera panamense. Da allora la sua presenza in casa si fece sempre più rara, e Delphine in breve tempo cadde di nuovo in depressione e iniziò ad appassire insieme all'ibisco in giardino che fino ad allora aveva curato con amore, alternando momenti di euforia insolita, nei quali le attenzioni per i figli diventavano quasi morbose, ad altri nei quali sembrava non provare più interesse per nulla, nemmeno per i bambini, e rimaneva a letto per giornate intere.

Se quando lui tornava dai suoi viaggi intercontinentali la trovava sotto le coperte iniziavano i litigi, le accuse, le urla, lei piangeva e gli diceva delle brutte parole e lui, impassibile, andava ripetendo che si era sposato una pazza che non sapeva nemmeno fare la madre. In questo clima crebbero i due ragazzi, che ogni autunno si facevano più splendenti: lui era considerato il più bello dell'isola e lei, nonostante da piccola fosse mingherlina e portasse gli occhiali e l'apparecchio per i denti, a un certo punto sbocciò e trovò un fascino tutto suo. Lui iniziò a farsi ribelle e a rispondere per le rime al comandante; lei, invece, si chiuse in un mondo fatto di romanzi e studio. Lui si sentì investito di un potere che non gli apparteneva, come se fosse il marito e il genitore di quelle due donne, e lei si lasciò condurre ben volentieri dal fratello che assomigliava sempre di più a un padre. Quel padre che con lui neanche sapeva più come comunicare e che con lei, invece, riusciva ancora a trovare dentro di sé un briciolo di dolcezza.

Perciò, quando quel giorno famoso dell'ottantasette i due ragazzi si scoprirono di colpo senza una madre, lei trovò due figure maschili nelle quali rifugiarsi; lui, invece, solo un nemico davanti e più nessun complice alle spalle.

La casa di zucchero filato

Alcuni rumori si portano dietro la capacità di fermare il tempo, acciuffare l'attimo e non lasciarlo più, come solo le fotografie sanno fare. Il cancello d'ingresso al vialetto della nostra casa, grazie al solito cigolio ferroso, ha proprio questo dono, ti schiaffa ogni volta sotto gli occhi il ricordo di un giorno antico. Al pari di un odore che ti capita per caso nelle narici, lo stridore cigolante dei due battenti arrugginiti che si aprono per farci entrare in giardino mi allerta subito i sensi e d'improvviso sono assalito dalle memorie di quei ritorni dal mare con nostra madre, quando lo stesso cancello ci accoglieva con un lamento che io scambiavo per un gridolino di gioia. E quasi mi sembra di essere lì, in quello specifico istante, tanto che mi guardo alle spalle convinto che ci sia anche Marina con una Barbie in mano ad attendere i nostri movimenti. Invece c'è mio padre che aspetta curvo sul suo bastone, e c'è Augusto, che ha il muso piantato per terra e si lamenta come un invasato.

"Ma che ha ancora?" domando, ormai esausto.

"È eccitato, gli capita sempre quando torna a Procida. Ora passerà la giornata a ispezionare la casa."

"Ma non potevate prendervi un bulldog, uno di quei cani che non si muovono dal tappeto nemmeno se li chiami, invece di un esemplare posseduto dal demonio?"

Papà stavolta accenna un sorriso. "Io non ho scelto proprio nulla. Non lo sai che a una certa età non ti fanno decidere nemmeno se e come morire? Figuriamoci se mi interpellavano per un cane."

Siamo dentro. Solo che per percorrere il vialetto alla velocità del comandante impiegheremo mezza mattinata e Augusto nel frattempo piagnucola sempre più forte, tentando di strappare il guinzaglio per tuffarsi alla ricerca di chissà cosa.

"Ma lascialo ammazzarsi, santo Iddio!" dico, allo stremo della pazienza.

Papà allora molla la presa e Tannen parte a razzo, con il culo ribassato e il busto sollevato, tipo un off-shore che vola sull'acqua.

C'è un grosso geco appostato di fianco all'applique sul muro d'ingresso del patio. Ed è proprio lì che cade subito il mio occhio, mentre il comandante cerca di aprire la porta. È una sensazione strana da raccontare, perché il geco leopardato sembra proprio quello della mia infanzia, e forse, chissà, è proprio lui, un animaletto magico che è riuscito a vincere il tempo e vive dietro la luce del giardino da più di trent'anni. Forse c'è davvero qualcosa di prodigioso nelle case al mare, sarà la salsedine che le riveste e le cristallizza, o il vento che viene da lontano e si infila fra i cardini fradici per portare storie antiche che solcano le correnti, non so, però, ecco, io, nel guardarmi attorno, mi ritrovo di colpo bambino, come se non ci fossero diverse vite (le tante che mi sono cucito addosso) a separarmi da questo luogo.

C'è il cotto per terra innanzitutto, un'unica macchia rossa densa e compatta che ricopre il giardino e che assomiglia al ragù che preparava la nonna, e che mi fa avvertire lo stesso identico bruciore sotto la pianta dei piedi di quando lo attraversavo scalzo per andare a recuperare il Tango finito sotto la Dyane. C'è il bianco delle pareti esterne, che ora, a dire il vero, si è lasciato scurire dal mare d'inverno che lo ha sferzato per anni, e però in alcuni punti il sole ancora strappa riflessi a quel muro di calce che mi sembrava panna montata. Ecco un altro ricordo che chissà dove era andato a nascondersi: nostra madre che la sera nel letto ci raccontava la fiaba di Hänsel e Gretel e la trasformava, perché Hänsel e Gretel d'improvviso diventavano Andrea e Marina, e la casa di marzapane era la nostra casa di zucchero, e al suo interno non c'era nessuna strega cattiva, ma una mamma che passava il tempo a riparare i buchi che i figli lasciavano sui muri con i loro ingordi morsi.

"Eccoci qui," dice papà, una volta aperta la porta, "finalmente a casa," e si guarda attorno soddisfatto.

Ho quasi timore di entrare, perché forse lì dentro le cose invece sono cambiate, perché Libero non ha ancora aperto le finestre e l'aria è rancida, piena di umidità e brutti ricordi, perché sarà pieno di angoli bui dove si annidano quei cavoli di ragnetti. Perciò attendo che il vecchio permetta alla luce di cacciare via l'oscurità e volgo lo sguardo all'albero di limoni al centro del giardino, e lo ritrovo quasi uguale a come lo ricordavo, con il fusto annodato su se stesso e qualche frutto che sfuma fra il verde e il giallo, nascosto in mezzo al fogliame. E se annuso l'aria lo posso sentire l'aroma dei limoni: è l'odore dell'estate, anzi no, è l'odore dell'isola in estate. Procida in questo periodo è come una donna che si fa bella, come mia madre che si truccava solo un po' le palpebre di turchese e si spruzzava una leggera nuvola di profumo (che lui le portava da paesi lontani) sul collo affusolato per andare ad accogliere il marito sul molo. È un miscuglio di fragranze quello che mi porta sotto il naso il mare blu che luccica poco più in là, sono i miei odori, che hai voglia a ricoprire con un chilo di sabbia, al primo sbuffo caldo tornano comunque a farsi sentire.

Così, in questa brezza che sa di limoni maturi, di frittura che si spande dalle terrazze dei ristoranti che digradano sul mare, di gelsi, corbezzoli, ginestre e fichidindia aggrappati alla falesia a strapiombo sulla spiaggia, di olive verdi e corpose che diventeranno olio pastoso, di caprifoglio e passiflora, di capperi ed euforbia, di ghiaia vulcanica e ibisco, io riesco a tirare fuori solo un profumo che con l'isola c'entra fino a un certo punto, perché è un odore che viene dal Nord e che il vento non può avere la forza di portare fin quaggiù: un aroma freddo come la neve e, però, rosso come i tulipani, rosso come le labbra che ti baciano, come il sangue che ti scorre dentro.

L'odore di mia madre.

Papà si lascia sprofondare nella vecchia sedia a dondolo che staziona davanti al camino, Augusto invece è ancora fuori, il muso infilato dentro un buco della staccionata che separa la nostra proprietà da quella dei vicini, una famiglia di tre persone che emigrò all'estero dopo che noi già ce n'eravamo andati. Si chiamavano Lubrano e si erano trasferiti in questa parte dell'isola che io avevo suppergiù undici anni, il padre lavorava anch'egli sulle navi, come accade ancora oggi alla maggior parte dei procidani; faceva il cuoco, e a papà dava del "voi". Tutti in realtà gli davano del voi e lo chiamavano comandante, e questa cosa a lui credo piacesse molto, mentre a mamma per niente, perché, come diceva sempre quando litigavano, "noi qui abbiamo bisogno di un marito e di un padre in casa, non di un comandante".

A ogni modo non ricordo il nome del signor Lubrano, né quello della moglie, ma ricordo la loro figlia, come potrei dimenticarla: si chiamava Ondina, aveva la mia età, forse un anno meno, e non si portava dietro i colori del mare, ma occhi neri e tenebrosi e pelle scura come la sabbia di Ciraccio, capelli bruni tagliati sempre corti e labbra carnose. Nonostante fossimo quasi coetanei e vivessimo l'uno di fianco all'altra, impiegò mesi per dare confidenza a me e a Marina; se ne stava tutto il tempo per i fatti suoi e, quando la incrociavamo per strada o in spiaggia, salutava solo alzando il braccio. All'inizio la madre spesso la esortava a unirsi a noi, ma lei nulla, faceva di no con la testa e passava oltre. Sembrava avere modi da guappo, anche se Delphine insisteva a dire che era solo molto timida.

"Ma che combina il pazzo in giardino?" chiedo all'improvviso, dopo l'ennesimo abbaio di Tannen.

"Augusto? Starà dando la caccia a qualche lucertola. È capace di stare anche tutto il weekend appostato lì ad attendere che la poveretta esca dalla tana. Beato lui che ha questa pazienza."

"Be', non sarebbe male se non si facesse vedere fino a domani sera, direttamente sul molo per l'imbarco!" commento, e mi siedo sul divano posto sotto la libreria in muratura.

"Non ci sperare," risponde lui socchiudendo gli occhi.

"Stanco?"

"Un po', e la cosa mi innervosisce. Non ci crederai, ma quasi stavo per dimenticarmi della malattia."

"Ci credo, invece." E mi affretto a cambiare argomento. "Come si chiamava la signora Lubrano, la mamma di Ondina, che viveva qui accanto? Non ricordo."

"Assunta," risponde lui, senza aprire gli occhi.

"Sì, già, Assunta. Chissà che fine ha fatto."

"Vive ancora a Düsseldorf con il marito, hanno una pizzeria."

"E che ne sai tu?"

"Ogni tanto mi scrivono per sapere di te e di Marina. Sono gentili, soprattutto lei. Credo abbia sempre avuto una specie di fissa con me, anche se non mi ha mai detto nulla, figurati... quando arrivavo abbassava lo sguardo." Sorride compiaciuto.

"Sapevi come mettere soggezione alle persone."

"Avrei potuto conquistarla, se solo avessi voluto. Ma non l'ho fatto, non l'ho mai fatto con nessuna donna," e solleva l'indice adunco della mano sinistra. "Tua madre ha sempre avuto il mio rispetto. La famiglia prima di tutto."

Finito l'effetto della marijuana, è tornato a parlare per stereotipi. Per un attimo penso di ribattere che esistono diversi modi di tradire la persona che ami, ma poi decido di tacere e mi guardo intorno, mentre un nuovo guaito di Cane pazzo proveniente dal giardino non riesce comunque a rompere il silenzio. Nonostante la casa ora sia vissuta perlopiù da Marina e dalle bambine, restano comunque molte tracce di un tempo a farmi balenare davanti agli occhi la mia infanzia.

Mi soffermo soprattutto sul pavimento in cotto che, a pensarci, stona parecchio con le abitazioni del posto. È scuro, un rosso ferroso che sconfina nella ruggine, la stessa che mi sembra di avere appiccicata sulle tonsille: tossicchio un paio di volte per sconfiggere la strana raucedine che è venuta a trovarmi appena varcata la soglia. Poi c'è il camino, ordinato e pulito (si vede che non viene usato da una vita), e il divano letto che sostituisce quello rivestito di flanella, che con il mare e l'estate c'entrava anche lui davvero poco. Sulla destra, invece, una cesta con della legna accatastata da chissà quanto e un contenitore con delle riviste femminili. Alcune mensole in castagno reggono i libri di papà sul diritto di navigazione, sulle rotte e sulla vela, e molti romanzi in francese di mamma, sommersi però da volumi per bambini delle mie nipoti – dettagli che mi ricordano che la casa non è disabitata da allora, nonostante assomigli a una vecchia baita di montagna. È che qui dovevamo avere a che fare soprattutto con l'inverno, che era duro, con il maestrale che scuoteva le scogliere e intrecciava il mare, dovevamo ripararci dal freddo che saliva dalle spiagge e dall'umido del tufo. Questa casa era il nostro avamposto di frontiera per sette mesi all'anno, la caverna che ci riparava dalle bestie del bosco, il focolare che custodiva la nostra quotidianità, non c'era tempo per pensare a quando sarebbe arrivata la stagione calda. Su un'isola impari subito a badare all'essenziale, a tirare avanti e a rispettare il mare, certo, ma anche il vento e la terra.

Sul ripiano del camino c'è ancora una foto di mamma, e gli stracci della cucina appesi a quei chiodini arrugginiti vicino al lavello potrebbero addirittura essere gli stessi che asciugavano le sue mani dopo che aveva lavato i piatti. È strano, mi sento come se stessimo violando la sua tomba. Mi alzo di scatto ed esco in giardino per accendermi una sigaretta che mi aiuti ad accogliere i ricordi, così da non vedere più l'insopportabile sorrisetto vanesio che papà ha ancora dipinto sul viso da quando ha parlato della nostra vicina; il geco rotea le pupille guardingo, come ad accertarsi che non mi avvicini troppo. E io che quasi mi facevo intenerire da un uomo che di tenero non ha nulla, quasi avevo creduto che la malattia lo stesse cambiando. Non si cambia mai: come siamo in vita, così moriamo.

Nel giardino della casa accanto, una donna con i capelli lunghi neri e la pelle del colore della corteccia degli ulivi sta stendendo dei costumi ad asciugare dandomi le spalle. Ha la muscolatura scolpita e un sedere che, anche da quaggiù, sembra quello di una statua greca. Sto per fare un passo avanti per presentarmi, solo che Augusto all'improvviso lancia una raffica di abbai ininterrotti e parte in quarta alla rincorsa della povera lucertola che, sottovalutando la tenacia dell'astuto bassotto, è uscita dalla tana. Con un balzo il cane stringe il rettile fra le fauci e allora decido di intervenire, perché sì, la natura deve fare il suo corso, il predatore mangia la preda e se si interrompe la catena forse ci estinguiamo, non so, però, ecco, credo che un semplice salvataggio non faccia statistica e da oggi pomeriggio milioni di altre lucertole finiranno in pasto ai più svariati animali, con buona pace dell'ecosistema, solo che io nel frattempo avrò compiuto l'azione giusta. Il problema è che quando lo raggiungo è ormai tardi, Tannen ha già mollato il corpo esanime sulle piastrelle e sta sculettando soddisfatto verso l'interno della casa. Ciò che il forte bassotto non può immaginare, però, è che la natura prevede sì che il predatore alla fine stani la preda, ma tiene conto anche del fatto che ogni tanto pure i più deboli possono provare a salvarsi – se non con la forza, con l'astuzia. Insomma, la verità è che, con mio sommo gaudio, la lucertola ha fregato Augusto fingendosi morta; quando il cane è ormai lontano, infatti, si scuote tutta, si gira su se stessa con un saltello, muove la coda e si allontana incerta in direzione di un oleandro.

Sorrido e rivolgo lo sguardo alla mia misteriosa vicina che, scommetto, fino a un attimo fa stava guardando la scena divertita, ma lei non c'è più, resta solo il suo costume giallo che penzola nell'aria liberandosi del mare in eccesso. Allora finisco la sigaretta con un tiro deciso e rientro in casa, dove trovo il cane acciambellato sulle gambe di papà. I due sembrano dormire.

È mezzogiorno, fuori c'è un bel sole, il cielo è terso, gli uccelli cinguettano sui rami, il rumore del mare che mi ha cullato per tutta l'infanzia è sempre lì, appostato appena fuori dalla porta, e la Dyane gialla è come al solito in fondo al viale, sommersa da foglie e aghi di pino.

Sono solo.

E dopo trent'anni non ho più scuse.

Mamma ancora una volta mi aveva vietato il mare dopo pranzo, così andai a sedermi sul gradino che porta in giardino, i piedi scalzi sul cotto e gli occhi infilati in quelli di Ondina, che se ne stava sul suo dondolo a scrutarmi da lontano con uno sguardo magnetico. Sollevai la mano per salutarla e poi puntai il solito fringuello che veniva a trovarci il pomeriggio, una macchia di colori tenui miscelati come il quadro che stava nello studio di nostro padre e che riprendeva l'isola dal mare, dalla prua di un gozzo di pescatori, per l'esattezza.

L'uccello aveva una bella spruzzata di grigiazzurro sul collo e sul dorso, mentre il petto e la testa erano del colore della ruggine; atterrava sempre sulle piastrelle vermiglie, confondendosi con il pavimento, girava la testa di qua e di là e si lanciava nell'erba, alla ricerca di vermi. Con Marina spesso gli lasciavamo delle briciole, lui allora faceva un paio di saltelli e si cibava con prudenza, senza perdere di vista i nostri movimenti. A volte, però, usciva nostra madre con le lenzuola da stendere e allora il fringuello spariva nel cielo con un balzo fulmineo.

Nonostante cercassi di non distogliere lo sguardo dall'uccello, con la coda dell'occhio mi accorgevo che Ondina era ancora lì a fissarmi. Un po' ero contento, ma un altro po' avrei voluto dirle che mi imbarazzava. Dal soggiorno arrivava la sigla di *Hello!Spank*, il cartone animato preferito di Marina.

"Quanto tempo resisti sott'acqua?" chiese lei a un certo punto, rompendo il silenzio che durava da mesi.

Non l'avevo mai sentita parlare, se non di sfuggita e da lontano, ma la sua voce non era come l'avevo immaginata, non aveva nulla di caldo e sensuale, né di magico, assomigliava piuttosto al tuono durante le grandinate estive, o al verso della cana Sansa la notte, una randagia che viveva un po' qua e un po' là.

"Boh, non lo so, non ho mai provato."

"Io quasi due minuti."

"Due minuti?"

"Già," fece, e si alzò per avvicinarsi alla staccionata che separava le nostre case.

Si muoveva con estrema lentezza, sgraziata, come se fosse appesantita da una zavorra, e il suo sguardo sembrava non essere attratto da nulla in particolare. Mamma mi aveva spiegato che aveva una gamba più lunga dell'altra, si chiama eterometria, o qualcosa del genere, nulla di grave. "Ma non dire che lo sai e non fissarla, mi raccomando. È una ragazzina *très jolie*... anzi, quel suo modo di camminare la fa sembrare ancora più affascinante. I nostri piccoli difetti ci rendono unici, ricordatelo, *mon amour.*" E mi aveva stampato un bacio sul collo.

Andai verso di lei.

"So prendere i polpi con le mani," disse quando ero a un passo.

La guardai a bocca aperta. "Davvero?"

"Si nascondono sotto le pietre, sul fondo, ma io riesco a vederli e li prendo. Però bisogna scendere tre, quattro metri, a volte anche di più."

"Wow," mi lasciai scappare, perché io, pur essendo figlio dell'isola come lei, non avevo uguale confidenza col mare. È che nostro padre ci aveva sempre messo in guardia dai suoi pericoli e non ci aveva mai spronato a fidarci troppo di lui. Come il ragazzino al quale dicono di non parlare con gli sconosciuti, a fare affidamento solo sui familiari, anche noi eravamo cresciuti con questa specie di paura che nemmeno sapevamo di avere e che però condiziona, toglie qualcosa ogni giorno, ti sottrae possibilità. E le possibilità non arrivano mica a ogni ora.

"Vuoi venire con me qualche volta?"

"Con te? Dove?"

"Dove? Al mare, sott'acqua, così ti faccio vedere."

Il fringuello fece un largo giro e si posò proprio sullo steccato, non lontano da noi. Mi venne da sorridere, perché ero così: mi piacevano gli animali e, soprattutto, non ero capace di parlare con qualcuno che non sentissi vicino. Quanto desideravo che lei ricambiasse il sorriso o, almeno, guardasse l'uccello, o che mi desse la mano per presentarsi ufficialmente, anche se ci conoscevamo da un pezzo. Invece Ondina se ne stava sulle sue e se ne fregava del fringuello, continuava a scrutarmi attendendo una risposta.

"Quando?" riuscii solo a chiedere.

"Domani pomeriggio, a quest'ora. Ci vediamo giù a Ciraccio, sotto ai faraglioni."

"A quest'ora?" domandai quasi balbettando.

"Perché? Problemi?"

Sì, una caterva, a quell'ora mamma non mi lasciava scendere in spiaggia, solo che non potevo confessarglielo, se no che figura ci avrei fatto. Perciò annuii e risposi serio: "Nessun problema".

Ondina rientrò in casa senza aggiungere altro.

C'era qualcosa in lei che mi ammutoliva; non di certo l'aspetto esteriore, non era brutta, questo no, ma aveva i capelli corti come i maschi, le braccia muscolose, la voce grave, quel modo strano di camminare... Insomma, di ragazzine più belle sull'isola ce n'erano eccome, ed erano anche tutte innamorate di me, "di quel bel ragazzino biondo e dallo sguardo pulito", come mi descrivevano le signore dell'isola, "'o figlio d'o comandante", come invece mi chiamavano i vecchi pescatori giù al porto della Corricella.

Il fringuello tornò ad alzarsi in cielo proprio nell'istante in cui mi allontanai dallo steccato; mamma stava finendo di lavare il pavimento della cucina e Marina era ancora davanti al cartone animato, perciò nessuno si accorse del mio volto che accoglieva un insolito sorriso quando mi sedetti di fianco a mia sorella. Nessuno, tranne l'uccello ormai lontano, era stato testimone di un amore appena sbocciato fra un ragazzino bello e insicuro e un'adolescente malinconica dallo sguardo deciso, separati solo da una recinzione che quell'estate uno dei due avrebbe scavalcato.

Una specie di angeli

Il corridoio che mi conduce alle camere da letto è tappezzato di foto delle mie nipoti Barbara e Alessandra, e di Fiorenzo, però a un certo punto spunta anche mamma che si tiene il cappello su una spiaggia in un giorno di vento, Marina e io che guardiamo l'obiettivo con un rastrello e un secchiello in mano, e papà con una lunga barba nera che scruta l'orizzonte con i piedi infilati nel suo mare. Accanto a un disegno astratto delle bambine (uno scarabocchio incorniciato, a essere sinceri) trovo di nuovo nostro padre che sorride con in braccio Marina, e poi lui sulla prua della nave, e sempre lui in bianco e nero su un gozzo mentre tira su un grosso tonno insieme agli amici di sempre. Proprio fuori dal suo studio, di fronte a un'immagine di Fiorenzo in acqua con la figlia più piccola sulle spalle, c'è ancora papà da giovane che tinteggia a torso nudo e con il sigaro in bocca la staccionata dove incontrai per la prima volta Ondina.

Lui, lui, lui.

Di mamma, a parte la foto sbiadita sulla spiaggia, resiste un altro scatto in bianco e nero accanto alla porta del bagno. Mi avvicino e mi scopro emozionato nel trovare di nuovo un'immagine che conosco bene, una fotografia che scattai io tanto tempo fa: mamma è seduta sul nostro vecchio dondolo che poi finì in cantina, il capo avvolto da un foulard scuro e le braccia nude appoggiate alla spalliera, e rivolge lo sguardo verso destra, fuori dall'obiettivo. Non ricordo cosa avesse attirato la sua attenzione, però ricordo l'espressione seria, profonda, che d'un tratto, e per poco, ogni tanto le faceva visita. Ero rimasto incantato ad ammirarla, prima di scattare.

Da poco papà mi aveva regalato la mia prima macchina fotografica, la sua vecchia Olympus che non aveva più il tempo di utilizzare e che mi consegnò con fare solenne prima di partire per un lungo viaggio nelle Americhe. "Ho notato che non te la cavi affatto male con le fotografie, hai lo sguardo giusto sulle cose... prova a esercitarti con questa, è una grande macchina."

Fu tale l'eccitazione che in due giorni completai il rullino che ancora era all'interno, ma siccome di soldi papà non è che ne lasciasse molti e siccome, tra l'altro, mamma era una che a queste cose proprio non andava dietro, e per lei era importante solo che noi studiassimo, così da potercene andare un giorno dall'isola, non dissi nulla e proseguii a scattare senza rullino. A ogni scatto però segnavo tutto su un quaderno a quadretti, descrivevo proprio l'immagine che sarebbe scaturita se ci fosse stata la pellicola. Così non rischiavo di dimenticare. Quando papà tornò dal lungo viaggio, avevo circa venti foto vere e novanta solo descritte, di cui a lui ovviamente non parlai. Eppure sono state proprio loro, quel trasportare su carta l'immagine che avevo davanti agli occhi, il profilo di Vivara, la spuma del mare, l'arco d'ingresso alla casa di nonna, il volto di mia madre bagnato da un raggio di sole primaverile, a farmi innamorare della fotografia e della luce. Fu quel quaderno segreto a spingermi ad abbandonare anni dopo gli studi per tentare la via dell'arte. E forse è stata colpa sua, anche se poi non ho trovato la forza necessaria a credere fino in fondo di poter vivere del mio talento. Se ci fossero state le fotografie a sostenermi, anziché semplici racconti di attimi perduti, forse non avrei smarrito per strada il sogno e avrei lasciato perdere la moda, che è stata un ripiego. Come del resto non ha mai mancato di sottolineare mio padre.

Sulla parete alla fine del corridoio c'è l'orologio a pendolo che papà portò da un viaggio (era fissato con gli orologi, si sarà capito?) e che suonava due volte al giorno, fino alla mattina in cui mamma (era uno dei suoi giorni no) gli tirò contro una pentola e tanti saluti. Il meccanismo credo non sia mai stato aggiustato, ma la struttura è ancora lì. Questa casa piena di acciacchi e ricordi sembra avere la tempra degli isolani di un tempo, alla mio padre per intenderci, uomini corroborati dal vento e dal mare che si portano dietro i malanni con dignità, senza mai perdere lo sguardo fiero.

Entro nel bagno, le piastrelle scheggiate sempre negli stessi punti e lo sciabordio dello scarico che anche allora non si fermava mai. Sul lavandino pende un mobiletto bianco di Ikea con dentro poche cose: dell'ovatta, un bicchiere con cinque spazzolini, del dopobarba, rasoi, un antizanzare, della crema solare protezione trenta con il beccuccio dal quale scende del liquido giallognolo ormai secco, dei fazzoletti Tempo che hanno preso il colore dei giornali vecchi, e poco altro. Non c'è traccia di quei medicinali che riempivano il pensile di allora, di legno grezzo, con al centro un piccolo specchio illuminato da una lampadina fioca, eppure a me sembra che stiano ancora tutte qui le boccette allineate con cura che mamma apriva ogni sera e ogni mattina.

Mi ero abituato presto all'andirivieni silenzioso nel bagno e non ci trovavo nulla di strano, credevo solo che fossero medicinali che servivano a farla stare meglio, così come non mi facevo troppe domande sul perché stesse sempre a letto: lo accettavo come fanno i bambini, che sanno accogliere anche le cose strambe senza tanti perché. Era normale per me che mamma ogni tanto stesse male (anche se non vedevo nessun'altra madre fare così), normale vederla piangere o guardare il vuoto, normale che in quelle occasioni non rispondesse alle nostre domande, e normale anche che dovessi essere io a preparare la cena per me e Marina. Normale, che significa consueto, abituale, e per me la situazione era proprio tale: ordinaria quotidianità. Come l'assenza di papà, in effetti, anch'essa normale, anch'essa quotidiana.

Dal soggiorno arriva il concertino del comandante e di Augusto che russano a intervalli regolari, come se stessero mettendo in scena un'opera che ha richiesto mesi di duro lavoro; uno succhia l'aria e l'altro la caccia, uno inspira e l'altro espira, e quasi li posso vedere i loro corpi così diversi che uniti riposano. Sulla sinistra c'è la camera che un tempo dividevo con Marina e nella quale ora dormono le mie nipoti (e che userò io stanotte), e sulla destra la stanza di mia sorella e Fiorenzo, l'ex stanza dei nostri genitori. Prima, però, c'è lo studio di papà, occupato da una bella scrivania di mogano davanti alla vetrata che guarda il mare. Quasi mi sembra di vederlo seduto lì dietro, il viso giovane rivolto al Tirreno e le spalle alla porta, come se quella stanza fosse la sua cabina di pilotaggio. E forse era proprio così, forse questa piccola camera era davvero la sua nave, il rifugio, ciò che più si avvicinava al mondo che amava. Si chiudeva qui dentro per giornate intere, con lo sguardo perso all'orizzonte e le mani intrecciate dietro la schiena, oppure si sedeva con un libro fra le mani e il toscano in bocca e riempiva l'aria di tanto di quel fumo che quando andavo a chiamarlo per la cena a stento riuscivo a riconoscerne la sagoma sullo sfondo.

Ora un raggio di sole colpisce dritto in faccia la grande libreria della parete di destra, scoprendola piena di polvere ammonticchiata nei mesi. Entro e mi siedo al suo posto, Ischia a un passo e il mare solcato da centinaia di imbarcazioni che ne graffiano la superficie dorata. Qualche volta mamma gli chiedeva di portarci proprio lì, a Ischia, l'isola più grande del golfo, a fare un bagno termale, e lui rispondeva sempre di sì, anche se non ci portò mai.

La verità è che non c'è un vero motivo perché io sia qui, perché la casa sia ancora qui. Papà avrebbe dovuto venderla all'epoca, quando partimmo, impacchettare le nostre cose e consegnare le chiavi a qualcuno che avrebbe pensato a rinfrescare le pareti, qualcuno che non se la sarebbe dovuta vedere con i ricordi, che sono tosti da rimuovere perché si annidano nei gesti quotidiani. Questa casa è come uno dei tanti vecchi appartamenti delle famiglie di Procida, come le case delle amiche della nonna con i salotti pieni di gingilli che toglievano aria e spazio. Il mio letto, per esempio, anche se adesso è coperto da un lenzuolo di Rapunzel, mi sembra mantenga ancora la forma di mamma sdraiata al mio fianco a leggermi una favola, mentre Marina dorme poco più in là. Nell'armadio (che non è più quello di un tempo) è conservato ancora il ricordo di lei che mi piega i vestiti con certosina pazienza, e la mia piccola scrivania in faggio, sostituita da un pezzo di Ikea, custodisce intatta la memoria di Delphine che mi insegna a disegnare, il capo chino e i capelli biondi che le cadono a cascata sul foglio.

Mi accovaccio lentamente nel punto esatto dove si sarebbero dovute trovare le famose lineette che misuravano la nostra altezza, con la testa dove una volta c'era il numero 140. Strofino la fronte contro il muro e cerco di ricordare nel frattempo la mano che mi teneva fermo mentre l'altra rigava la parete, e mi viene da sollevare gli occhi come allora, alla ricerca del suo viso, o forse della sensazione che mi prendeva ogniqualvolta mi spingeva lì e diceva: "*Mon petit prince* sta per trasformarsi in re!", un'euforia che non so descrivere e che era solo voglia di lasciarmi alle spalle il mondo dell'infanzia che non mi aveva regalato poi chissà che, desiderio di dimenticare le difficoltà quotidiane, ambizione di poter infine scavalcare quel piccolo faticoso territorio dove per arrivare ad aprire la maniglia della porta e correre fuori, al riparo dalle loro grida, avevo pur sempre bisogno di alzarmi sulle punte.

Un ronzio mi distoglie dai pensieri e anticipa l'ingresso di un moscone che fa un paio di giri prima di lanciarsi di nuovo nel corridoio. Pochi secondi ed è di nuovo qui, e poi di nuovo fuori, con il suo sinistro frastuono che si propaga per le stanze come il lamento del vento nei pomeriggi di novembre, e allora ripenso alle storie che ci raccontavano da bambini, e cioè che i mosconi portassero sventura in casa e cattive notizie. Mi alzo e apro la finestra.

"Mamma."

"Che c'è?"

"Un moscone in camera."

Silenzio. Dalla cucina arrivava sommessa la voce di Maurizio Costanzo.

"Mà?"

"*Oui*."

"Hai sentito cosa ti ho detto?"

"E allora?"

"Puoi venire un momento?"

Delphine mi trovò sotto le coperte, il solo lumino acceso e un fumetto che giaceva sul mio petto coperto da lenzuola blu sulle quali erano disegnati dei piccoli razzi che puntavano il cielo.

"Non urlare, che svegli tua sorella! Che c'è, perché non dormi?" Era ferma in piedi davanti a me.

Non dissi nulla.

"Per la mosca?"

Annuii.

"Che t'importa," e accennò un risolino, "sei grande e grosso e hai paura di una mosca. Se lo sapesse *ton père*..."

Mio padre non può saperlo, perché non c'è, non c'è mai, e non sa tante cose di me. Così avrei voluto risponderle, invece dissi: "Dicono che i mosconi siano il diavolo che porta cattive notizie".

Stavolta Delphine rise proprio, anche se si fermò subito e guardò preoccupata la figlia che si era mossa nel letto. "Ma chi te le dice queste idiozie?" bisbigliò quindi.

"Le vecchie giù al porto. Anche la nonna."

Lei si fece seria, di botto. "E tu non starle a sentire, ascolta me che sono tua madre. Mia nonna, invece, diceva che le mosche sono i nostri morti che vengono a trovarci per sapere se stiamo bene," e si sedette sul bordo del materasso.

"Una specie di angeli," risposi allora.

"*Oui*, una specie di angeli," confermò mentre mi rimboccava le lenzuola. "Ora fammi andare che devo finire di sistemare la cucina." Si alzò.

"Mà?"

"*Encore?*" sbuffò sulla soglia della stanza.

Il moscone era tornato a rumoreggiare attorno all'unica luce accanto al letto.

"A me non piacciono i morti."

Si avvicinò, spense la piccola lampada e aprì la finestra: il moscone smise di ronzare di botto e la luce pallida della notte si riversò sulle piastrelle e sull'armadio. L'aria fredda che veniva dal mare si propagò per la camera e sembrò cristallizzare ogni cosa. Restammo in silenzio, con solo il rumore dei cavalloni a riempire il buio, poi tornò a farsi sentire di nuovo il brusio dei morti, come lo aveva definito lei credendo di farmi un favore.

"Ora se ne va, non preoccuparti," sussurrò strofinando la guancia contro la mia, i suoi capelli che mi solleticavano le palpebre.

L'attimo seguente la sagoma scura del moscone si stagliò nel chiarore notturno e in pochi istanti l'insetto prese la strada per la luna.

"Hai visto?" disse allora Delphine. "Non ci vuole niente. Basta aprire la finestra e la paura vola via."

C'è il volto di una donna nell'immagine in corridoio, prima di quello di una madre. Un viso pulito, levigato, una cosa difficile da trovare in quest'isola aspra che contorce pure i profili dei suoi abitanti. I ritratti che rubavo da ragazzo ricordavano le asperità di Procida: una ruga, un neo, un pelo, una macchia... imperfezioni che riempivano di vero le fotografie. Ma in questa immagine di trent'anni fa di imperfezioni non ne vedo, adesso mi sembra che mai nulla di più bello ci sia stato nel mio obiettivo, che tutti quei difetti che collezionavo siano solo vita disfatta, sogni e desideri appassiti, delusioni e verità che fioriscono.

Eppure non era certo una donna felice, una madre spensierata, Delphine, aveva le sue giornate no; per fortuna, in tutti gli altri giorni dei suoi demoni interiori si perdeva traccia, così ora non resta che un volto morbido e accogliente davanti a me, una bocca piccola, un cappello di paglia maschile che racchiude i suoi capelli colore del frumento, gli occhi turchesi che riverberano il mare, il naso minuto con il quale sembrava inspirare solo ogni tanto, quasi avesse il garbo di non prendersi tutto ciò che la vita le metteva a disposizione.

Ecco, sì, è la definizione giusta: era un volto garbato quello di mamma, come non ce n'erano altri sull'isola.

E nella mia vita.

Il polpo fra le mani

La mia macchina fotografica è in un vecchio baule del corridoio, insieme a un paio di pantofole, a un Super Santos e alle scarpe da calcetto di Fiorenzo, mentre sul fondo, avvolta nel cellophane della lavanderia, c'è la divisa da comandante di papà, ingiallita dal tempo. La tiro fuori e me la porto al naso, sa un po' di muffa, strofino i polpastrelli sul cotone e la rimetto a posto prima che l'immagine di mamma china con il ferro da stiro su quel tessuto bianco mi blocchi del tutto. Voglio dedicarmi alle cose belle che sono rimaste, ai ricordi da conservare, alla mia prima amata macchina fotografica per esempio, che mi posiziono in grembo, come si fa con i figli, restando a guardarla senza toccarla, così ingombrante, pesante, eppure bellissima. La scritta ha la lettera O cancellata, perciò adesso si legge LYMPUS, ma per il resto sembra essersela cavata bene, nonostante i suoi trenta e passa anni. Accosto l'occhio al mirino, premo il pulsante e avverto subito il classico clic metallico. Incredibilmente funziona, e c'è anche il rullino, forse mia sorella la usa ancora. Il mio vecchio quaderno però, nonostante rovisti ovunque, non lo trovo. Trovo invece il laccio di cuoio per appendere la macchina al collo, cosa che faccio prima di tornare in soggiorno.

Ripasso davanti alla camera che un tempo fu dei miei e proseguo dritto: lì dentro proprio non ce la faccio a entrare, e mi domando come Marina possa dormirci. Lo stesso papà per anni non ci ha messo piede; i primi tempi ci affidò alle cure di una vecchia zia, la sorella minore della nonna, che però aveva gli stessi modi spicci e gelidi, perciò noi non vedevamo l'ora che lui rientrasse dai suoi viaggi e ci riportasse a casa. Qui si coricava sul divano in soggiorno e poi diceva che si era addormentato senza volerlo, ma io in realtà avevo capito che non voleva dormire di là, su quel letto. Così attesi il suo terzo ritorno per andargli vicino. "Perché non ce ne andiamo?" chiesi guardandolo dritto negli occhi.

"E dove?" fece, sorpreso.

"A Napoli," fu la mia pronta risposta.

Papà si mordicchiò il labbro inferiore e mi studiò per un po', alla fine infilò le mani in tasca e disse solo: "Vediamo".

Tre mesi dopo chiudemmo la casa a doppia mandata e mettemmo il mare fra noi e il passato.

"Andrea."

È la voce del comandante a chiamarmi. Sbuco in soggiorno e lo trovo in piedi accanto alla finestra. Augusto, invece, dorme ancora sul divano a pancia in su. Sbircio l'orologio: è l'una meno un quarto e inizio ad avvertire un certo languorino.

"Ti sei svegliato, finalmente."

"All'una devo prendere la pillola, ma mi sa che abbiamo dimenticato i farmaci."

"Sì," ribatto mesto, "te l'avevo detto che stavamo facendo una cazzata. Se ti ricordi quali sono, te li vado a comprare."

"No, lascia stare," risponde all'apparenza sereno, "tra l'altro servirebbe la ricetta. Non li prendo e basta, non morirò per due giorni senza medicinali. Anzi," e si sforza di sorridere, "morirò lo stesso."

Solo che il suo discorso mi agita non poco, così mi lascio accogliere dalla sedia a dondolo e commento quasi tra me e me: "Ma come mi è venuto in mente di portarti qui? Sono un pazzo, un irresponsabile, questa è la verità, ha ragione mia sorella".

Tannen emette un piccolo ringhio di avvertimento, infastidito dall'agitazione che sente crescere in me; papà, al contrario, continua a guardare fuori dalla finestra e dice: "Ssh, statti un po' zitto," e si porta l'indice sulle labbra, "calmati e vieni qui piuttosto, voglio farti vedere una cosa bella...".

Balzo in piedi e seguo la direzione dei suoi occhi: nella casa accanto, al di là dello steccato, c'è la stessa donna di prima che ora sta stendendo un telo da mare rosso.

"Te la ricordi?"

"Chi è?"

"Ondina."

L'espressione che gli dedico dev'essere stupefatta, perché lui si affretta ad aggiungere: "È tornata a vivere sull'isola da qualche anno".

L'emozione è tale che d'istinto indietreggio, e stavolta mi lascio sprofondare nel divano. Il problema è che spesso l'agitazione e lo smarrimento ti fanno fare dei pasticci, insomma, non mi sono reso conto che sullo stesso divano sta riposando Augusto, il quale, schiacciato dal mio posteriore, emette un sinistro guaito di paura o dolore, non so, quindi lancia un ringhio di sfida che anticipa il suo tentativo di attaccarsi alle mie morbide natiche. Per fortuna ho ancora i riflessi pronti, così mi alzo di scatto e mi allontano con un saltello per evitare guai maggiori, solo che il gesto repentino fa sganciare il gancetto della mia lympus che rotola a terra con un tonfo sordo. L'ansia, dicevo, porta sempre a commettere degli errori e, infatti, capisco subito di aver fatto un'ulteriore mossa avventata perché Tannen, eccitato dal mio ruolo di preda e dalla mia paura, tira su le orecchie, cala il culo verso il pavimento in un nanosecondo e parte come un razzo in posizione off-shore. E, lo confesso, quando vedo il suo ringhio che mi punta, le gengive e i canini all'aria, mi assale un brivido, perché è vero che il bassotto è un bassotto e mi arriva alla caviglia, ma è anche vero che, a rifletterci, quel musetto lì qualcosa in comune con il grugno dei dobermann pure lo tiene, e sarà che fanno parte della stessa famiglia, insomma io penso a salvarmi la vita, apro la porta e fuggo in giardino. Solo che il pazzo non desiste e mi corre dietro, così improvvisamente mi balena l'idea giusta: salto la staccionata e mi ritrovo accanto alla mia vicina di un tempo, l'unica donna che ancora mi procura quella strizza di un tempo, che, a dirla tutta, è la sensazione migliore che si possa provare nella vita. Altro che spinelli.

Mia sorella era in piedi sulla battigia quando riemersi, e mi si fermò il cuore perché pensai che anche nostra madre fosse lì, e allora mossi lo sguardo a destra e a sinistra per controllare, già pronto alla sua sfuriata davanti all'intera spiaggia e, soprattutto, a Ondina, la ragazzina strana che parlava poco e sembrava non provare emozioni, e che però aveva uno sguardo magnetico che proprio mi rimbambiva. Invece Delphine non c'era, c'era solo Marina, che mi venne incontro fino a che l'acqua le lambì le ginocchia. Indossava il vestitino bianco a fiori rossi che mamma le aveva comprato a inizio estate e che era diventato il suo preferito.

"Che ci fai qui?" esordii, una volta al suo fianco.

"Mi ero scocciata di stare da sola a casa," la voce sporcata dall'apparecchio per i denti.

"E mamma?"

"Dorme."

"Ti avevo detto di controllarla," la rimproverai.

"Non ti preoccupare, oggi è una giornata no, non si alzerà fino a stasera."

Sulla mia pelle le gocce di mare scivolavano leggere senza incontrare ostacoli, se non i rilievi dei muscoli intagliati su un corpo che ricordo agile e snello, con i capelli biondi che si riversavano all'indietro per cadere lungo il collo e aggrapparsi alle spalle. A giudicare oggi, un po' mamma aveva ragione quando mi paragonava, scherzosa ma non troppo, a una divinità, una di quelle statue che gli antichi sapevano scolpire con grande maestria, il trionfo dell'uomo, la perfezione del corpo e l'esaltazione della gioventù. Ero bello, non posso negarlo, e infatti le tre ragazzine che prendevano il sole a qualche metro avevano lo sguardo fisso su di me, che portavo un costume rosso a slip che copriva solo l'indispensabile, e si davano di continuo gomitate e ridevano per un nonnulla mentre sbirciavano con la coda dell'occhio, convinte che non le notassi. Con una di loro, Marcella, c'era stato anche un bacio sulle labbra che mi aveva rubato in un pomeriggio di primavera senza sapere che non ero ancora pronto per quelle cose, che di tutta la bellezza che mi portavo dietro proprio non sapevo che farmene.

"Abbiamo pescato due polpi," dissi allora a Marina, una volta calmo, nell'esatto istante in cui Ondina sbucava dall'acqua sfilandosi la maschera.

"La lesbica" la chiamavano le altre ragazze, compresa quella Marcella che continuava a fissarmi. Non sapevo nemmeno cosa volesse dire lesbica, e non mi interessava: a me Ondina piaceva, amavo il suo dignitoso silenzio, lo sguardo profondo, il suo nome che proveniva dal mare, la piega del collo, lì dove iniziano le clavicole, ricoperta di pelle liscia come quella delle albicocche, le mani affusolate e il sedere piccolo e fresco che mi ritrovavo ogni volta a sbirciare e che mi faceva venire in mente la curva delle percoche che ci portava Ciccio con la sua Ape.

Marina sporse lo sguardo nel secchio che Ondina aveva in mano e si lasciò andare a un'espressione di meraviglia: dentro c'erano due polpi di medie dimensioni che cercavano riparo l'uno sotto l'altro attaccando i grossi tentacoli alla plastica.

"Come li avete presi?"

"Li ha presi lei. Con le mani," risposi fiero, nemmeno il merito fosse mio.

"Non ci credo," ribatté mia sorella.

"Sì, è vero, li ho pescati io," rispose la nostra vicina, e ficcò una mano nel secchio. "Guarda," aggiunse poi, una volta che il polpo le si era aggrovigliato al polso, "fa tutto lui. Dicono sia un essere intelligente, a me sembra stupido. Basta prenderlo e lui ti si appiccica."

Marina fissò la nostra vicina come se fosse una maga, una fattucchiera pericolosa, io al contrario mi sentii pervaso da una contentezza improvvisa, e sorrisi, perché era uno di quei momenti felici, perfetti, dove tutto sembra essere al posto giusto, istanti che capitano di rado e che spesso la gente si lascia sfuggire. Io, invece, nonostante avessi solo dodici anni, ero già capace di sentire, odorare, ero già un qualcosa che assomigliava a un fotografo, sapevo scorgere la bellezza, fissarla con un clic per non farla scappare via, e se avessi avuto la mia Olympus avrei immortalato il momento (che, però, sarebbe svanito lo stesso, perché il rullino lo avevo finito da un pezzo).

Mi ripromisi di annotare l'istante sul quaderno, una volta a casa, tanto era bella l'immagine: il sole ancora alto e splendente, il mare caldo e immobile che non faceva alcun rumore ed emetteva il suo delicato aroma grazie al polpo attaccato alla pelle di Ondina, il corpo scuro della mia amica che si confondeva con la sabbia nera e vulcanica nella quale affondavamo i piedi, il sorriso di Marina che ad appena nove anni aveva deciso di combattere la tristezza e le cose brutte con la curiosità, e la curiosità, come e più dell'amore, spesso basta a salvare una vita.

Qualche bambino si avvicinò e iniziò a pormi delle domande, come se fossi io il pescatore, nonostante il polpo si tenesse stretto al polso di Ondina. Le ragazze sul bagnasciuga, invece, ora avevano dipinto sul volto uno sberleffo di schifo per lo spettacolo che stavamo offrendo. D'altronde, cosa ne sapevano loro della bellezza, degli odori, della luce, dei colori, persino dei fetori dell'isola. Cosa ne sapevano di curiosità e vita.

Durante la risalita Marina portò il secchio in silenzio con gli occhi fissi sui polpi, mentre Ondina si guardava i piedi e camminava incerta, quasi zoppicando. Sott'acqua invece tutto sembrava diverso, lei sembrava diversa, i suoi movimenti risultavano veloci, sinuosi, come se stesse danzando fra le onde del Tirreno, lei che sulla terra di danzare proprio non sembrava capace. D'improvviso il suo corpo aveva virato veloce, si era ripiegato per prendere la spinta, poi Ondina era volata verso il fondale e io ero rimasto a metà strada, con i polmoni secchi e lo sguardo accigliato, a domandarmi che cosa avesse mai potuto vedere da lì e quale misteriosa forza la spingesse ancora più giù. Quando era risalita con il polpo avviluppato al braccio, avevo capito che lei era una sirena e quel mondo era il suo mondo, i pesci erano suoi amici, l'acqua era la sua casa, e Poseidone suo padre. Avevo capito che lei era figlia di un'isola che da sempre lega gli uomini al mare come la vita lega il feto alla madre.

Molto più figlia lei di me.

Giungemmo sotto casa con la pelle arroventata dal sole, calda come le pietre dei nostri giardini. Ondina sfilò il secchio dalla mano di mia sorella e mi offrì un polpo che afferrai al volo, nonostante il ribrezzo che non potevo di certo mostrarle.

"Poi fatemi sapere com'era," disse soddisfatta.

Annuii e restai a guardare l'animale contorcersi come quei mostri marini dei fumetti di fantascienza. Ondina si accorse della mia titubanza, posò il secchio con l'altro polpo per terra, mi strappò con forza il mio dal braccio e disse: "Ok, guardate come si fa", quindi si avvicinò a una pietra che spuntava fra le piante e vi sbatté ripetutamente il povero animale. Marina strabuzzò gli occhi e si portò le mani alla bocca mentre il *plop* che faceva la testa della bestia sulla pietra mi ricordava il ticchettio dell'acqua che cadeva dai panni stesi al sole sul cotto infuocato, o il suono delle nespole mature che abbandonavano l'albero all'ingresso del nostro giardino.

Come se non fosse ancora contenta, Ondina si mise poi a strofinare il cadavere sulla roccia scabra e disse: "Serve per farlo rimanere tenero". Marina e io restammo a osservare in silenzio, come scolari modello, quella ragazzina nera che sembrava conoscere molte più cose di noi.

Ho poi avuto modo di capire che, in realtà, Ondina non sapeva affatto molte più cose di me, anzi io ero più acculturato, leggevo, studiavo, lei invece a scuola andava male, diceva che non le interessava, che le piaceva solo ciò che poteva toccare con le mani, che poteva sentire: lo scoglio muschioso sotto i polpastrelli, il polpo fra le dita, il suo odore sotto le narici, la sabbia calda sotto i piedi, il rumore del gozzo dello zio che sbatteva contro il mare, il profilo di Vivara che la faceva sentire a casa. "Tutto questo," diceva, "nei libri e a scuola non c'è."

Quando terminò di strofinare il corpo molliccio della sua preda, fece una cosa che atterrì Marina, la quale si lasciò andare a un gridolino: arruffò le dita come un uncino e strappò in un solo colpo occhi, becco e interiora, e un fiotto nero denso colò sulla pietra e fra le sue mani. Poi si diresse verso il rubinetto sotto il nostro patio e mi ordinò di aprire l'acqua. Obbedii in preda a una frenesia strana e neanche mi accorsi del solito geco appostato lì che fuggiva a ripararsi sotto l'applique. Solo dopo averlo sciacquato più volte, Ondina mollò infine il cadavere di nuovo nelle mie mani. "Ecco, ora non vi resta che cucinarlo." Afferrò il secchio e fuggì in casa.

Rimasi immobile a guardare quel corpo sfilacciato e privo di vita domandandomi se la gioia inaspettata che mi aveva colto poco prima sulla spiaggia, la scintilla di perfezione, fosse scomparsa perché la morte sempre morte è, o se fosse invece la presenza di Ondina a farmi apparire le cose più belle di come in effetti erano, alla pari di quando nostro padre ogni tanto ci dedicava un po' del suo tempo e allora la vita d'improvviso non sembrava così difficile da mandare giù.

Ho tenuto botta

"Che fai, non mi abbracci?"

"Ondina..." riesco a dire soltanto.

"Stavo proprio aspettando che mi riconoscessi!"

Lei si apre in un sorriso che mi spiazza per quanto è estraneo. Da ragazza, infatti, poche volte l'ho vista sorridere in questo modo.

"Mamma mia, che bello che sei!" è la seconda cosa che dice. "Ti sei fatto ancora più sexy. Un tempo avevi quel visino troppo pulito." E mi stringe.

Negli ultimi anni ho avuto molte donne, di alcune mi sono innamorato, di altre non ricordo neanche il volto. Nessuna, però, mi ha mai provocato un simile sconquasso quando mi ha preso fra le braccia. Ho le mani sudate e mi sembra di aver smarrito la mia solita verve, come se fossi di nuovo il bambino impacciato che si nutriva del suo sguardo sicuro.

"Non avevo capito che eri tu! All'epoca portavi i capelli alla maschiaccio..."

Ora, invece, le cadono senza senso sulle spalle, come se la capigliatura non fosse un suo problema. Indossa solo un costume a due pezzi, nero come il colore della sua pelle e della sabbia di Ciraccio, e al polso porta un braccialetto di coralli bianchi. Al collo, invece, una piccola conchiglia.

"Stupido," e mi tira un buffetto, "avevo dodici anni."

"Che bello rivederti! Ma cosa hai fatto in tutto questo tempo? Dove ti eri cacciata?"

"Io? Tu, piuttosto. Sono tornata sull'isola tre anni fa."

Mi volto verso casa, in direzione di quel padre che se ne sta dietro alla finestra e che sa da tre anni che Ondina, la mia Ondina, è di nuovo qui. Ma tanto lui all'epoca non si era accorto di questa storia, figuriamoci se perdeva tempo a scorgere un brillio d'amore negli occhi del figlio.

"Non potevo immaginarlo. Non ho saputo più nulla di te," dico infine.

"Perché non hai mai fatto domande. Ti ho anche mandato i saluti tramite tua sorella."

"Ah, sì?" commento imbarazzato. "È che... forse perché sa che non amo parlare di questo posto."

"Sì, già, e infatti credevo che non ci saresti più tornato. Quando prima ti ho visto accanto al cane, mi è venuto un mezzo infarto e sono dovuta correre in casa..." Sorride, ancora.

"Avessi saputo che eri qui, sarei venuto molto prima," ribatto senza pensarci.

La frase sembra colpirla, perché allarga le pupille nerissime e torna ad abbracciarmi, il piccolo seno morbido che mi preme sul petto, e io provo di nuovo la sensazione confortevole di caldo e l'odore del mare, perché lei ha sempre odorato di mare, tanto che le sue labbra ricordo sapevano di sale, e quando la baciavo mi sembrava di aprire la bocca sott'acqua. Una sirena, la mia sirena, qui, da tre anni. E io non ne sapevo nulla.

"Allora, che ne hai fatto della tua vita, del tempo?" domanda poi staccandosi.

"Ho tenuto botta," rispondo semiserio.

Lei ha l'aria divertita. "Andrea, mi sembra incredibile! Quanto ti ho amato. E quanto piansi quando partisti. Lo sai?"

"No, non lo sapevo, e non lo immaginavo. Non eri così

espansiva all'epoca, non mi salutasti nemmeno quella notte. Ricordi?"

"Già, certo, ricordo. Era un'altra Ondina quella," e fa una smorfia, "molto più arrabbiata, più antipatica."

"Per me non eri per niente antipatica."

Restiamo a studiarci ancora un po', allora Augusto (che, notizia, ha smesso di abbaiare), annoiato, va incontro a mio padre comparso in giardino con la Olympus in mano. Ondina si volta piano e dice: "Buongiorno comandante, come sta?".

Lui si sforza di sorridere, la mano libera sul pomello del bastone. "Tiriamo avanti, mia cara," risponde, "il profumo di Procida mi ha messo di buonumore." Poi si rivolge a me: "Andrea, ti ricordi quella cosa importante di cui ti ho parlato?".

Sto per rispondere che in questo momento non me ne frega nulla della sua cosa importante, ma dall'appartamento di Ondina sbuca una bella donna sui trenta, con i capelli biondi raccolti dentro una bandana a fiori e gli occhi turchesi. "Ciao," dice con accento francese, e mi allunga la mano, "io sono Michelle, e tu devi essere Andrea. Ondina mi ha appena parlato di te."

E allora per un attimo penso che è fatta: se Ondina, dopo tutto questo tempo, ha sentito il bisogno di parlare di me a un'amica, vuol dire che è ancora cotta, incredibile a dirsi. Come è incredibile pure che mi sia appena accorto che qualcosa di molto simile lo provo anch'io. È una forza strana l'amore spezzato, si infila sottopelle e a volte non se ne va più, si incista e diventa parte di te, e tu lo porti in giro, a vivere, a fare altre cose, a perdere tempo, persino a divertirti, senza sapere che lui è lì, e non scomparirà senza il tuo intervento. Ondina sta qui a ricordarmi che tutte le frasi di circostanza sugli amori adolescenziali sono fesserie, perché, sarà banale, però l'amore è amore, può essere più o meno maturo, come un frutto, ma c'è, è lì, e con le cose che ci sono e ingombrano hai voglia a dire, loro continuano a esserci.

E poi c'è papà, che d'amore non capisce un tubo; e infatti si avvicina ancora e mi consegna la vecchia macchina fotografica con queste parole: "L'hai persa per strada. Non hai mai avuto cura per le tue cose...". Ciondola il capo, e a me verrebbe da rispondere che proprio lui che parla di cura e attenzione è una meraviglia, e che se c'è stata una sola cosa della quale ho avuto cura è stata questa macchina. Ma tutto ciò mi porterebbe a una reazione violenta, allontanandomi inevitabilmente dalla mia sirena.

Perciò, mentre Libero Scotto si dedica a Michelle, soprassiedo e mi rivolgo a Ondina. "E, insomma, che ci fai qui? Come vivi? Sei sposata? Figli?" chiedo di getto.

In realtà, dei quattro quesiti l'unico che mi sta a cuore è il terzo.

"Mamma mia, Andrea, che sono tutte queste domande?" indietreggia. Però mi afferra la mano e ribatte: "No, niente figli e nessun matrimonio. Sono tornata perché mi mancava il mare, la Germania è troppa fredda e mi ero stufata dello stinco di maiale..." e ride scoprendo denti giallognoli. "Faccio la pescatrice ora, ho un piccolo gozzo giù in spiaggia. E Michelle mi dà una mano ogni tanto. Viene dal Belgio, sai. Tu, invece?"

"Dal Belgio?" Un brivido mi fluisce lungo le braccia.

"Già," fa lei, e mi offre uno sguardo complice e dolce, che un tempo sarei andato a nuoto a Ischia per riceverne uno simile.

Decido di proseguire la chiacchierata e rispondere alla sua domanda: "Sono un single incallito ormai," dico sorridendo, e l'attimo dopo mi faccio ribrezzo da solo.

È che la parola "single" ha un valore estrinseco diverso a seconda della fascia di età alla quale è affibbiata. A sedici anni, se sei single sei sfigato, vuol dire che nessuna ti fila e sei l'amico che fa sempre il palo nelle uscite. A trenta, invece, se sei single sei uno avanti, uno che ha capito come stanno le cose, un anticonformista che non vuole chiudersi dentro una prigione, ma succhiare la vita fino in fondo e divertirsi. A quaranta, infine, se sei single torni a essere lo sfigato, però uno sfigato diverso, non il sedicenne che non sa beccare ma che, tutto sommato, un domani si rifarà, no, diventi quello che non ce l'ha fatta, che ha bruciato tutte le possibilità. Rientri nella nicchia di mercato fatta di separati, divorziati, gente respinta per varie cause, mucchi di nevrosi e paure che camminano per strada e si incontrano, e si piacciono, e allora uniscono le nevrosi e ne viene fuori un bel casino. Perciò, a pensarci, un'eventuale unione con Ondina non dovrebbe apparirmi un'idea poi così allettante, perché anche lei in termini di conflitti interiori saprà il fatto suo. Il ragionamento non fa una grinza. Siccome però non ho mai seguito un ragionamento che sia uno, e siccome credo che anche in quell'altra fetta di mercato molto più ampia, rappresentata dalle famiglie e dalle coppie, i disturbi della psiche la facciano da padrone, me ne fotto e dico di getto: "Sono contento".

"Di cosa?"

"Che non sei sposata."

"Non mi vedi da una vita e già mi corteggi?"

"Hai iniziato tu, per essere onesto," farfuglio.

È incredibile come la Ondina di oggi sia diversa da quella di un tempo, molto più spigliata, audace, allegra e solare. Ciò che rimane della ragazzina di allora è la pelle del colore del fango, gli occhi neri e profondi, l'odore di mare che scaturisce dai suoi capelli, e la bocca, uguale ad allora, forse con qualche piccola ruga ai lati, ma con le stesse labbra carnose che oggi sembrano faticare a celare un sorriso, e che invece all'epoca se ne restavano per lo più chiuse, dandole l'espressione seria che tanto mi metteva soggezione.

"Allora," ci interrompe il comandante rivolgendosi a me, "ti stavo dicendo di quella cosa importante..."

Trattengo un sospiro; come sempre, papà denota una

grande sensibilità e capacità di leggere le situazioni e gli stati d'animo altrui. Fra i tanti momenti nei quali intervenire, doveva farlo proprio adesso.

"Ne possiamo parlare fra un po'?" chiedo spazientito.

"No, o faremo tardi al matrimonio."

"Al matrimonio?"

"Già."

"Ma che stai dicendo?"

"Quello che ho detto." Mi guarda serafico.

"Ma quale matrimonio?"

"Poi ti spiego, ora dobbiamo andare."

"Ma chi si deve sposare, si può sapere?" Stavolta non riesco a mantenere un tono misurato. Mi rendo conto di non star facendo proprio una gran figura con Ondina e la sua amica belga, però non posso farci nulla, quest'individuo mi fa saltare i nervi.

Lui per tutta risposta appoggia il peso sul bastone e risponde: "La figlia di un caro amico".

Ondina ci guarda senza dire una parola, ma intuisco dalla sua espressione che è a conoscenza della cerimonia.

"E chi sarebbe questo tuo amico?"

"Si chiamava Alfredo. Ma tu non lo puoi ricordare, eri piccolo quando è morto."

Allora sbuffo e socchiudo le palpebre per calmarmi. È il ringhio di Augusto a spingermi a riaprire gli occhi: ha infilato di nuovo il muso nella terra, alla ricerca di chissà che stavolta.

Papà si gira e commenta: "Avrà visto una lucertola".

"Un'altra? Non può fare fuori tutti i rettili dell'isola," protesto, e Ondina ride.

"Fa il cane, Andrea," risponde lui, "è il suo mestiere." E stavolta a ridere è Michelle.

"Dicevi sul serio?" gli chiedo poi.

Lui mi guarda e fa: "Su cosa? Sul matrimonio?".

Annuisco.
"Certo."
"Ma non eravamo venuti per andare a trovare mamma?" mi lascio sfuggire.
"Andremo domani. Oggi devo essere lì," ribatte con aria grave.
"Quindi, era questa la cosa importante... un matrimonio. Hai fatto tutto questo per un matrimonio!"
"Per un amico," mi corregge.
"Be', doveva essere proprio caro questo amico..."
"Lo era."
Mi rivolgo a Ondina con un mezzo sorriso ironico: "Mi dispiace, devo andare. Come vedi, ancora non ha rinunciato a comandarmi".
"Invece ho rinunciato molto tempo fa a decidere della tua vita," fa lui di getto, quindi abbozza un ossequioso inchino per la bella ragazza bionda, bacia la mano di Ondina e si incammina verso casa.
"Vai," fa lei, "ha bisogno di te. Organizziamo per stasera, ok? Ti va? Siete nostri ospiti," e mi stampa un bacio in fronte alzandosi sulle punte.
Soffoco uno sbuffo e rincaso cercando di non fare troppo rumore, che altrimenti il cane dispotico tornerebbe a puntarmi. Sulla soglia mi volto per incontrare di nuovo lo sguardo profondo di Ondina, ma lei è già di spalle. Non solo gli occhi sono rimasti quelli di un tempo, rifletto soddisfatto andando incontro al comandante.

Collage

C'è una porta rossa su una parete morbida di calce bianca, e di fianco alla lampada a muro del giardino un geco appostato sembra guardare l'orizzonte al di là dell'immagine.

Una porta rossa, un muro bianco e un geco.

Il mio primo scatto.

Una porta rossa, un muro bianco e un geco.

E fuori dal clic, oggi come allora, i rumori e i colori di sempre: il mare che si rompe sulla battigia, i versi dei gabbiani, il borbottio di un gozzo in lontananza, il canto assordante delle cicale, il silenzio altrettanto assordante che proviene dall'interno della casa.

I suoni restano sempre uguali a se stessi, e vincono il tempo.

Come le fotografie.

Una porta rossa, un muro bianco e un geco.

Oggi come allora.

Non serve altro per tornare alla mia isola.

Al passato.

L'erbaccia va sradicata

"Andrea, allora, come procede?"

Mi copro l'orecchio libero con la mano per cercare di tenere fuori i rumori e faccio segno a mio padre, che ha preso a fischiettare come sempre l'antica *Malafemmena*, di zittirsi; ha appena finito di dire che le radici sono importanti e che prima o poi bisogna tornare a casa. Siamo nel taxi che ci sta portando al fantomatico matrimonio e mia sorella, ovviamente, ha deciso di chiamare proprio adesso.

"Benone, ci stiamo divertendo."

"Sì, immagino," risponde lei, poi aggiunge titubante: "Ma dove siete? Ti sento male...".

Guardo papà che fissa le strade fuori dal finestrino con aria malinconica e dico: "Siamo in taxi, stiamo andando al matrimonio di non so chi e poi faremo una bella cenetta in terrazza".

Silenzio. Poi Marina dice: "Non ti stanchi mai di scherzare, vero?".

"Vero."

"Come sta? Ha preso i medicinali?"

"Marina, senti, non puoi farmi le stesse domande a ogni telefonata. Ma poi, smettila di chiamarmi ogni due ore, ti ho detto che è tutto a posto."

"Sì, già..." fa lei, non molto convinta.

"Non ti fidi?"
"Ma che c'entra?"
"Non ti fidi."
"Ma no..."
"Perché allora non lo hai lasciato con quel cagnaccio di Gina? Dovresti imparare a lasciar correre."
"Povera Gina, è tanto una brava donna..."
"A me è sembrata una nazista."
Marina ride. "Lo so che sono eccessiva, ma non mi riesce di lasciarmi andare, sono anni che il mio terapeuta cerca di cambiarmi."
"Hai valutato l'ipotesi di cambiare per prima cosa lui, l'analista?"
La sento ridere di nuovo.
"Papà sta bene e ci stiamo divertendo. Il tuo bassotto, piuttosto, mi sembra abbastanza nervoso. Ma lo fai scopare?"
Sogghigna ancora, come spesso le capita quando è con me, e ribatte: "È castrato, poverino".
"E poverino sì, adesso si spiegano un paio di cosucce. 'Sto disgraziato è represso!"
"Ha chiesto di me?"
"Augusto? Che io sappia non parla ancora. Abbaia solo."
"Stupido, dicevo papà."
"Sì, ha detto che sei una rompiballe e che con me si diverte molto di più!"
Libero sorride.
"Va be', con te non si può fare un discorso serio. Passamelo."
Tentenno, ma lui mi sfila il cellulare dalla mano ed esordisce con un "ciao tesoro".
Sulla destra corre veloce la strada della mia infanzia, quella che ci portava a casa della nonna, sul porto della Corricella. All'epoca, la Dyane sembrava troppo grande per gli stretti vicoli dell'isola (la gente andava avanti e indietro con l'Ape del-

la Piaggio), e infatti capitava spesso che tornassimo a casa con una nuova strusciata sui parafanghi e sulle portiere; ora, invece, siamo dentro a una Multipla e il tassista, al contrario di mamma, corre come se si trovasse sull'Autostrada del Sole. Appena ci ha visto, ha riconosciuto il comandante e ha fatto una specie di mezzo inchino, papà ha arricciato appena il labbro superiore ma non ha detto nulla. Eravamo già partiti quando l'uomo ha rivolto la parola anche a me. "M'arricord che eri piccolo accussì," e ha simulato l'altezza con la mano a mezz'aria. Ho sorriso solo per educazione.

"Non ti preoccupare," sento ripetere a papà al telefono, e nel frattempo rimugino sul fatto che la storia delle radici ci fotte da sempre. Sì, abbiamo le nostre radici, è vero, e sì, sono una parte importante di noi perché, come dice il comandante, spesso ci riportano a casa, il luogo dell'accoglienza e degli affetti. Il problema è che per alcuni le radici diventano catene, qualcosa alla quale si resta aggrappati con tutta la forza per paura, come l'erbaccia che mamma mi diceva sempre di sradicare dal vaso in giardino, che non si strappava nemmeno a tirarla con due mani e alla fine venne via con tutta la terra appresso.

Ecco, quello che vorrei dire a mio padre – se non fosse impelagato a infilare una serie di no a catena alla mia sorellina, che tutto crede di poter controllare e invece nulla controlla – è che per non vivere in eterno nella paura bisogna saper strappare i cespi prima che tutto venga via insieme con te.

Altrimenti, quando poi un giorno torni, il vaso lo trovi vuoto.

Il taxi ci lascia in piazza dei Martiri, nel cuore di Procida, dove la strada si apre in uno dei più suggestivi slarghi d'Italia, cinto da un muretto basso affacciato sul mare e su quel che resta dell'isola, che sembra rotolare a valle insieme alle sue case color pastello. La chiesa della Madonna delle Grazie è proprio qui, su uno spuntone di roccia dal quale si può ammirare il porto della Corricella con le sue case arroccate come nei presepi, una sull'altra, l'azzurro sul rosa, il bianco sul verde e il rosso sul giallo, a mescolarsi come la natura al tramonto.

Papà è abbarbicato al suo bastone e tiene in braccio Tannen con la mano libera.

"Mettilo a terra," tento di dire, ma lui non mi dà retta.

"No, se gli vengono i cinque minuti, chi lo tiene lì dentro..."

Così entriamo in chiesa fra gli sguardi curiosi dei nostri ex compaesani e ci sediamo in una delle ultime file, dove rimaniamo un bel po' ad ammirare la gente che chiacchiera in attesa della sposa senza smettere di guardarci di sottecchi. E allora mi sorge il dubbio che, in realtà, papà una metastasi ce l'abbia anche nel cervello, perché mi sembra chiaro che alla cerimonia non siamo invitati, e così ora mi toccherà anche dirgli la verità e convincerlo ad alzarci senza dare troppo nell'occhio, per poi filare dritti a casa e fingere che nulla sia accaduto. Invece d'improvviso una piccola donnina dai capelli di rame si avvicina con un sorriso dolce e afferra il comandante per le mani, e quasi la sento anch'io la stretta, tanto è forte e intenso lo sguardo che l'accompagna. Papà scatta in piedi come un ragazzino, mi molla il bassotto e abbraccia a lungo la sua amica, e la cosa mi crea notevole imbarazzo, sono costretto a distogliere lo sguardo per volgerlo alle colonne della chiesa nella quale da bambino ho fatto la comunione, la chiesa dove mamma ci portava ogni tanto, nei giorni in cui la vita sembrava sorriderle.

Non ci ha mai detto se fosse credente, di sicuro non amava molto i cattolici e tutte le cose strane che faceva sempre la nonna, le litanie, le preghiere che non finivano mai, il Rosario, le confessioni. Eppure, quando arrivava la giornata giusta, anche lei sapeva cosa fare. “Una volta finito, entriamo lì dentro a ringraziare il Signore per la bella giornata che ci ha regalato,” diceva mentre ce ne stavamo sulla panchina di fronte al sagrato a leccare un gelato e a guardare le luci del porto che iniziavano a baluginare sull’acqua. Era fissata con la cosa del ringraziare, sosteneva sempre che la fede dovrebbe essere questo, il provare gratitudine per ciò che si ha. “Una cosa semplice e meravigliosa,” ripeteva, “avere qualcuno da ringraziare ogni giorno!”

A volte, capitava soprattutto in primavera, veniva a svegliarci informandoci che non saremmo andati a scuola perché lei aveva bisogno di noi, e non desiderava altro che trascorrere l’intera giornata a divertirsi. E così ci portava a spasso, giù al porto a mangiare un gelato, oppure al mare, a costruire castelli di sabbia; altre volte, invece, ci arrampicavamo sul sentiero che porta a Terra Murata, un borgo medievale in cima all’isola, dove all’epoca c’era ancora il carcere, e ce ne stavamo a guardare i due porti in lontananza, quello principale sulla destra e la Corricella sulla sinistra, e mamma ci teneva stretti e ci riempiva di baci ripetendo di essere una donna fortunata. Restavamo spesso fino al tramonto, per una durata che, a guardarla adesso, mi appare infinita, una somma di ore e minuti che mai più ho avuto a disposizione, la sensazione di averlo infine fregato quel tempo che scorreva e scorre sempre via veloce, la celebrazione di noi tre, una famiglia strana e disperata che sapeva come tenersi aggrappata alle cose belle, come fermarle. E mentre Delphine cercava di rispondere alle astruse domande di Marina, io riempivo lo spazio con il silenzio, perché ero grande e avevo già capito che la bellezza dura quanto un tramonto, e la mattina dopo ti ritrovi di nuovo con la normalità fuori dalla porta e un ricordo dolce che ti fa apparire quella normalità ancora più difficile da mandare giù.

"E tu sei Andrea," dice infine la signora dallo sguardo zuccherino, una volta staccatasi da papà.

Mi alzo e le stringo la mano, nonostante il ringhio di avvertimento di Augusto che stava per assopirsi cullato dal chiacchiericcio di sottofondo.

"Ti ricordo che eri così," dice anche lei con la solita mano a mezz'aria, e io sorrido di nuovo perché se ho deciso di tornare dopo tanto tempo, è perché mi sentivo pronto a confrontarmi con quel ragazzino che per vedere il panorama era costretto a farsi mettere a sedere sul muretto.

"Lei è Gioia," dice papà, "la mamma della sposa, la moglie di Alfredo." E china lo sguardo.

"Ah," dico, "allora augurissimi!"

"Grazie, tesoro," risponde lei, e non mi molla la mano mentre se ne esce con questa frase: "Ti sei fatto ancora più bello, se possibile. Mi ricordi tua madre...".

"La conosceva?" domando di getto, come se mamma non avesse fatto parte dell'isola, un corpo estraneo che nulla c'entrava, una farfalla bianca che volava fra gli oleandri e le agavi senza mai posarsi.

"Certo. Era proprio una bella donna," commenta la signora, "bella come te, e come tua sorella. Però le assomigli di più tu."

Papà vorrebbe dire qualcosa, me ne accorgo perché ha il viso contratto, ma Gioia torna a guardarlo con affetto. "Sei stato un uomo fortunato, Libero, ma ti sei meritato tutto quanto di buono ti ha donato la vita." Poi, un attimo prima di tornare ad aggirarsi fra i banchi, si rivolge a me con queste parole: "Tuo padre è il mio benefattore".

"Benefattore?" domando quando siamo di nuovo seduti.

Lui risponde fissando l'altare, le mani congiunte sul pomello del bastone e la testa infossata nelle spalle. "Lascia stare. È una brava donna, e ama molto i suoi figli."

Gli restituisco Augusto e insisto: "Ma cosa sono tutti questi segreti? Si può sapere chi è questa gente? E perché io non li conosco?”.

“Ne parliamo dopo, adesso sta per iniziare la cerimonia,” ribatte con lo stesso sguardo che un tempo racchiudeva un ordine categorico.

In quel momento la sposa fa la sua comparsa in chiesa, sottobraccio a un ragazzo della sua età, forse il fratello, e allora ci alziamo mentre parte quella caspiterina di marcia nuziale che mi sta sulle balle da sempre. Mio padre si volta di scatto e resta a fissare la sagoma bianca apparsa in fondo alla navata, una donna suppergiù della mia età, dal volto splendente ed emozionato e dai capelli color rame, come la madre, che compie due passi decisi prima di fermarsi accanto al comandante. Libero Scotto sorride, visibilmente felice, e si lascia stringere a lungo, lui che si innervosiva per un abbraccio troppo affettuoso della moglie, mentre gli sguardi dei presenti sono rivolti di nuovo verso di noi e mi fanno sentire del tutto fuori luogo. Me ne resto a osservare la scena come imbambolato, domandandomi perché questa donna che non mi sembra di conoscere abbia un legame così forte con mio padre. Poi la strana coppia si separa e lei può riprendere la camminata verso l’altare. Lui invece, intento a tirare su col naso, non trova il coraggio di guardarmi.

“Forse sarebbe il caso di spiegarmi qualcosa in più di questa allucinante situazione,” gli sussurro in un orecchio, “mi sembra di essere lo scemo del villaggio, l’unico che non ci capisce nulla.”

Ma lui nemmeno si gira, lo sguardo fisso sulla schiena degli sposi in piedi davanti all’altare. Siccome non posso urlare, e nemmeno costringerlo a seguirmi o a parlare, decido di uscire a prendere una boccata d’aria; in realtà mi è venuta voglia di fumare, come sempre quando mi innervosisco. Non posso credere che mio padre mi abbia usato, che abbia usato il nome di mia madre per convincermi ad accompagnarlo a questo benedetto matrimonio di persone che nemmeno conosco. Mi sento preso in giro, perciò mi alzo silenziosamente cercando di non svegliare Tannen che russa sulla panca e filo via.

Papà si volta verso di me e subito dopo torna a seguire la funzione, ma in quell'attimo mi rendo conto che l'uomo tutto d'un pezzo che mi ha sempre terrorizzato, il condottiero che non si lasciava piegare dalle emozioni e mi spronava ogni giorno a comportarmi da uomo, a non mostrare le mie debolezze, che non ero mica una femminuccia, si è lasciato vincere dal pianto.

Cavallo da soma

Il cioccolato che colava lungo il cono arrivò in un attimo a baciarmi la mano, allora cacciai veloce la lingua per tentare di rimediare al pasticcio, solo che era troppo tardi e l'ennesima goccia scura mi cadde sui pantaloncini. Guardai mamma e sorrisi, lei per fortuna ricambiò mentre tentava di agguantare con un morso la palla di panna che scivolava lungo il pistacchio abbarbicato al suo cono. E rideva pure Marina, con la bocca completamente blu, perché lei andava matta per il gusto Puffo, che non era ben chiaro di cosa sapesse e che a me faceva anche un po' schifo. Papà non le permetteva di prenderlo, sosteneva che era pieno di coloranti, e allo sguardo offeso di Marina rispondeva con un'occhiataccia che non ammetteva repliche. Nostra madre, invece, non se ne importava e comprava il gelato Puffo, o il Calippo, che ci macchiava le canotte, oppure ci faceva assaggiare il suo gusto che sapeva di limone ma che dentro aveva anche un po' di rum. Quando tutto girava, lei girava ancora di più: quando le cose sembravano andar bene, le faceva andare ancora meglio. Lo sapevamo, e a volte ne approfittavamo, soprattutto Marina, che stava sempre a chiedere qualcosa. Io invece spesso titubavo, non ero molto goloso, e poi mi sembrava che davvero con lei accanto non mi mancasse niente.

Delphine si alzò all'improvviso, con ancora il cono in mano, e si mise davanti a me; dietro di lei svettava il campanile della chiesa, che sembrava sostenersi su nient'altro che il blu del mare e l'arancio del cielo al tramonto. "Fammi una foto, dai!" strillò cacciando fuori la lingua verdognola come il suo pistacchio.

Marina rise divertita e fece altrettanto con la sua lingua blu, e io le seguii a ruota mostrando loro il colore nero del cioccolato. Ridevamo senza riuscire a fermarci, ma lo stesso ebbi il tempo di pensare che mamma sembrava una bambina, con i capelli biondi legati in una coda, una maglia di cotone che le cadeva addosso troppo lunga e le copriva le mani, e con dei pantaloncini rossi che le lasciavano nude le gambe bianche e sottili che gli uomini dell'isola guardavano e non guardavano, perché ci si conosceva tutti, e sarebbe stata una mancanza di rispetto nei confronti del comandante.

"Dai," insistette, e fece l'ennesima smorfia, "scatta una *photo*!"

"Ho finito il rullino," risposi.

"Ah," sospirò delusa, e passò il gelato a Marina che aveva terminato il suo. "Va be', non fa niente, scatta *quand même*," aggiunse come se ci avesse ripensato.

"In che senso?"

"Guarda dentro la macchina e premi." Poi si girò verso mia sorella: "*Ma puce, viens ici*".

"Ma non uscirebbe nulla!"

"E che fa, l'importante sono i ricordi. Voglio che un domani, sedendovi su questa panchina, vi ricordiate di vostra mamma com'è oggi. *Votre maman* ride!"

"Dai, ha ragione," le fece eco Marina, le parole impastate di blu e di verde.

E allora mi decisi, accostai l'occhio al mirino e inquadrai la scena. Fu in quel momento che mi accorsi davvero del valore delle sue parole, del valore di ciò che stavo vivendo, che stavamo vivendo, come se la macchina fotografica che portavo al collo avesse il potere magico di rendere tutto più luminoso, di accendere un faro sulle cose mentre mi sussurrava all'orecchio che quell'istante proprio non potevo farlo scorrere via così, senza dargli il giusto tributo. Fu da quel momento che iniziai ad annotare gli scatti sul quaderno.

Il piccolo quadrato che si rifletteva nella mia pupilla, la cornice che cingeva mia madre, il mare e l'isola, è una delle immagini più belle che ho avuto la fortuna di scorgere. In quel momento mi rammaricai per tutte le foto inutili che avevo scattato consumando il rullino; avrei potuto chiederle di comprarmene uno nuovo, ecco una cosa da desiderare, da reclamare, invece non mi era venuto in mente.

Premetti il pulsante e impressi comunque l'attimo, trasformandolo in ricordo, come suggerito da Delphine. E ricordi sono diventati, in realtà, anche i secondi prima dello scatto, quando lei con un rapido movimento si sciolse i capelli e scosse la testa per smuoverli sulle spalle, e l'istante successivo, con Marina che mi supplicava di fare una foto pure a lei. E persino il momento nel quale mamma mi sfilò la macchina per inquadrarci su quella panchina fuori dalla chiesa, mentre le campane rintoccavano le otto e l'ennesimo urlo di una nave in partenza giù al porto riempiva lo spazio, anche quello si è fatto ricordo. Ed è sopravvissuto.

Pur senza una cornice da attaccare al muro.

Fuori c'è la vita di sempre che scorre rumorosa. Ci sono le auto che passano rimbombando sui ciottoli, le vecchie Ape che si infilano nei vicoli con i loro motori che ronzano come zanzare, qualche scooter che risale verso la collina, le risate dei bambini, l'urlo di una madre affacciata a un balcone, il suono lontano dell'ennesimo aereo che lascia il suo graffio bianco nel cielo. Rispetto a come ricordavo, il caos è aumentato e il frastuono la fa un po' più da padrone, ma quello che si offre allo sguardo mi sembra non sia cambiato molto: c'è sempre lo stesso guazzabuglio di colori che in alcuni punti si mescolano e in altri cozzano. Ci sono i soliti muri scrostati, i palazzi fatiscenti che si frappongono a quelli con i fiori alle finestre, una strada dissestata con vecchi portoni cadenti che nessuno pensa di sostituire, e poi c'è la falesia che impera sul mare al di là di un parapetto. Alcuni parlano di trascuratezza, di selvaggia bellezza, e ai turisti questo piace, io invece parlo di vissuto: Procida è come una casa antica che tiene botta di generazione in generazione portando sulle pareti le marachelle dei suoi bambini.

Dall'interno arriva la voce microfonata del parroco che parla senza sosta, interrotto ogni tanto da un applauso o da un canto. Un bambino con le ciabatte, una canotta rossa macchiata e un paio di pantaloncini blu è seduto sugli scalini della chiesa e mi fissa incuriosito prima di tornare a giochicchiare con una crosta sul ginocchio. Mi accendo una sigaretta e mi guardo intorno, convinto di beccare qualche vecchio amico, invece mi imbatto solo in visi che non mi sembra di conoscere, estranei che mi fanno sentire estraneo a casa mia. Il tempo è carnivoro (come quei fiori strani delle giungle che quando li sfiori con un dito si chiudono e te lo mozzano), se gli lasci spazio si prende tutte le tue cose. Ho fatto passare troppo tempo, questa è la verità, se fossi tornato ogni tanto, come ha fatto mia sorella, ora forse mi sentirei un indigeno, saluterei i passanti, il figlio di quello, il nipote di quell'altro, il vecchio che ricordavo giovane, invece ora mi guardo intorno e non so chi sia questa gente, come loro non sanno chi sono io, loro forse neanche ricordano l'adolescente audace che dicevano essere il più bello dell'isola. Cosa ne può mai sapere quel ragazzino abbarbicato sui gradini della parrocchia di quando ero io a sedermi lì, mentre mamma trascinava dentro Marina che sbuffava? Non sono io ad aver dimenticato, è l'isola ad aver dimenticato me. È lei che mi ha sostituito.

"Che fai, fumi adesso?" Una voce che sa di antico mi porta a voltarmi.

È il mitico Ciccio, uno dei più cari amici di papà, l'unico che bazzicava casa nostra in sua assenza. Era il nostro tuttofare, l'uomo del quale il comandante si fidava e del quale non poteva fare a meno, colui che Delphine chiamava in caso di bisogno. Era sempre a proprio agio, e sapeva fare tutto: aggiustava i tubi dell'acqua, organizzava i lavori di muratura, curava il giardino, riparava l'antenna della televisione o la Dyane, insomma, era una presenza costante, soprattutto nei giorni no di mamma. Arrivava con il solito sorriso stampato sul volto, la postura eretta e la muscolatura abbronzata che spuntava dalla canottiera, con i pantaloncini corti e gli zoccoli ai piedi, lasciava la sua Ape accanto alla Dyane e ci chiamava fischiando. A quel punto Marina e io sapevamo che era arrivato Ciccio e correvamo fuori ad abbracciarlo. È che lui non veniva mai a mani vuote, ogni volta ci portava qualcosa: un cesto di fichi, le castagne in autunno, le noci, le ciliegie del suo albero, il limoncello che faceva la moglie, le arance, l'uva o i pomodori. Prima di affibbiarci un'incombenza (tipo portare dentro una piccola cassa), ci abbracciava, ci scompigliava i capelli e ci offriva il frutto del giorno. "Azzanna," diceva, con un bel pomodoro succoso nella sua mano nera di terra. E io mordevo, e sentivo il liquido rosso e denso sciogliersi in bocca e colarmi lungo il mento, giù fino al torace caldo, mentre lui rideva soddisfatto e concedeva l'altra metà a mia sorella, che attendeva impaziente; poi la issava in aria e la faceva roteare, lei urlava e lui rideva. Solo dopo la poggiava a terra, prendeva un fico e me lo infilava in bocca intero, con tutta la buccia, tanto era morbido e zuccherino.

All'epoca non eravamo in grado di capirlo, ma ai giorni no di nostra madre corrispondevano sempre i giorni sì di Ciccio, nel senso che era ancora più allegro, più affettuoso, più presente, e si intratteneva maggiormente con noi. Entrava in casa e sistemava la frutta e la verdura, poi ci diceva di andare a giocare fuori mentre lui salutava mamma sulla soglia della camera da letto. Dopo un po' lo vedevi su una scala che aggiustava una pergola o chino sul terreno a travasare un cactus, e ogni tanto fischiava per attirare la nostra attenzione, noi che giocavamo a qualche metro di distanza, e quando ci giravamo lo trovavamo a farci l'occhiolino, sorridente sotto i grossi baffoni neri. Era una presenza rassicurante, e anche sentire i suoi rumori, voltarci e vederlo lì, sotto il sole, con la fatica che gli colava sul viso, ci faceva sentire protetti.

Negli ultimi tempi, quando le giornate no di mamma divennero parecchie e lei non ci rispondeva neanche più, Ciccio ci caricava sull'Ape e ci portava a casa sua; allora lo aiutavamo con l'orto, o a consegnare la frutta ai clienti, e poi tornavamo a mangiare dalla moglie, che ci faceva trovare sempre la tavola preparata, con il vino e il pane sulla tovaglia a quadretti e le mosche che ronzavano ovunque, e mangiavamo con loro due (i figli erano più grandi, appena andati via dall'isola), che passavano il tempo a punzecchiarsi perché sapevano che noi ci divertivamo. "Nun te spusà mai," mi diceva sempre lui tirandomi uno dei suoi scappellotti affettuosi sul collo con la grande mano callosa.

Ciccio. Per tentare di dimenticare quei giorni no, ho cancellato anche i suoi giorni sì. Mi viene voglia di abbracciarlo, solo che lui se ne sta lì a guardarmi con gli occhi lucidi, senza il coraggio di compiere un passo. Ha qualche anno più di papà, eppure ha ancora la stessa postura di un tempo, lo stesso sorriso gioviale, lo stesso sguardo pieno di vita e la stessa pelle martoriata dal sole. Solo i grossi baffi appaiono rinsecchiti, con il bianco che in alcuni punti si mescola con il giallo per via delle tante sigarette che, evidentemente, non ha smesso di fumare.

Con Marina da piccoli ogni tanto organizzavamo il gioco degli animali, dovevamo cioè associare un animale a ogni persona. Papà era il leone, forte come il re della savana, fiero, serio, possente, incuteva timore in chi gli era accanto. Mamma era una lumaca, una di quelle chioccioline simpatiche che trovavamo aggrappate alle foglie dopo un temporale, che nei momenti di burrasca si rintanava nel suo guscio e non usciva più. Marina diceva che io assomigliavo ai pesci che sfilano veloci appena sotto la superficie dell'acqua e che non riesci mai a prendere perché sgusciano via da tutte le parti, sono nati in mare e devono restarci. A me sarebbe piaciuto essere visto come un giaguaro o, che ne so, una pantera, non mi ci ritrovavo in quella descrizione, la vita di un pesce mi sembrava ben poca cosa. Lei invece era la mia ape, un'ape gioiosa e un po' fastidiosa che ti ronza attorno e non se ne va mai, e che però ti porta la primavera sotto il naso. Ad associare Ciccio a un animale impiegammo un attimo: era un bestione da soma, più che un mulo o un asino, però, ci ricordava un cavallo possente e maestoso, dalla folta criniera e dallo sguardo sicuro. Ed è questo, mi accorgo adesso, il ricordo che mi sono portato dietro di lui: un animale nobile che con la sua forza trainava tutti noi.

"Ciccio," dico, e mi spingo infine ad abbracciarlo.

Lui in un primo momento sembra imbarazzato, forse perché ora sono un uomo e fra uomini, secondo il suo pensiero – e secondo quello di molti della sua generazione –, simili smancerie non sono possibili, però poi alla fine si lascia vincere dalla commozione e ricambia la stretta, e quando ci separiamo lo trovo di nuovo con gli occhi lucidi.

"Mamma mia, Ciccio, che bello rivederti. Ma eri in chiesa?"

"Sì, un po' in disparte però, 'o saje che nun me piace stare al centro dell'attenzione. So' proprio cuntent'," dice poi con un bel sorriso, "è 'na vita che chiedo a pat't di farti turnà."

"Sì, già, in effetti è un po' che manco."

"Un po'? Disgraziato, eri 'nu ragazzino l'ultima volta che t'aggio visto e ora sei un uomo." Mi avvolge la nuca nel palmo della sua grossa mano e io ridacchio imbarazzato perché mi accorgo solo adesso di quanto il possente omaccione mi sia mancato, e vorrei saper trovare le parole per farglielo capire, solo che lui parla per primo: "Perché te ne stai qui fuori?".

"Avevo bisogno di un po' d'aria."

Non commenta, mi resta accanto e basta, come faceva spesso un tempo. Capisco in un attimo che è a lui, proprio a lui, che devo chiedere.

"Ciccio, spiegami una cosa," e avvicino il volto al suo, "che io non ci sto capendo più nulla: perché quella donna, la sposa, vuole così bene a mio padre? Io nemmeno la conosco..."

"La conosci, ma non te la ricordi," risponde serafico.

Inarco le sopracciglia, sorpreso, e lui aggiunge: "Da bambini vi siete visti, qualche volta. Tuo padre la portò a casa, ma non andavate molto d'accordo... soprattutto con tua sorella, che non doveva avere neanche cinque anni all'epoca. E che pianti che si faceva quando arrivava Azzurra, mamma ma'," e gesticola visibilmente con la mano che sferza l'aria.

"Azzurra?"

"Sì, Azzurra, perché?"

"Ora la ricordo, certo, come no. Eravamo molto piccoli."

"Già," commenta lui sbrigativo, e prosegue: "Poi lei fu spedita a fare le scuole a Napoli, in collegio, e non vi vedeste più. Tuo padre l'ha semp' aiutata, pure da lontano, e lei giustamente non lo dimentica. Credo sia per questo".

"Aiutata?"

Ciccio sembra in difficoltà, infila una mano nella tasca dei pantaloni scuri che gli cadono sformati lungo le gambe e fissa i gradini della chiesa. Infine dice: "È la figlia di Alfredo, il suo più caro amico...".

"Pensavo che nella vita avesse avuto solo collaboratori, non amici..." commento duro, ma lui lascia cadere la provocazione e prosegue: "Erano inseparabili Alfredo e tuo padre, amici veri, di quelli che si fanno 'ncopp' 'e nav'".

Resto assorto nei miei pensieri, così lui aggiunge in fretta:

“Erano imbarcati insieme durante il corso allievi, qualcosa del genere. Insomma, si conobbero da ragazzi e divennero comm’ frat’. Steven’ semp’ assieme, almeno i primi tempi, prima che tuo padre facesse carriera, prima di essere chiamato a comandare chella varca grande, il *Nautilus*”.

“Neanche di questo Alfredo so niente. Nemmeno una sua foto ho mai visto.”

“Tu eri molto piccolo quando litigarono.”

“Litigarono?”

Ciccio esita, quindi distoglie lo sguardo, alla fine cede. “’Ste cose però dovrebbe dirtele tuo padre...” bisbiglia.

“Non me le ha mai dette. Perciò adesso chiedo a te.” Resto a fissarlo immobile, un sopracciglio inarcato e lo sguardo attento, da predatore.

Sospira e riattacca: “Quando tuo padre era imbarcato, Alfredo cercava di dare una mano a mamm’t’, si faceva vedere a casa, le portava qualcosa, l’accompagnava in giro, e allora dopo un po’ la gente iniziò a spettegolare. Lo sai comm’ funziona cà”.

“Già, lo so,” dico con amarezza, infilando le mani in tasca.

“Insomma, il comandante tornò, e qualcuno gli andò a riferire queste voci, e lui dovette crederci, perché allontanò l’amico.”

Mi appoggio alla facciata della chiesa e continuo ad ascoltare attento. Ciccio va avanti: “Per mesi non si videro, Alfredo dovette capire e si offese, e a un certo punto per strada nemmeno si salutarono chiù. Poi lui si ammalò gravemente e poco primm’ ’e murì chiese di tuo padre, che però era fuori, non ricordo arò. Delphine lo chiamò e lui disse che sarebbe tornato non prima di un mese, ma quando alla fine arrivò, Alfredo era già morto”.

Inghiotto e resto a guardare il mio Ciccio come se potesse darmi una risposta sul perché io sia totalmente all’oscuro di questa storia, perché papà non mi abbia mai parlato di Alfredo e Azzurra. Dall'interno della chiesa intanto sopraggiunge improvviso un forte odore di incenso e si sente la voce del prete che chiede agli sposi di scambiarsi gli anelli.

Solo dopo un bel po' riesco a domandare: "Erano vere?".

"Cosa?"

"Quelle voci."

Mi appoggia una mano sulla spalla e ribatte con un filo di fiato: "Ma che vai pensann'...".

"Eppure lui ci credette."

"Lo sai com'era tuo padre, testardo e orgoglioso."

"E non mi ha mai detto nulla. Perché, secondo te?"

Ciccio alza le spalle: "Be', forse se mette scuorno... dovresti chiederglielo, sono passati tanti anni".

"Glielo chiederò, puoi starne certo," ribatto, e lo invito a rientrare con me in chiesa, proprio nell'istante in cui il sacerdote dichiara i due sposi marito e moglie, cosa che fa partire un lungo applauso scrosciante e il latrato ininterrotto di Augusto.

Le manifestazioni troppo esplicite di gioia lui proprio non le digerisce.

In mare aperto

Il rinfresco è stato organizzato sul porto turistico, qualche pasticcino e un brindisi a un passo dal mare e dai pescherecci in sosta. Ci sediamo al primo tavolo libero e papà subito si perde a stringere mani, salutare, sorridere. Indossa un semplice maglione di cotone blu scuro sulla camicia bianca con la quale è partito, eppure ha un che di compito, di elegante, sono proprio i suoi modi a esserlo, in realtà, forse anche per questo la gente del posto lo ha sempre trattato con deferenza: non solo per il suo ruolo, ma anche e soprattutto per come portava in giro con stile la sua figura. Gli si avvicinano tutti un po' alla volta per rendergli omaggio, come sapessero (e forse lo sanno) che non gli resta molto. Così vorrei intervenire per far terminare questa specie di funerale anticipato, ma lui sembra a suo agio e poi tutti scambiano poche chiacchiere e scompaiono dopo avermi salutato rapidamente. Sorrido ai pochi volti che mi sorridono, vestito non certo da cerimonia, con una semplice polo bianca e i jeans, e mi perdo in mezzo agli ospiti che ballano fra i tavolini mentre con la coda dell'occhio scruto la casa della nonna arrampicata sulla roccia, a un passo da noi. Dopo il trasferimento a Ciraccio qua ci venivamo di rado, mamma continuava a non sopportare la donna austera che non sapeva compiere gesti di affetto, e la domenica, quando era costretta a portarci da lei, restava tutto il tempo con una strana smorfia appiccicata sul viso. Davanti alla suocera sembrava scolorire, come i fiori sulla nostra tavola nei suoi giorni no, che si afflosciavano, intristiti dall'aria che si respirava in casa e dal fatto che nessuno si prendesse cura di loro.

Per quel che mi riguarda, con la nonna non avevo chissà quale rapporto: lei si limitava a impartire ordini o a dare qualche consiglio non richiesto, ma non si preoccupava molto di quel che facevamo o di cosa pensassimo io e Marina. Anche con nostro padre non era mai affettuosa, e ciò spiega perché lui sia venuto su senza la minima cura per le attenzioni e i gesti. Mamma in quella famiglia c'entrava davvero poco, sembrava lei la donna del Sud, e loro una glaciale famiglia asburgica. La verità è che la nonna avrebbe preferito per il figlio un matrimonio isolano, una donna del luogo, con la cultura procidana, i modi rudi ed energici, che avrebbe cresciuto i suoi nipoti senza tanti fronzoli, come lei aveva fatto con i suoi figli. Se mi soffermo a osservare papà, non posso non rivedere, nel suo sguardo e nelle labbra socchiuse, la stessa superbia della madre, che forse però, a pensarci, in fondo era paura, paura del mondo là fuori, paura dell'ignoto e del diverso. L'ho detto: questa terra circondata dal mare per certi versi ti fa sentire protetto, ma per altri può anche portarti a credere che oltre l'orizzonte ci sia un mondo che non fa per te, un luogo inospitale e pieno di brutture. Per esorcizzare le paure, devi avere il coraggio di arrivare dall'altra parte, strappare l'erba con tutte le radici, altrimenti fai la fine della nonna. E di zio Biagio, il fratello minore di papà, che ha vissuto quasi sempre sull'isola, senza mai trovare la spinta per affrontare il mare aperto.

Ai miei tempi la palazzina era scolorita e un po' sgarrupata, adesso l'intonaco è nuovo e tinteggiato di un rosa tenue. Tutto sembra al proprio posto oggi sul porto della Corricella, come se ogni cosa facesse parte del set matrimoniale, persino le tante signore affacciate ai balconi. Mi domando come papà sia attratto dalla cerimonia e non dalla casa di sua madre, come faccia a non essere sopraffatto dai ricordi e da quell'appartamento aggrappato alla roccia nel quale vive ancora il suo sangue, quel fratello che non vede da una vita.

"Ma perché litigasti con zio Biagio, si può sapere?" chiedo allora alzando la voce nel tentativo di sovrastare la musica che divampa nell'aria, una specie di mazurka che accompagna il ballo di alcune coppie attempate. Fra loro spicca un tizio con i baffi da sultano e la camicia bianca fuori dai pantaloni, avanza verso la sua consorte come un gallo in un'arena da combattimento.

"Come ti viene adesso?" domanda lui.

Augusto dorme beato fra le sue braccia, senza un filo di rimorso dipinto sul muso; il prete ha dovuto attendere che gli passasse la crisi di nervi per proseguire la funzione, che infatti si è protratta più del previsto. Alla fine Ciccio ha insistito per accompagnare papà con la sua Ape e io sono sceso a piedi per via San Rocco insieme con Cane pazzo Tannen, che ne ha approfittato per svuotare più volte la vescica.

"Un'altra di quelle cose di cui non hai mai voluto parlare." Gli dedico uno sguardo di rimprovero. "Hai sempre chiuso il discorso dicendo che avevi saputo che spettegolava su di te, ma non mi hai mai voluto riferire cosa dicesse..."

Papà, però, cambia argomento: "Ci vorrebbe un po' di vino, ho la bocca secca".

"Anche il vino no," ribatto d'istinto, e lui si gira a guardarmi con espressione triste. Allora mi alzo sbuffando e vado alla ricerca di un cameriere. Sono in attesa che mi serva quando mi sento chiamare alle spalle: mi volto e davanti a me c'è Azzurra.

"Ciao," dico. "E auguri..."

"Grazie," risponde lei con un sorriso genuino. "Tu forse non ti ricordi di me, ma io sì, eravamo molto piccoli, ma già mi piacevi..."

Sorrido imbarazzato e offro la mano. "Mi ricordo invece... avevi i capelli ancora più rossi, e una volta mi aiutasti a raccogliere le albicocche in giardino."

Lei rimane sbalordita e, dopo un attimo di esitazione, riprende a parlare con sicurezza e ironia: "Già. Non sei per nulla cambiato, anzi sei ancora più affascinante. Se non mi fossi appena sposata con quel bell'uomo mediterraneo," e si gira in direzione del marito che conversa amabilmente con delle signore poco più in là, "passerei la serata a corteggiarti...". Ride di nuovo.

Mi successe una volta, al matrimonio di un amico di Venezia, anche lui fotografo di moda. Con una signora appena conosciuta avemmo più o meno la stessa discussione, solo che dopo un quarto d'ora eravamo nei bagni dell'albergo in una posizione strana che non posso descrivere. Per un attimo mi viene da pensare a me e ad Azzurra nella medesima posizione, poi per fortuna lei cambia registro. "A parte gli scherzi, grazie per aver accompagnato qui tuo padre, mi hai reso felice. Lui ha fatto tanto per me," e mi offre uno sguardo penetrante.

Vorrei tanto chiederle cosa abbia mai fatto per lei, che per me e Marina non aveva nemmeno il tempo di accompagnarci a scuola, ma un nugolo di signore addobbate con vestiti a fiori e chilometri di perle al collo porta Azzurra via da me, verso altri discorsi, altre domande, nuovi sorrisi da ricambiare. Torno al tavolo, pronto infine a chiedere al comandante (come tutti sono tornati a chiamarlo oggi) di Azzurra e Alfredo. Solo che lui è impegnato in una conversazione fitta con un uomo della sua età vestito impeccabilmente, abito blu e cravatta argento, perciò mi ritraggo e ne approfitto per rispondere a una telefonata sul cellulare. È Lavinia, un cane da caccia che non mi mollerà presto con la storia del sito di ferramenta.

"Andrea, allora, hai preso una decisione?"

"Ma non avevamo detto che ti avrei richiamato io?"

"Senti, ci serve una risposta, il cliente non capisce la tua incertezza."

"Sono a un matrimonio..."

"Tesoro," ribatte lei con voce melensa, "ti sto offrendo un'opportunità, non so quando ce ne saranno altre..."

"Lavinia, ascoltami: io tutte queste opportunità non le vedo. E poi adesso sono troppo incasinato per prendere una decisione. Ti chiamo quando torno a casa."

"Ma dove sei?"

"A Procida."

Silenzio.

"Ci sei?"

"Che ci fai a Procida?"

"Ho accompagnato mio padre."

"Ma tuo padre non era malato? Va be', fammi sapere. Però, mi raccomando, non prendere decisioni senza senso."

La sento che accende l'ennesimo cigarillo e le domando: "Tu davvero pensi che sia una buona cosa?".

Lei sospira: "Da quant'è che non fai un servizio fotografico importante?".

"Ho perso il conto."

"Lo vedi? Non puoi permetterti di dire no, anche se un tempo eri abituato a celebri marchi di moda. Altrimenti continuerai per il resto della vita a scattare foto per le locandine di qualche venditore di cucine del Casertano."

"In realtà non so se proseguire, potrei anche decidere di smettere."

"Cosa? E perché?"

Guardo papà che confabula con il signore impettito e ribatto: "Non lo so, forse dovrei cambiare la mia vita e fare altro".

"Andrea, non dire cazzate, hai ancora tanto da dare. Non capisco che ti è preso."

"Sì, immagino. Ti chiamo lunedì." E riattacco senza salutare.

È che le parole di ieri del comandante sul mio poco coraggio e sulla vita passata fra cerimonie cafone un po' hanno colto nel segno, c'è poco da fare. Perché quando un genitore ti dice la sua, fosse pure una fesseria, un dubbio te lo instilla sempre. E poi perché, mi rendo conto solo adesso, ritornare qui, con la mia vita di allora a un passo, qualche domanda pure me l'ha fatta sorgere. Potrei ricominciare a scattare foto artistiche, per esempio: oggi ho una costanza che a vent'anni non avevo. Potrei anche trovare una via, organizzare una mostra da qualche parte, che ne so. Come si dice, a volte le fermate arrivano proprio per costringerti a riflettere, perché quando sei in cammino spesso è difficile accorgersi di star procedendo a testa bassa su una strada che non è la tua.

Attendo che il galantuomo che conversa con papà si sia allontanato per passargli il bicchiere di vino. Lui non ringrazia nemmeno, afferra il calice e se lo porta alle labbra mentre sussurra le parole della sua canzone preferita seguendo la voce di un signore di mezza età vestito alla buona (camicia di lino azzurra aperta sul petto che evidenzia una catena d'oro grossa come quella di un'ancora) che se ne va in giro fra i tavoli con sguardo seducente e ammicca alle signore cantando (bene, a dire la verità) *Malafemmena*.

"Che hai?" lo interrompo, vedendolo provato.

"Niente."

"Sei stanco?"

"Ma no."

"E allora?"

"Boh, non so. Forse rivedere tutte queste persone di un tempo..."

"Sei tu che sei voluto venire, io ti avevo avvertito. Pensavo sapessi che scavare troppo nel passato non è mai una buona idea."

"Lo so."

La musica si riprende la scena, un liscio stavolta, e la gente ricomincia a ballare. La luce perde la sua intensità e il porto in poco tempo è avvolto dall'umidità che scende rapida. Su uno yacht ancorato poco più in là, un uomo che legge il giornale su una sdraio si appoggia sulle spalle un bel maglione turchese.

"Stavamo parlando di zio Biagio..." tento dopo un po'.

Lui si volta. "Ma perché non ce ne stiamo semplicemente qui a guardare gli altri e ad ascoltare la musica?"

"Io non riesco a starmene semplicemente in un posto, credevo lo avessi capito."

"È proprio bella," fa subito dopo, fissando la sposa, e si siede più dritto. "Assomiglia al padre, stesso sguardo. Ho visto che parlavate, sono contento."

"Ciccio mi ha raccontato di Alfredo."

Papà non si gira, così restiamo in silenzio per un po', finché decido di provare di nuovo l'affondo, di tentare di scavare nel cuore di un uomo apparentemente impossibile da scalfire, una montagna di granito imperforabile.

"Perché Azzurra ti ama tanto? E perché non ci hai mai detto di lei?"

Lui posa il vino e accavalla a fatica le gambe, Cane pazzo emette un ringhio di insoddisfazione. "Che motivo avrei avuto? Era a Napoli, nemmeno la ricordavate," dice quindi.

"Ma cosa hai fatto per lei?"

"Le ho pagato le scuole, l'ho mantenuta, le ho permesso di istruirsi. Sua madre non avrebbe potuto. Ora fa l'insegnante."

Mi sfioro il naso con le dita e mi sporgo verso di lui, visibilmente irritato: "E non hai mai sentito il bisogno di dirci niente? Quasi le hai fatto da padre, e noi non ne sapevamo nulla!".

"Abbassa la voce," mi intima, "l'ho aiutata perché lo meritava, perché sua madre non avrebbe potuto darle molto, perché..."

"...ti sentivi in colpa con il padre." E stavolta reggo il suo sguardo.

Lui inghiotte e il pomo di Adamo gli serpeggia lungo il collo modellando il sottile lembo di pelle molliccia che lo ricopre. "Sì, e allora? Se saperlo ti rende felice, lo ammetto. Che vuoi che me ne freghi più." Riprende a bere.

"No," e abbasso il tono della voce, "non mi rende affatto felice. Mi dispiace aver scoperto solo adesso questa storia, e soltanto grazie a Ciccio."

"Certo che sei proprio addormentato tu, eh. Ma come fai a guadagnare con il tuo lavoro? Chi ti paga?" Una goccia di vino rosso incastrata nella barba gli cola lungo il mento. Si passa il dorso della mano sulla bocca e precisa: "Se ti ho portato con me al matrimonio, se mi sono fatto accompagnare, è proprio perché volevo che incontrassi Azzurra. Volevo farti conoscere questa storia, lei. Mi farebbe piacere che diventaste amici, voi tre".

"Quindi hai architettato tutto... per questo?" E con un gesto racchiudo la scena.

"Non solo, te l'ho detto. Dovevo venire a salutare tua madre, e la casa."

Forse dovrei avvertire empatia per le sue parole, un moto di tenerezza, di dolcezza, invece mi sento preso per i fondelli. "Hai convinto Marina ad andare a trovare il suocero proprio questo fine settimana perché sapevi che lei qui, al matrimonio, non ti avrebbe portato mai!"

Il comandante stavolta si gira: "Sì, mi sembrava di avertelo fatto capire".

"Ed eri così sicuro di riuscire a persuadermi?" chiedo con l'ultimo filo di risentimento.

Mi guarda dritto negli occhi. "Ci speravo."

"E Marina, lei sa nulla di questa storia, di Azzurra?"

"Lei sa."

"Sa?"

“Certo, Azzurra è venuta diverse volte a trovarmi negli ultimi mesi.”

“Quindi ero l’unico all’oscuro...” Mentre dico queste parole mi sembra di vedermi, col broncio e lo sguardo accigliato, proprio come quel bambino lontano nel tempo che non riusciva a tenere testa al padre.

“Tu sei sparito, chi ti ha visto più negli ultimi anni. Figurati se avevo il tempo per parlarti di Azzurra. Non la vedevo da tanto, mi bastava aiutarla da lontano. Poi è arrivata la malattia, e lei è venuta da me.”

Forse vorrebbe sottolineare che io, al contrario, non ci sono stato, ma non lo fa. Con voce ferma, che non tradisce paure, aggiunge: “Vuoi sapere perché ho organizzato tutto questo? Non ti basta l’amore che provo per tua madre e l’affetto per Azzurra, vero?”. Punta gli occhi nei miei e prosegue: “Volevo che tornassi alla tua terra, alle tue radici. Lo dovevo vedere con i miei occhi, non potevo morire con questo cruccio, sapendo che non saresti più venuto qui, da tua madre. E, in futuro, da me. Lo sai quanto sei importante, quanto siete importanti per...” e poi guarda altrove, per paura di mostrarsi fragile.

Vorrei rispondergli che no, non lo so, non l’ho mai saputo, che non ho mai smesso di chiedermi quanto gli fregasse di noi, della sua famiglia, se ci amasse o se fossimo per lui solo un ingombro, una serie di obblighi da adempiere fra un viaggio e l’altro. Ma non ne ho il coraggio. E sono costretto anch’io a distogliere lo sguardo, per non farmi vincere dalla commozione.

“Perché non andiamo a casa? Inizia a fare fresco quaggiù,” dico a un certo punto.

“Ancora un po’.”

“Il cane non deve mangiare?” Mi soffermo sulla sagoma scura di Augusto che dorme ancora acciambellato sulle gambe del comandante sognando di inseguire chissà quale malcapitata preda, visto che muove inconsultamente le zampe posteriori. Questo cane non troverebbe pace nemmeno a terra privo di sensi.

"Figurati, si è sbafato tre pizzette." Papà si porta di nuovo il bicchiere alla bocca con mano tremante.

Forse è davvero il caso di tornare, forse la mancanza dei medicinali si fa sentire, forse questo discorso lo ha scaricato, troppe emozioni. Lo vedo sforzarsi di restare impassibile ad ascoltare il discorso banale dello sposo mentre l'intero suo corpo è in preda ai tremiti, cosa che di colpo fa rinvenire Augusto. Fine dell'inseguimento virtuale per lui e della festa per noi.

"Dai, è ora..." dico in tono deciso, e gli porgo la mano per aiutarlo, "fra poco sarà buio e la temperatura sta scendendo."

Stavolta per fortuna annuisce, si aggrappa alla mia spalla e si lascia trascinare, e a me si stringe lo stomaco, perché quell'uomo grande e robusto non ha mai avuto bisogno di un sostegno, e perché d'un tratto, senza che abbia fatto nulla, senza averlo scelto, mi ritrovo a fare io da padre a chi padre fino in fondo non ha mai saputo esserlo.

Papà la portò a casa in un giorno di primavera.

"Lei è Azzurra," disse sul cancelletto d'ingresso del giardino. Aveva il sigaro fra i denti, la coppola calata sugli occhi, una maglietta a righe blu e gialle, e un paio di pantaloni di fustagno bianchi. Quando era sull'isola amava mischiarsi alla gente, vestirsi in modo semplice, come gli amici pescatori con i quali passava gran parte del tempo.

Spostai lo sguardo e vidi una bambina suppergiù della mia età, le braccia conserte e gli occhi celati dietro una frangetta troppo lunga. Ciò che attirò la mia attenzione, però, fu il colore dei suoi capelli, un rosso indefinito che assomigliava alla ruggine ammucchiata sui paraurti della Dyane di mamma. Papà la spinse verso di me e, prima di allontanarsi con il solito quotidiano piegato sotto il braccio, disse solo: "Giocate insieme".

Perciò d'improvviso mi ritrovai a dover parlare con chi non conoscevo, e che potevo mai dire a una femmina, a cosa potevo mai giocare con lei? Avrei voluto urlarlo a mio padre, che nel frattempo era entrato in casa, ma non osai, così allungai la mano e mi presentai con un bisbiglio: "Io sono Andrea".

Lei finalmente sollevò lo sguardo e disse solo: "Mi chiamo Azzurra".

Stavo per chiederle se fosse disposta ad aiutarmi a raccogliere le albicocche, cosa che mi stavo accingendo a fare prima che arrivasse, ma all'improvviso spuntò Marina, che all'epoca aveva solo quattro anni; ci vide sotto l'albero e corse come una matta verso di noi.

"Lei è Azzurra," le dissi, ma Marina restò a fissare la bambina con sguardo ostile. Allora aggiunsi: "Ci aiuterà a prendere le albicocche".

"No," ribatté subito mia sorella, "lei no," e non aggiunse altro.

Non sapevo che dire, così mi chinai a raccogliere i frutti caduti; Azzurra si inginocchiò al mio fianco, ma Marina urlò un altro "no" perentorio e allungò una mano per allontanarla.

E a quel punto successe una cosa strana che proprio non avrei potuto immaginare: la mite bambina dagli occhi nocciola e dai capelli rame si alzò e spinse con forza mia sorella, la quale cadde all'indietro nel terreno bagnato dalla pioggia della notte.

Silenzio. Io rimasi ipnotizzato a guardare Azzurra in piedi con il viso rabbuiato e Marina con i capelli pieni di fango, poi mia sorella iniziò a piangere. Avrei dovuto aiutarla, e forse lo avrei fatto se solo non fossi rimasto incantato a osservare con una vena di invidia quella bambina docile che d'un tratto aveva cacciato gli artigli per difendersi come una belva. Avrei dovuto prendere le parti di mia sorella, che era così piccola; ma in fondo anch'io lo ero, non avevo ancora imparato a proteggere me stesso, figuriamoci gli altri.

Alla fine mi uscì spontaneo urlare un "ehi", che però non sortì effetto, perché Marina si rialzò e si lanciò come una furia contro la sua antagonista. Le due caddero per terra fra urla e strepiti, ma io ero imbambolato e non sapevo cosa fare. Per fortuna fu nostro padre, spuntato da chissà dove, a risolvere la situazione: divise le bambine e con sguardo severo disse loro che se le rivedeva litigare un'altra volta, erano guai. Marina, il viso corrucciato e impiastricciato di pianto, corse da nostra madre, ferma sull'uscio di casa. Azzurra invece restò immobile a fissare per terra, in attesa che l'omone sparisse. Il comandante, però, non aveva finito di impartire la sua lezione. Si girò verso di me e sbraitò: "E tu cosa ci stai a fare? Non sei capace di dividere due ragazzine? Sei un maschio, saresti dovuto intervenire, cosa stavi aspettando? Impara a crescere in fretta, Andrea, che non ci sarò sempre io alle tue spalle".

Poi si girò sbuffando e ritornò in casa. Le lacrime mi si fermarono in gola e sull'orlo degli occhi; avrei voluto piangere, ma c'era una sconosciuta davanti a me.

"Ha solo sette anni," sentii che diceva mamma appena il marito le fu accanto.

"Sono abbastanza, a sette anni io già aiutavo mio padre al porto," ribatté lui rientrando in casa.

Aveva ragione, sette anni sono abbastanza. A quell'età una vita può essere già irrimediabilmente compromessa.

Collage

C'è una piccola grondaia che si arrampica su una parete rosa, un tubicino che raggiunge faticosamente un balcone con una finestrella che si ripara dal sole dietro a una tenda blu. Una sottile ringhiera bianca sorregge alcuni panni colorati, un telo da mare arancio, un costume da donna rosso, un paio di pantaloni neri. In un angolo, una vecchia antenna arrugginita punta il mare in cerca di un segnale.

Nella mia foto di allora, una delle prime, che riprende proprio quella finestra e che papà conservò con cura in una delle sue agende marittime che gli regalava ogni anno la compagnia di navigazione, su quel palazzo non c'era il rosa aggrappato alla parete, ma un grigio trasandato, e nessuna tenda blu. Non c'era nemmeno l'antenna; chi abitava lì non sentiva il bisogno di cercare nulla al di là del mare.

Un tempo quella grondaia raggiungeva la casa di una nonna che sembrava non aver paura di nulla e che, invece, aveva paura di tutto.

Incredibile, Ciccio se ne va ancora in giro per l'isola con la sua Ape azzurra, che a me sembrava vecchia già trent'anni fa. Quando ha visto papà in difficoltà, subito si è offerto di riaccompagnarci a casa: gli ha sfilato il bastone dalle mani e si è accostato al suo fianco per aiutarlo a risalire lungo la strada. Abbiamo impiegato più di mezz'ora per scalare la gradinata che dalla via principale si tuffa sul porto e che con mia sorella e Ondina eravamo capaci di affrontare avanti e indietro svariate volte in una giornata, nonostante le difficoltà della nostra amica che restava indietro senza, però, lamentarsi mai.

In quel particolare periodo della mia prima adolescenza, quando Ondina decise infine di degnarmi della sua amicizia e qualche mese prima della morte di mamma, la gente del luogo iniziò a guardarmi in modo strano e a dire cose antipatiche sul mio conto. Una di queste voci arrivò anche all'orecchio di Delphine, la quale però non sembrò prendersela particolarmente, e mi disse sorridendo: "Amore, lo sai che dice la gente *ignorant* dell'isola? Che sei una femminuccia, così vanno ripetendo". E rimase a soppesare la mia reazione. Non so se il suo buonumore fosse dettato dal fatto che era sicura della mia mascolinità o se, semplicemente, avesse imparato a ridere delle persone – ed erano tante – che si lasciavano andare ogni giorno a giudizi nei riguardi di quella straniera un po' pazza che non amava l'isola e che, a dir loro, non era una buona madre. In confronto a simili opinioni, la voce sulla presunta omosessualità del figlio dovette sembrarle un semplice scherzo. Io, invece, me la presi parecchio e cercai di capire chi fossero le malelingue chiedendo notizie a Ciccio, il quale mi scompigliò i capelli e rispose: "Uagliò, nun dà retta 'a gente del posto, nun tengono niente da fare una giornata sana. E quando la gente ignorante tene troppo tiemp' per parlà, addiventa pericolosa!".

Così passai oltre e cercai di non pensare ai pettegoli, anche perché di lì a poco mi fidanzai con Teresa, una ragazzina che andava sempre in giro mezza nuda e parlava a raffica. Una che quando mi vedeva da lontano si metteva a ridere come una matta con le sue compagne, le quali un giorno avevano preso il coraggio a due mani ed erano venute a dirmi che alla loro amica piacevo parecchio, nonostante avesse uno stuolo di spasimanti.

A tredici anni la mia unica esperienza con le ragazze era stata con Ondina (esclusa la veloce effusione con Marcella), la quale, dopo un corteggiamento timido ma ostinato, si era fatta convincere a donarmi un fugace bacio ai piedi di uno scoglio. Ricordo che andai a letto su di giri come mai fino ad allora, convinto di aver alla fine conquistato il cuore dell'unica ragazza dell'isola che davvero mi faceva girare la testa, l'unica che non assomigliava per niente a una ragazza, a dirla tutta, la sola a non avere atteggiamenti femminili né alcun interesse nei confronti delle altre e del loro modo di trascorrere le giornate, cioè a ridere su una panchina scambiandosi notizie curiose su quello o su quell'altro.

Dopo qualche anno seppi che la voce su di me era nata proprio perché stavo sempre con Ondina, che secondo i compaesani non poteva che essere lesbica: i capelli tagliati corti, lo sguardo tagliente, i modi bruschi e le labbra sempre strette, persino l'andatura sgraziata per colpa di quella gamba, ai loro occhi la facevano assomigliare in tutto e per tutto a un guappo. Eppure io sapevo che non era così, che il suo strano comportamento era solo un modo per difendersi ed evadere da quel posto che amava ma che, per certi versi, la soffocava, un tentativo di raggiungere la terraferma al di là del mare senza poterlo attraversare. Ondina insomma desiderava solo essere diversa dai vicini, che riteneva superficiali e di vedute ristrette. Non aveva fratelli e viveva con la madre, dato che il padre, come quasi tutti gli uomini del posto, era imbarcato non so dove e non tornava che ogni paio di anni.

Si dice che gli isolani siano forti, ma è una mezza bugia: forti sono le loro donne, sono loro a crescere i maschi che un giorno partiranno, loro a modellarli come il mare fa con lo scoglio. La mamma di Ondina era una di queste donne, una madre intransigente che sorrideva poco e che però ogni pomeriggio ci faceva trovare le fette di pane spalmate con il burro e lo zucchero. A me appariva come il genitore perfetto, quello che la mia di madre, con i suoi repentini cambi di umore e le sue stravaganze, non era. Cercavo il conforto dei gesti ordinari e all'epoca non potevo capire che invece Ondina, con il suo comportamento bizzarro, stava tentando proprio di sfuggire alle troppe certezze di famiglia.

"Mi piacerebbe che mia madre fosse come la tua," mi disse un giorno, e io non capii. Non capivo come potesse preferire mia madre alla sua, la mia che era sempre presa dall'infelicità, tanto da non riuscire nemmeno a prepararci la merenda. Eppure Ondina era affascinata da Delphine, ed era l'unica alla quale ogni tanto donava un sorriso. A pensarci oggi, sembravano due anime gemelle che l'isola non era riuscita ancora a prendersi. Perciò si erano trovate e riconosciute. "Mi piace molto Ondina," diceva spesso mamma, e nei suoi giorni sì qualche volta la portava in giro con noi.

Con Teresa durò abbastanza, non perché ne fossi innamorato, solo perché Ondina subito dopo quel bacio mi allontanò, e allora mi gettai fra le braccia di quella ragazzina gentile e sconosciuta che mi permetteva ciò che la mia amata non permetteva: esplorare senza chiedere, saziare la curiosità che iniziava a farsi impellente. Non diceva che qualche timido no, Teresa, e solo quando mi spingevo troppo in là. Per mesi ci ritrovammo nei vicoli più sperduti dell'isola per strusciarci e toccarci. Lei aveva le forme sinuose, a tredici anni già il petto formato e un sedere che sembrava scolpito, anche perché in quel periodo si usava portare i jeans fin quasi sotto lo stomaco. Ero, perciò, invidiato dagli altri ragazzi, anche se non me ne rendevo conto, non mi accorgevo della mia fortuna, della bellezza che mi apriva porte inaspettate, non le davo valore, non ci facevo caso, nonostante tutti dicessero che ero il più affascinante dell'isola, e nonostante mamma me lo ripetesse spesso. Credevo fossero solo le parole di una madre che comunque sapeva come farmi sentire amato – come farci sentire amati, visto che le stesse frasi le diceva anche a Marina –, invece era un modo per responsabilizzarmi, un tentativo di salvaguardarmi da me stesso. "Non fidarti troppo della tua bellezza," mi raccomandava infatti ogni tanto, oppure: "Non approfittarne, e rispetta sempre chi ti trovi di fronte".

Insomma, a me è toccato sedermi dietro nell'Ape, nel vano che Ciccio ancora oggi usa per la frutta, su una cassetta di legno capovolta e con la schiena appoggiata alla cabina, all'interno della quale papà è stato costretto a rannicchiarsi in un angolo perché lo sterzo (che poi è come quello delle lambrette) è posto al centro dell'abitacolo. Augusto, perciò, è dovuto venire nuovamente con me e la cosa sembra averlo messo di buonumore. Non tanto per la mia compagnia, quanto perché lo gasa il procedere con le orecchie al vento, lo sguardo al mare lontano e il naso arricciato ad annusare l'odore dei limoni che colorano i piccoli cortili aperti sulle stradine che percorriamo. Così, costeggiando vigneti e frutteti, con il brusio dell'Ape che copre l'ultimo frinire delle cicale prima della sera, giungiamo in vista dell'isolotto di Vivara, con la spiaggia di ciottoli e conchiglie nascosta dietro la scogliera, e lì mi sembra di essere davvero a casa, di provare ancora e ancora la vecchia sensazione del ritorno, dell'approdo, la sera, proprio a quest'ora, con il sole calante e il vento che faceva un ultimo sbuffo e si arrestava, e allora tutto diventava immobile, e persino i suoni sembravano spegnersi per un po', e le cicale smettevano di cantare per costringerti a guardarla, a sentirla tua, l'isola, a innamorarti di nuovo e sempre di lei. Come una donna che ha bisogno del tuo sguardo addosso ogni sera, come la madre che non vuole lasciarti andare per troppo amore, Procida mi richiama a sé e mi invita, o forse mi obbliga, a restare un'altra notte.

Il motore si arresta con un piccolo sussulto e Ciccio sbuca dal veicolo. "Non ti preoccupare," dice poi tirandosi su i calzoni, "tuo padre è forte comme chesta terra, nun s'arrenn' maie, adesso ha ritt' che tene fame e vuole mangiare."

Salto giù dall'Ape con il bassotto fra le braccia e attendo che anche papà esca dall'abitacolo. Il sole è ormai tramontato e le nostre sagome sono figure che succhiano all'aria quel po' di luce rimasta. Appena lo poso per terra, Cane pazzo Tannen inizia ad abbaiare come un matto, con lo sguardo fisso nel buio, i peli della schiena ritti e la coda sollevata.

"Che gli è preso ancora?" chiedo stremato, e papà risponde: "Boh, credo sia contento di essere a casa".

"Certo che 'stu canillo è 'nu disgraziato, eh?" fa Ciccio.

"Ma no, che dici," rispondo, "è così carino." Sento papà sghignazzare.

"Avete ancora bisogno di me?" chiede poi il nostro ex tuttofare.

"No, Ciccio, vai a casa, non ti preoccupare," risponde

mio padre inoltrandosi lentamente lungo il vialetto in compagnia del suo inseparabile bastone.

Pochi passi e torna indietro, si ferma di fronte all'omone con i baffi e resta a guardarlo negli occhi, tanto che Ciccio sta per dire qualcosa, e anch'io, in realtà, vorrei parlare, perché la situazione d'improvviso è diventata imbarazzante.

"Tutto a posto?" riesce infine a sussurrare Ciccio.

Papà alza una mano alla ricerca di quella possente dell'amico: "Tutto a posto, mio caro, tutto a posto," aggiunge rinsaldando la presa. "Forse non ti ho mai detto grazie..."

Al pover'uomo sembrano mancare le forze, e infatti risponde quasi balbettando: "Ma di che, comandante, per cosa?".

"Per tutto," ribatte Libero, "per tutto." Poi sfila la mano e si inoltra di nuovo lungo il sentiero.

Ciccio mi lancia uno sguardo veloce. "M'arraccumann', stagli accanto, ha bisogno di te," e mi dà una pacca sulla spalla.

"È quello che sto cercando di fare. Sai che gli resta poco da vivere?" bisbiglio.

"Resisterà," risponde lui guardando il terreno, "resisterà. Lo facciamo da sempre."

Papà, nel frattempo, è a metà del viale. "Fermati," gli urlo, "che non si vede niente e inciampi."

Lui, però, alza solo il braccio sinistro e prosegue.

Ciccio si sente in dovere di giustificarlo: "Tuo padre non accetta l'aiuto, se l'è sempre vista da solo. Cerca 'e capì".

"Nelle ultime ore non mi sembra di fare altro che tentare di capire."

Lui non commenta, così cambio argomento. "Mi piacerebbe tornare a fare un giro con quella," e indico la Dyane poco più in là, ricoperta da una tonnellata di aghi di pino.

Ciccio si volta a guardare l'auto.

"Non è che domani puoi passare a darle un'occhiata? La batteria sarà andata e le ruote non so come stiano..."

"Uagliò," mi interrompe subito, "l'auto è a posto, l'aggia fatta revisionà questa primavera. E ogni tanto vengo ad accenderla. Forse bisogna mettere le gomme a pressione."

Vorrei proprio dargli io un'altra pacca sulla spalla per mostrargli la mia riconoscenza, il modo che usano gli uomini dell'isola per dirsi che si vogliono bene, però Augusto emette un guaito guardandomi con occhi supplicanti: non so se vuole raggiungere papà o ha visto l'ennesima lucertola da spedire nel regno dei morti.

"Comme maie tua sorella non è qui?"

"Il suocero non sta bene."

"Oh, mi dispiace."

"Già. Senti, Ciccio," e poso il braccio sulla portiera dell'Ape, "a tal proposito... insomma, mi dovresti fare la cortesia di non dire nulla un domani a Marina della nostra venuta. Ho violato tante di quelle regole che se mia sorella lo scopre mi danno un fine pena mai." Sorrido.

Lui mi guarda stupito, credo nemmeno abbia capito cosa ho detto, poi papà inizia a urlare davanti alla porta chiusa: "Allora, quanto ancora devo aspettare? Ho fame!".

Infilo il vialetto di corsa con il cane alle calcagna, ma Ciccio mi richiama subito.

"Che c'è?"

"Semmai v'accumpagn' io diman' al camposanto."

"Che ne sai che dobbiamo andare al cimitero?"

"Vuole andarci ogni volta."

Alzo il braccio nel buio per salutarlo.

Solo io non ci vado da allora.

E per una vita mi sono pure creduto migliore del comandante.

Otto rintocchi

Stavo ancora tremando quando la mano di Ondina sbucò dall'acqua per aggrapparsi allo scoglio. Eravamo sotto i faraglioni, che non sono quelli famosi di Capri, ma due spuntoni di roccia che affiorano dal mare, sulla spiaggia di Ciraccio, proprio sotto casa nostra.

Ero attaccato lì già da un po', da quando avevo sentito improvvisamente che sott'acqua mi mancava l'aria. Me ne sarei rimasto come sempre ad aspettare che Ondina risalisse in superficie con i tentacoli del polpo avvolti al braccio, e poi l'avrei seguita per commentare la grandezza del pescato, invece mi ero fatto convincere a provare anch'io. "Che ci vuole," diceva sempre lei, e mi era parso che iniziasse a dubitare di me, a pensare che fossi una pappamolla, uno che ha paura. Non avevo paura del mare, questo no, ci ero nato ed era parte di me, però se scendevo troppo iniziavo a non essere a mio agio.

Mi ero infilato la maschera e l'avevo raggiunta sul fondo. Poco dopo lei si era allontanata, e allora avevo pensato di approfittarne per risalire in superficie, solo che poi l'avevo visto, quel mucchietto di sassi uno sopra l'altro che stonavano con l'ambiente. Era la tana del polpo, ed era lì, mi sarebbe bastato un colpo di reni per scendere quell'altro metro e infilare la mano nell'incavo fra le pietre. E poi sarei tornato da Ondina per mostrarle il trofeo, e lei avrebbe finalmente pensato che anch'io ero capace di pescare, anch'io ero un tutt'uno con il mare e non avevo paura.

Avevo avvicinato con prudenza la mano alla tana e scostato la prima pietra: una grossa piovra impazzita aveva iniziato a dimenarsi scatenando una tempesta di sabbia che mi aveva annebbiato la vista. E allora mi erano tornate alla mente le parole di Ciccio, quando una volta mi aveva raccontato che i polpi grossi sono pericolosi da pescare in apnea e a mani nude perché possono attaccarsi alla maschera. E mi era preso il panico (anche se in realtà l'animale era già scappato), perché la sabbia mi avvolgeva in un mondo oscuro e asfissiante e nella mia immaginazione i tentacoli mi avevano ghermito la caviglia e mi stavano trascinando negli abissi. Vedevo già il mio cadavere issato su senza più gli occhi, mangiucchiato dai pesci che avrebbero banchettato con quel che restava del giovane figlio del comandante, ed era stata quest'idea a salvarmi, in un certo senso: non la paura della fine in sé, quanto il fatto che il primogenito di Libero Scotto sarebbe morto in mare. Avrei causato non solo un dolore ai miei genitori, ma anche un certo imbarazzo in lui perché, diamine, voleva dire che non era stato capace di spiegarmi nulla su quanto il mare possa essere malvagio, non era stato capace di avvisarmi in tempo.

Perciò avevo reagito con un rapido movimento di gambe e una torsione del bacino e in men che non si dica mi ero ritrovato fuori dalla nube di sabbia. Avevo spinto forte ed ero spuntato nell'altro mondo, il mio vero mondo, fatto di aria, colori e, soprattutto, suoni. Di fianco avevo uno dei faraglioni e mi ci ero aggrappato. Tremavo e mi veniva da vomitare. Un gabbiano mi aveva guardato e si era alzato in volo spazientito.

Poi era arrivata Ondina.

"Che è successo?" disse scrutandomi.

"Nulla." Mi sforzavo di essere normale. "Perché?"

"Sembri un fantasma... hai anche le labbra blu!"

"No, davvero, è tutto a posto," risposi tentando di nascondere i brividi che mi squassavano il corpo.

Lei sfilò dall'acqua anche la mano destra per mostrarmi il polpo con un sorriso che non feci in tempo a ricambiare perché l'attimo seguente la testa dell'animale era già contro lo scoglio, finché dell'essere invertebrato non rimase che una poltiglia molliccia senza vita. E allora sì pensai che avrei vomitato, anche perché l'odore del pesce era troppo forte per il mio stomaco traumatizzato, e poi l'acqua era più fredda del solito. Avrei voluto soltanto fuggire a casa, infilarmi nel letto, sotto il piumone che usavo d'inverno, e attendere che mia madre mi portasse una tazza di tè.

Solo che Ondina tornò a fissarmi, e il suo sguardo mi sembrò diverso, più intenso, mi puntò gli occhi e allungò la mano libera verso la mia guancia. Il contatto parve risvegliarmi il cuore, cosicché il sangue tornò a circolare regalandomi subito un po' di colore in viso. Ondina intanto mi stava offrendo la sua tipica espressione inerme che poteva significare tutto e nulla, che mi avrebbe baciato di lì a poco o mi avrebbe schiaffeggiato per poi scappare via offesa per chissà cosa. Per fortuna decise di posare piano le labbra vermiglie sulle mie color prugna e rimase immobile per un'eternità prima di aprire la bocca e cacciare la lingua.

Fu solo un attimo, però è stato l'attimo più lungo e perfetto della mia vita – e io di attimi e di perfezione credo di intendermene –, un istante che sembrò vincere il tempo, dilatarlo, bucarlo, aggrovigliarlo, e nella matassa che diventò il mio presente di allora sentii il suo sapore nella bocca: un miscuglio di sale, ferro e qualcosa di dolce che non seppi decifrare. La sua lingua era morbida, e quasi mi parve di masticare una di quelle caramelle gommose alla frutta che Marina schiacciava due, tre alla volta sotto i denti. Non c'era niente di carnale nel nostro bacio, i corpi erano separati dall'acqua che ci attraversava per infrangersi contro il faraglione, le labbra si sfioravano appena e le lingue si incontravano punzecchiandosi come due piccoli granchi su uno scoglio, eppure d'improvviso fu come se il mare si fosse riscaldato e si stesse prendendo cura di me, come se mi trovassi nella vasca da bagno che Delphine riempiva d'acqua calda dopo che avevo giocato a calcio con gli amici. Non sentivo più freddo e forse sarei potuto restare per sempre aggrappato a quel sasso, vivere come un crostaceo, un po' sopra e un po' sotto la superficie dell'acqua.

Invece lei si scostò e il tempo riprese a scorrere normale, si dipanò, e allora tornai a sentire freddo, e avvertii di nuovo il nauseante odore del cadavere fra le sue mani, e mi sembrò impossibile che quell'attimo pieno di vita avesse potuto contenere al suo interno anche la morte.

Ondina se ne andò portando con sé il povero polpo che si era fatto irretire dai suoi canti traditori. Giunta sulla spiaggia, si voltò come per accertarsi che la seguissi: allentai la presa dallo scoglio e mi avviai incerto e tremante verso la riva. Mentre nuotavo mi sentivo come quel povero mollusco, anch'io rapito da una sirena capace di dispensare a suo piacimento baci e schiaffi, vita e morte.

"Insomma, posso stare tranquilla?"

"Sì, Marina, puoi stare tranquilla."

"Il telefono di casa sempre fuori uso, vero?"

"Sì. Tuo suocero?"

"I medici dicono che molto probabilmente non riprenderà più una vita normale. Domani sera Fiorenzo ci accompagna alla stazione, lui tornerà a metà settimana."

"Mi dispiace."

"Già. Per fortuna ha i suoi anni."

"Quanti?"

"Novantadue."

"Novantadue? Alla faccia. Beato lui."

"Be', in quelle condizioni..."

"Ho capito, ma a novantadue anni. Significa che ha vissuto altri cinquant'anni da quando aveva la mia età. Non riesco nemmeno a immaginare fra cinquant'anni chi potrebbe esserci al mio capezzale."

"Stupido. I tuoi figli ci saranno..."

"Sì, va be', come no."

"Dovresti muoverti, sai, altrimenti non sarai mai nonno. Se continuiamo così, a fare figli a quarant'anni e oltre, fra un paio di generazioni nessuno avrà più un nonno. Spariranno dal mondo e dalla storia. Ci pensi che cosa assurda?"

"No, non ci penso, non ci ho mai pensato in verità. Grazie per la precisazione."

"Dico solo che l'uomo si sta spingendo al limite, sta quasi per andare contro natura. Si fanno i figli quando ormai il corpo della donna è pronto per la menopausa, un trentennio dopo che è diventato fecondo. Ti rendi conto?"

Sono seduto sul divano, con Augusto che come al solito russa aggrovigliato sulle mie gambe e il buio che nasconde il mare fuori dalla finestra.

"Ma come siamo finiti a parlare di queste cose?" chiedo approfittando del breve silenzio di mia sorella.

"Papà che sta facendo?" domanda allora lei tornando nei ranghi.

"Boh, credo si stia vestendo."

"Vestendo? E perché?"

"Dobbiamo andare a cena fuori."

"Ma che dici?"

"Dai, scherzo, rilassati."

"Non lo lasciare solo," ripete lei per l'ennesima volta.

I miei occhi si fissano sulla terrazza di Ondina illuminata nel buio: sul patio c'è Michelle che accende degli zampironi.

"Sorellina, se passo la mia vita al telefono con te mi rimane poco tempo per altro."

Lei non coglie la battuta e la sua voce si fa sottile: “Ho paura che possa fare qualche fesseria”.

“In che senso?”

Nonostante tutto, Marina si lascia andare a uno sbuffo divertito. “Ha ragione papà, non ci libereremo mai di questa domanda.”

“Nel discorso, però, mi sembra abbia un suo nesso,” tento di giustificarmi, ma lei è di nuovo seria. “Nel senso che a volte mi preoccupa, fa discorsi strani...” dice.

“Mi dispiace per te e per nostro padre, ma continuo a credere che la domanda ‘in che senso’ calzi a pennello.”

Marina esita e avverto il suo respiro nella cornetta. Poi dichiara tutto d’un fiato: “Ho paura che possa decidere di farla finita. Ecco, l’ho detto”.

Michelle rientra in casa e lo spazio fuori dalla finestra torna immobile. La luce proveniente dalle applique esterne schizza di ocra il tettuccio della nostra Dyane.

“Ma che dici?” replico con un tono di voce troppo alto, e balzo in piedi perché la frase mi ha agitato più di quanto voglia ammettere.

Augusto, manco a dirlo, non prende benissimo il mio repentino movimento e inizia a ringhiare.

“Che succede?”

“Niente, Tannen si è infastidito perché mi sono alzato dal divano.”

“Sì, non sopporta i movimenti bruschi. E smettila di chiamarlo in quel modo.”

“Non sopporta la vita, in realtà.”

Marina ride, a me invece è passata la voglia. “Perché pensi ’ste cose?” chiedo.

“Ma che ne so... la settimana scorsa mi ha fatto un discorso strano sulla morte e sulle scelte, e io non sono riuscita a reggere il suo sguardo, l’ho zittito.”

D’improvviso, il silenzio della casa e dell’isola mi sembrano alquanto sinistri. Con ancora il telefono all'orecchio muovo un paio di passi e allungo il collo per sbirciare se papà è ancora nello studio: lo scorgo dietro alla scrivania, perso nella scia che lascia la luna sul mare nei giorni di pace.

"Questi discorsi mi mettono ansia..." riesco infine a confessare sottovoce, e starei pure per fare una qualche battuta stupida (perché la discussione sta virando verso argomenti seri che mal si conciliano con l'euforia che mi attraversa da quando ho rivisto la mia sirena d'un tempo) se solo l'orologio alla fine del corridoio non decidesse di darmi prova della sua tempra isolana iniziando a rintoccare come faceva all'epoca, come credevo non fosse più in grado di fare.

Poso d'istinto una mano sul telefono, ma è troppo tardi perché nel giro di un secondo Marina dice: "Ma che... cos'è questo rumore?". Ed è tardi anche perché papà, forse risvegliato dal rintocco, sbuca in soggiorno dicendo: "Andrea, sono le nove, che stiamo aspettando? Io in genere mangio alle otto in punto, non un minuto prima, né un minuto dopo, ho un orologio biologico dentro di me".

"Andrea, ma che succede?" continua a gridare Marina nel telefono.

Sono fregato. Se avessi il tempo di inventarmi una scusa potrei ancora cavarmela, perché, cavolo, sono il re delle scuse dell'ultimo momento, ma così, con papà che mi pressa, il dannato orologio che non la smetterà di suonare fino a quando non avrà eseguito i suoi rintocchi, con Augusto che abbaia contro tutto e tutti perché, insomma, c'è un forte rumore sospetto proveniente dal corridoio e perché, sì, mi sono permesso di alzarmi di scatto, ecco, in una simile baraonda trovare anche la concentrazione per una scusa diventa impossibile. Perciò decido che c'è un'unica via di uscita: interrompo la conversazione e la voce di mia sorella scompare dalla scena. Così come scompaiono il rintocco e l'abbaio di Tannen, che decide di andare ad aggiustare il fiato non proprio gentile (quando dormiva sulle mie gambe me ne ha data ampia dimostrazione) tuffando la lingua nella ciotola dell'acqua. Per cui sulla scena restiamo io e lui, lui e io. Io con la fronte sudata e una smorfia di disapprovazione sul viso, lui con le mani intrecciate dietro la schiena e lo sguardo severo di chi non ama ripetersi.

"Sono già le nove. E io alle otto sono solito..." ribadisce di nuovo prima che il sottoscritto sia preda di una feroce crisi isterica.

"Ma quel cazzo di orologio," urlo senza più ritegno, "proprio adesso doveva mettersi a suonare? E mò che dico a tua figlia? Lo sa bene cos'è quel suono!"

"Non ti ho insegnato simili modi di parlare," ribatte lui impassibile.

Faccio per muovermi, solo che il bassotto al mio primo passo si mette di nuovo a ringhiare.

"Non gli piace che si alzi la voce in casa."

Allora mi rituffo sul divano, tramortito e sfatto. "Non ha suonato tutto il giorno, perché adesso?"

"Va un'ora indietro, suona alle otto ogni sera e ogni mattina. Da sempre."

Socchiudo gli occhi e, sconfitto, ribatto: "Mettiti una camicia pulita, dobbiamo andare da Ondina, lo hai dimenticato?".

"Non mi aiuti?"

"No, là non vengo, lo sai."

"È solo una vecchia stanza."

Il cellulare ricomincia a squillare.

"Sarà, ma non ci voglio entrare."

"Ok, faccio da solo," e sparisce.

"Pronto, Marina."

"Ma che diamine sta succedendo? Dove siete?"

"Dove dobbiamo stare? A casa. È caduta la linea."

Silenzio.

"Ho sentito il rintocco dell'orologio."

"Quale orologio?"

"Quello di Procida."

"Procida? Sorellina, sono decenni che non metto piede a Procida, vuoi che mi ricordi il suono dell'orologio?"

Ancora silenzio. Per l'ansia mi alzo dal divano e mi appallottolo come un riccio contro il muro, mentre Augusto mi annusa le scarpe e il vecchio nell'altra stanza fa cigolare di continuo l'anta dell'armadio che era di mamma e ora è di Marina.

"Eppure sembrava proprio lo stesso suono. E questo cigolio, invece?"

"Ma quale cigolio? Perché non ti rilassi un po', eh? Dai, è 'sta pallosa serie tv che sta guardando papà."

Altro silenzio. Augusto torna sul divano ancheggiando.

"Spero tu non mi stia dicendo fesserie, Andrea. Lo spero proprio."

"Tesoro, ho una certa età, non dico più bugie."

"Certo, come no. Ma se giusto un paio di mesi fa mi hai confidato che Sara ti aveva lasciato per un altro, un americano della Nato con la faccia da idiota, alla Trump."

"Embè?"

"Embè, l'ho incontrata la settimana scorsa..."

"Ah."

"Eh."

"E con lei non c'era nessun americano con la faccia da idiota. Mi ha detto che l'hai lasciata tu perché lei aveva iniziato a parlare di matrimonio e di figli."

"Non è andata proprio così."

"E piangeva."

"Ma fammi capire, lo scopo della telefonata è di inguaiarmi la serata? Prima con la storia dei nonni, poi le frasi sinistre di papà, adesso Sara..."

"È solo che dici cazzate, Andrea, è nella tua natura."

Non so come controbattere, perciò resto zitto.

"Però ti voglio bene lo stesso, così come sei."

"Che fortuna. Stiamo bene, non ti preoccupare, davvero. Domani sera te lo riporto tutto intero."

"Me lo riporti?"

Cavolo. "Scherzo."

"Sei sfiancante. Sta prendendo le medicine?"

Uffa. "E come no..."

"Ok, allora ci sentiamo domattina. Buonanotte."

"Notte. Ah, Marina..."

"Sì?"

"Però l'americano con la faccia da idiota alla Trump era uno spasso come trovata, non credi?"

Un sogno a metà

La casa di Ondina ha mantenuto un calore che la nostra non può avere, nonostante mia sorella cerchi di tenere in ordine il giardino e si preoccupi di riempire gli interni con le foto delle figlie e del marito – il quale, ho notato, è fotogenico, perché dal vivo in verità è molto più insignificante, anzi no, non è l'aggettivo giusto, ha proprio il viso di uno non troppo intelligente: lo sguardo calante e le guance rotonde picchiettate di peli scuri, la fronte piccola e il naso schiacciato. Il suo punto forte sono i capelli, folti e neri, che però porta spesso all'indietro grazie a un gel che si sente puzzare fin da un metro di distanza. E poi il sorriso che sfoggia nelle foto non glielo vedi mai addosso nella vita di tutti i giorni. Mi fanno pensare male quelli che si mettono in posa con smorfie gioiose e innaturali; se sei uno che sorride poco, perché snaturarti davanti a una macchina fotografica? È normale che poi la gente non ti riconosca e inizi a non fidarsi.

Io ci ho messo una vita a imparare a sorridere. Da bambino, quando nostro padre ci chiamava per immortalarci con la sua Olympus, mi sforzavo di fare come Marina, che cacciava subito fuori i denti, solo che a me iniziava a tremare il labbro superiore. Sorridevo di rado da piccolo, e ancora meno dinanzi a lui, quel padre serio che a sorridere proprio non ci pensava e invece era sempre pronto a chiedere agli altri di farlo. “Andrea, e sorridi un po’,” mi diceva prima di scattare, staccandosi per un attimo dalla macchina fotografica. “Marina, fammi un sorriso!” gridava altre volte, quando mia sorella metteva il muso per un capriccio. “Ci fosse una volta che ti trovo sorridente,” ripeteva invece gli ultimi tempi a mia madre, di ritorno dai suoi viaggi. E lei zitta, non rispondeva. Avrebbe potuto e dovuto dire: “Ma tu, Libero, tu che pretendi da noi tutti questi sorrisi, quand’è che sorridi tu?”.

Insomma, non abbiamo un buon rapporto in famiglia con i sorrisi, e la nostra casa se n’è accorta, ha capito che l’immagine di me e Marina sul cofano della Dyane non è veritiera, che le smorfie sono false, la mia di sicuro, che mentre papà fotografava pensavo a quanto ancora avrebbe resistito il labbro. Sa anche, la casa, che l’immagine di mamma in salotto, sul divano, che strizza l’occhio all’obiettivo e ci abbraccia, non è autentica, e che l’unico scatto nel quale la giovane Delphine sorride come sorrideva davvero, la sola immagine che la ritrae gioiosa, in realtà non è un’immagine, solo una descrizione conservata in un quaderno, l’attimo su a Terra Murata, la lingua verde impiastricciata di gelato al pistacchio che le sbucava dalla bocca contorta in una smorfia bislacca.

Perciò la casa di Ondina è più accogliente, perché non è scottata da decenni di risate finte, nel suo corridoio non ci sono le foto di Fiorenzo in posa insieme alle immagini sbiadite di un bambino bellissimo degli anni ottanta che, però, non sapeva sorridere, e nemmeno quelle di una donna che non riusciva a mascherare la sua infelicità. Le case la sentono la nostra infelicità, la assorbono, spesso se ne fanno carico e ne restano divorate, e poco alla volta ammuffiscono e si riempiono di macchie alle pareti, come un formaggio lasciato troppo a lungo nel frigo.

“Benvenuti,” ci accoglie Michelle, che per l’occasione indossa un paio di pantaloni di lino e una camicetta azzurra semitrasparente che scolpisce le sue rotondità come il velo di marmo sul famoso Cristo.

Ondina è in cucina e compare dopo un po' con dei bermuda beige e una canottiera bianca che ricorda quelle che usa mio padre sotto la camicia. Non proprio un abbigliamento sexy; tra l'altro non ha nemmeno un filo di trucco e i capelli le cadono disordinati sulle spalle. In mano stringe un bicchiere di vino rosso (uno di quei vecchi bicchieri che un tempo si vedevano nelle osterie, stretti sotto e più larghi sopra) e cammina scalza sul cotto. Un po' ci rimango male, credevo che l'appuntamento la spingesse a farsi bella, ma è solo un attimo, perché lei mi corre di nuovo incontro, come se non ci vedessimo da quel bacio sul faraglione di un'era fa.

"Che buon odorino," commenta intanto papà.

"Zuppa di gamberi, spaghetti con le vongole," risponde lei con un sorriso, "e una pezzogna all'acqua pazza che ho pescato stamattina."

"Fantastico." Il comandante si siede a capotavola senza chiedere il permesso. Quindi afferra un pezzo di pane dal cestino e lo lancia ad Augusto, il quale si accuccia ai suoi piedi buono buono, per fortuna.

Michelle, che ha i capelli biondi stretti in una treccia che le lambisce le natiche, mi guarda per avere il permesso di versargli del vino, mentre lui è impegnato a sistemarsi il tovagliolo sulle ginocchia. Annuisco e le faccio segno di procedere pure perché, diamine, è una bella serata d'estate, siamo a casa, in riva al nostro mare e in compagnia di due belle donne, c'è così tanta bellezza attorno che mi sembra impossibile che mio padre, in realtà, stia morendo, perciò voglio fare come lui: fingere e restare a guardarlo spilluzzicare come un pesce la mollica di vita che gli è rimasta.

La tavola di legno chiaro è apparecchiata con quattro tovagliette color fango e il centro è occupato da un cesto di pesche, fichi e uva rossa. Il soggiorno è molto diverso da come lo ricordavo, un'ampia stanza nella quale si entra appena varcata la soglia, con una meravigliosa vetrata affacciata sull'isolotto di Vivara e su Ischia, che con le sue luci lontane nel buio fa pensare a un cespuglio di lucciole in un bosco. Il rumore del mare arriva anche qui, e in quei brevissimi istanti di silenzio fra una parola e l'altra, fra il tintinnio di una posata e uno sgranocchiare di Augusto, si può sentire il suo sbuffo annoiato.

"Aiutami a portare i piatti in tavola," dice Ondina, e mi fa cenno di seguirla in cucina.

Il comandante nel frattempo, da grande affabulatore, intrattiene Michelle con storie antiche che in tanti anni non ho mai capito se fossero vere o se le inventasse per darsi delle arie. Adesso sta spiegando dell'unica volta che con il *Nautilus* passò fuori le acque del golfo, diretto in Tunisia, e di come, a suo dire, il mare lo avesse riconosciuto.

"Fino a quel momento avevamo preso una burrasca e, nonostante l'enorme mole della nave, stavamo ballando parecchio. Appena giungemmo laggiù," e indica la sagoma scura dell'Epomeo, "il mare si calmò di botto. Perché queste acque mi conoscono e mi aiutano da sempre, sanno che io le rispetto."

Raggiungo Ondina appena lui attacca con la solfa che conosco a memoria. "Allora, per ringraziare il mio mare, comandai una breve uscita dalla rotta per avvicinarmi a Procida, così da salutarla e renderle onore. Era il millenovecentottantadue e avevo inventato 'l'inchino', che oggi è diventato uso comune, almeno prima della tragedia del Giglio. Ma non lo dissi a nessuno della compagnia, e non lo rifeci più."

"Tua sorella mi ha detto che è malato," sussurra la mia musa quando siamo in cucina, "eppure a vederlo così non sembra..."

"Già, a volte la malattia gli si abbarbica in faccia e hai voglia a fare finta di nulla; altre volte invece, come adesso, sembra scomparire e quasi la dimentichi. Ci sono giorni sì e giorni no."

"Di tua madre dicevi la stessa cosa," commenta lei con innocenza mentre tira fuori il pesce dal forno con la mano protetta da un guanto color arancio, e mi ruba un piccolo sussulto.

La stanza affaccia sul giardino e dalla finestra si scorgono il nostro albero di limoni e la porta d'ingresso di casa. Papà ha voluto lasciare la luce esterna accesa, "così quando torniamo non incespichiamo", una frase che ripeteva sempre prima che uscissimo, che uscissi. "Ti lascio la luce accesa," così mi diceva. Non è mai stato uno di quei padri che restava sveglio in attesa dei figli, al ritorno trovavo ad attendermi solo e sempre lo stesso geco, che nel vedermi correva a nascondersi in una crepa.

"In che senso?" chiedo, forse con un po' di ritardo.

Lei sorride divertita. "Vedo che non hai perso le vecchie abitudini. Anche da ragazzo rispondevi sempre con questa domanda..." E risucchia uno spaghetto bollente dalle dita. "Intendevo dire che ricordo che anche per tua madre c'erano giorni buoni e altri no," aggiunge tirando nell'acqua un grumo di sale grosso.

Non so cosa dire, così distolgo lo sguardo e mi concentro sul moscone che ronza per la cucina come impazzito. "Detesto i mosconi," commento quindi fra i denti.

Ondina butta giù un po' di vino e risponde divertita: "Addirittura? Poverini".

"Ha a che fare con mia madre, sosteneva che il loro volo fosse il brusio dei morti."

"Mamma mia, che cosa sinistra!"

"In realtà pensava di farmi coraggio. Delphine parlava di morte così, naturalmente, a lei non faceva paura e non voleva che l'avessimo noi, che ci paralizzasse..."

Si ferma a guardarmi, e ribatte: "Scusami, non ci vediamo da quasi trent'anni e ti parlo di Delphine. Non sono stata delicata. È che le ero affezionata".

"Sì, lo so, e mi fa piacere che tu la ricordi."

"Certo che la ricordo. Ricordo tutto. Come fanno le persone a dimenticare, piuttosto? La gente cancella la propria vita vissuta... non ti sembra una cosa assurda, incomprensibile? Vive e poi se ne dimentica."

Scola gli spaghetti, li getta in una padella grande, di quelle che si usano nei ristoranti, dove già c'erano le vongole e i pomodorini, e inizia a girarli con un forchettone.

"In tutta la nostra infanzia non credo tu abbia sorriso tanto quanto oggi," riesco solo a dire mentre la osservo muoversi a suo agio nella cucina. Non mi va di rispondere in merito alla questione del dimenticare, io sono uno di quelli che non lascia briciole sul cammino per poter tornare indietro, uno che consuma ciò che vive e resta con lo stoppino annerito fra le mani.

"Sono molta cambiata da allora." Ondina mette il pesce su un vassoio di ceramica azzurro ricoprendolo col suo sugo di patate e pomodorini, poi spezzetta con le mani un po' di prezzemolo e ce lo butta sopra.

"Posso farti una domanda?"

Lei non si gira e continua a muoversi con disinvoltura.

"Conosci Azzurra, la ragazza che si è sposata oggi?"

Ondina sta condendo con l'olio, un dito a tappare la bottiglia e un filo di liquido viscoso e dorato che scende dritto. "Di vista. Che io sappia, ha studiato a Napoli e ci è rimasta. È tornata qui per sposarsi, ma vive in città."

"E la madre, la conosci?"

Finalmente si volta. "Di vista, anche lei. Vive dall'altra parte dell'isola. Non scordarti che sono stata anch'io lontana da qui per tanto tempo. Siete andati al matrimonio oggi, vero?"

"Già."

"E come è stato?"
"Cosa?"
"Il matrimonio, la cerimonia."
"Boh. Come tutte le cerimonie."
"Lei era bella?"
"Bella, sì. Sembrava felice."
"Bene. Tuo padre era amico del padre, da quel che ho capito." Ondina intanto ha preso il piatto con entrambe le mani.
"Sì, ma io non ne sapevo nulla. Come non ricordavo l'esistenza di Azzurra. Lei, invece, non mi aveva dimenticato."
Ondina si apre in un sorriso: "E come avrebbe potuto...".
"Tu l'hai fatto, altrimenti non avresti lasciato passare tutto questo tempo," e mi avvicino fingendomi offeso.
Sorride e mi porge il piatto. "Portalo di là," dice. Poi aggiunge: "La bellezza ti ha reso troppo egocentrico, Andrea. Davvero credi che sia esistito solo tu nella mia vita?". E mi stampa un bacio sulla guancia.

In soggiorno papà si è zittito e adesso scruta il mare scuro sorseggiando il vino. Michelle invece ha Tannen in braccio e gli sta accarezzando il muso; il bassotto autocrate ha subito capito a chi indirizzare le sue attenzioni. E vorrei ben vedere, Michelle è davvero affascinante, un miscuglio di colori caldi e freddi, la pelle bianca e i capelli biondissimi a incorniciare occhi turchesi come i mari del Sud. Sarà che mi ricorda mia madre, insomma ho difficoltà a toglierle gli occhi di dosso.

Per fortuna ci pensa Ondina a distrarmi: inserisce un cd di De André e mi conduce per il gomito al mio posto, di fianco a lei, lei che di Nord non ha proprio nulla e che, al contrario, indossa il Mediterraneo, il beige dei bermuda e della terra pastosa, il nero dei suoi capelli e della ghiaia di Procida, lei che odora di capperi e ibisco, sì, proprio lei, che racchiude in sé quello che più mi ha terrorizzato, le mie radici, che evidentemente erano più salde al terreno di quanto pensassi, mi fa pentire di botto di tutti i giorni perduti, della vita vissuta che ho dimenticato, della fuga da non so cosa. Il tempo di sedermi al suo fianco, con il mare e Vivara sulla destra, e sono di nuovo innamorato della mia sirena, di nuovo figlio dell'isola.

"Allora," dice l'attimo dopo che ho affogato il cucchiaio nella zuppa di gamberi, "quel poco che so di te è grazie a tua sorella. Insomma, sei un fotografo di moda."

"Già, sì," rispondo per liberarmi subito del discorso, e butto giù il primo boccone.

Papà non riesce a tenere la bocca chiusa e interviene con una schioppettata delle sue: "Sì, ha preferito la strada più semplice, forse meglio remunerata. Come si dice: talento sprecato...".

Ha uno sbaffo di salsa sopra il labbro e il sugo che gli cola dal mento si mescola alla barba sfatta.

"Pà, pensa a pulirti piuttosto," rispondo per colpirlo.

Lui si guarda intorno imbarazzato prima di passarsi il tovagliolo sulla bocca. Ondina dovrebbe capire che non è il caso di insistere, ma credo che sia talmente fuori dalle dinamiche familiari borghesi, così poco avvezza ad avere a che fare con nevrosi, frustrazioni e rancori, che non si accorge di nulla e prosegue dritto.

"Non lo avrei mai immaginato, tu e la moda mi sembrate due mondi contrapposti. Ricordo che ti piaceva fotografare altro."

"Ecco, brava," interviene ancora il comandante, e lancia un altro pezzo di pane ad Augusto, di nuovo accucciato sotto la tavola, "è quello che mi disse quando partì per Milano. Fotografo. Lì per lì non capii, sapevo che non era mai stato un grande studente, ma un genitore spera sempre il meglio per i figli. Insomma, poi fui..."

"A parte il fatto che non sai nulla, perché la fotografia di moda è una fotografia comunque artistica e richiede uguale talento, dimmi tu adesso cosa può fregare a loro cosa speravi per me vent'anni fa?"

Mi rendo subito conto di aver alzato i toni, lui però resta calmo, anzi sorride e butta giù l'ennesimo sorso di vino.

"Ma quanto stai bevendo?" chiedo quindi, e Michelle mi guarda preoccupata, come a dire che stava pensando proprio questo.

"Sono adulto e vaccinato, Andrea, non ti preoccupare, non mi ubriaco e non mangio troppo, assaggio solo questa gustosa e leggera zuppa e un po' di pesce. Così come non ho alcuna intenzione di parlare del tuo passato, non sono un vecchio rincitrullito." Si pulisce di nuovo la bocca, forse scottato dal mio precedente avvertimento. "Volevo solo precisare, se me lo permetti, che mi sorprendesti in positivo quando dicesti di voler provare a coltivare la tua passione, la fotografia. Eri bravo, sei bravo, sai guardare e scorgere cose che non tutti scorgono. Perciò, te lo dico ora," e fa una smorfia divertita, "fui fiero della notizia."

Bevo anch'io un bel po' di vino, anche se in effetti l'annuncio che mio padre era orgoglioso di me meriterebbe quantomeno un'ubriacatura. "E meno male! Mi togliesti il saluto per sei mesi, figuriamoci se non fossi stato fiero!" rispondo poi.

Michelle se la ride, anche se non c'è niente da ridere. Infatti subito dopo sulla tavola scende il silenzio, interrotto solo dalla voce calda di De André che canta *Crêuza de mä* e dai denti di Augusto che sgranocchiano il pane. Poi Libero Scotto inspira rumorosamente e riprende a parlare: "A quei tempi credevo di doverti temprare. Ti vedevo deboluccio: volevo che crescessi, diventassi uomo. Ci ho messo del tempo a capire che non eri deboluccio, eri solo sensibile, più sensibile di me, certo, ma anche di tua sorella. Sensibile come Delphine, come tua madre".

Resto a fissarlo dall'altro lato del tavolo senza riuscire a dire una parola, anche se, per la verità, sulla punta della lingua la frase ce l'avrei ed è questa: *Di mamma non dicevi che era sensibile, dicevi che era matta*, ma poi sto zitto, perché di certo non posso iniziare l'ennesimo duello con lui in una serata simile. Lascio cadere la provocazione che avrei esternato in un altro contesto (di sicuro prima della malattia) e rispondo solo: "La tua rivelazione mi fa piacere, ma non mi sembra il caso di iniziare proprio ora una discussione sul nostro passato".

"Ma no, non ti preoccupare," interviene Ondina, e si alza per togliere i piatti da zuppa, "meglio una conversazione vera che finti convenevoli."

"Vedi?" fa lui soddisfatto. "La tua saggia amica d'infanzia è diventata una donna saggia," e lei e Michelle scoppiano a ridere.

Mentre le due ragazze portano i piatti in cucina, ne approfitto per osservare meglio la stanza, evitando così di incontrare lo sguardo del vecchio: in un angolo ci sono un divano basso bianco e una libreria di legno scuro stracolma di libri sistemati in ogni buco libero, c'è un tappeto a rombi arancio e viola, un lume di plastica nera con l'asta di metallo che sembra provenire direttamente dagli anni settanta, una pila di vinili accatastati per terra con accanto una bottiglia di birra lasciata a metà, un bloc-notes e un posacenere di pietra pomice, o forse proprio di lava. Sulla parete alle mie spalle, quattro fotografie: una che ritrae il porto della Corricella; in un'altra, una giovane Ondina abbraccia una vecchissima Sansa, il cane che girava nei dintorni all'epoca; poi, una foto recente di Ondina e Michelle sull'amaca in giardino, e infine un gozzo in primo piano sulla spiaggia di Ciraccio, con un meraviglioso tramonto alle spalle.

Quando la mia sirena torna a tavola, commento subito: "Era proprio un bel cane, Sansa".

"Già," fa lei cominciando a servire gli spaghetti. "Pensa che quando morì, poco dopo la tua partenza, stetti così male che decisi che non avrei mai più voluto bene a un cane. E infatti non ne ho più presi, nonostante il giardino."

"È innaturale amare un cane," si intromette ancora papà, "innaturale amare qualcuno che sappiamo morirà prima di noi. Lo dissi a Marina, quando decise di prendere Augusto."

"E allora è innaturale anche amare un genitore..." sento proferire alla mia voce, e l'attimo dopo già mi sono pentito. È che ho ancora del rancore in circolo.

Per fortuna il momento si dissolve subito, perché Michelle quasi mi sovrasta per dire la sua: "Già, diventano come fratelli, come figli...".

"Io non so se un cane possa diventare come un figlio, perché non ho né l'uno né l'altro, so però che privarsi di un amore perché un domani lo si perderà mi sembra proprio una sconfitta, significa non provarci nemmeno a vivere," rispondo d'istinto, e mi guadagno un'occhiata di ammirazione da parte di Ondina.

"Già, hai ragione," ribatte papà rivolgendosi a Michelle, come se io non avessi parlato, "diventano quasi dei figli, anche se portano meno preoccupazioni," e si china ad accarezzare Cane pazzo.

Forse è la malattia, l'appuntamento con la morte, o solo la vecchiaia, fatto sta che il Libero Scotto di una volta, il comandante, non avrebbe mai amato un cane, e infatti non ci permise mai di prenderne uno. Dicono che il tempo aggiusti ogni cosa, ed è vero, e fra tutte queste cose di sicuro ci sono anche gli uomini: spesso spendono male gran parte della vita per poi salvarsi nel finale proprio grazie al tempo, che fa come il padre con il figlio che non sa andare in bici, afferra il manubrio e dà una sterzata veloce.

"L'altra foto la riconosci?" chiede poi Ondina, e mi costringe a girarmi di nuovo verso il muro e a distrarmi dalla pasta dalla quale sale un odore di vongole, pomodori e prezzemolo che mi fa sentire a casa.

"No, però è molto bella..."

"È tua," risponde lei, "la facesti tu. Non ricordi?"

Inarco le sopracciglia ed esamino meglio l'immagine, masticando nel frattempo un pezzo di pane intinto nel sugo.

"Ma dai," commento quindi con la bocca piena, "davvero? Non ricordavo. Però ero bravo, eh?"

"Sì, eri bravo, e infatti ero convinta pure io che la fotografia sarebbe stata il tuo futuro."

A questo punto mi sento in dovere di dare una spiegazione. "Non è stato facile, ci stavo provando, con qualche mostra," guardo anche papà, "ma avevo bisogno di soldi, così un giorno accettai per pochi spiccioli di presenziare a una sfilata per una rivista del settore, il meglio che avevo trovato fino ad allora, e dopo la pubblicazione mi chiamò un pezzo grosso per domandarmi da dove fossi sbucato e se avessi esperienza di moda, e poi disse che voleva presentarmi a un paio di persone. Nel giro di quindici giorni feci il mio primo servizio fotografico importante, e da lì in poi è stato un susseguirsi di eventi uno dietro l'altro, sono iniziati ad arrivare i soldi, anche un po' di fama e... insomma, il sogno è rimasto un sogno a metà."

"Certo, è buffo," riprende Ondina, che ha già finito la sua piccola porzione, la lingua a scavare senza grazia fra gli incisivi e una mano a sostenere il mento, "proprio tu che non avevi la minima coscienza della tua straordinaria bellezza, sei finito a servirti di lei, a cercarla ogni giorno negli altri."

Abbozzo un sorriso imbarazzato mentre tento di trovare le parole per spiegare che sono grato alla fotografia di moda, mi ha permesso di sviluppare metodo e apprendere tante cose. Vorrei riuscire a rivelare (a lei, ovvio, ma soprattutto a mio padre) che da un po', però, sento l'esigenza di fare un passo indietro. Solo che Ondina e Michelle non mi concedono altro tempo e si alzano all'unisono per cambiare i piatti. Sento Ondina armeggiare in cucina con il pesce. "Augusto può avere un po' di rimasugli di pezzogna?" domanda cacciando solo la testa dalla porta.

"Mia figlia non mi permette di dargli un tubo, il pesce poi, manco a dirlo, sostiene che il cane morirebbe... accidenti, non mi viene la parola, morirebbe, quando uno si affoga..."

"Soffocato," intervengo.

"Già, sì, soffocato con una spina in gola. Dagli ciò che desidera, che già il poveretto non ha una femmina al suo fianco!"

Ondina ride e chiama Augusto a sé. Papà invece inizia a fissarmi con uno strano sorrisetto. Sembra aver sepolto l'ascia di guerra.

"Che c'è?"

Si protende verso di me e, in un pietoso tentativo di empatizzare, dice sottovoce: "Vi vedrei bene insieme. Con Ondina, intendo".

Bravo, ci sei arrivato con trent'anni di ritardo. Perspicace.

"Ma figurati..."

"Ti aiuterebbe innamorarti ogni tanto, invece... Il segreto è tutto lì, innamorarsi, sempre e di continuo. L'adolescenza sembra il periodo più lungo della vita semplicemente perché è quello dove ci innamoriamo di più. E l'innamoramento dilata il tempo. Dovremmo riuscire a mantenere la stessa costanza per tutta la vita, innamorarci ogni anno per esempio: ci sembrerebbe di vivere in eterno."

Poi torna a contemplare il mare senza degnarmi più di uno sguardo, senza preoccuparsi di una mia eventuale risposta, che non arriva, perché non ne ho voglia e perché non saprei comunque cosa dire, e perché in fondo mi sembra possa esserci del vero nelle sue parole.

Dalla cucina giungono le risate delle ragazze che stanno imparando ad avere a che fare con Tannen, reso ancora più pazzo dalla prospettiva di assaggiare una pezzogna fresca.

Un po' mi fa pena 'sto cane, trascorre l'esistenza a fare compagnia a un vecchio moribondo e si spegnerà soffocato sotto la coltre di rigore instaurata dalla sua padrona, a sua volta vittima (non so quanto inconsapevole) dei guai fatti dal padre e, prima ancora, dalla nonna: un turbinio di esistenze votate alla ricerca di una (introvabile) perfezione alla quale aggrapparsi, con la quale illudersi di poter controllare chissà cosa poi. Buffo che l'unico a pagare dazio fino in fondo, l'unico che non avrà un martire sul quale rivalersi, sia proprio questo canillo dal carattere forte e ribelle. Ma tanto anche un'insurrezione, seppur abbozzata come la mia, serve a poco: per scampare a un esempio sbagliato, l'unico antidoto è il distacco.

"Darei quest'ultimo avanzo di vita per una sola notte su una di quelle," dice all'improvviso papà interrompendo i miei astrusi e angoscianti pensieri.

Sta fissando una grande nave che balugina nell'acqua davanti a Ischia. Resto ad attendere un nuovo commento, ma lui non distoglie lo sguardo dal mare.

"Che stai pensando?" chiede Ondina, tornata al tavolo e accortasi della mia espressione assorta.

"Nulla di serio," ribatto con un finto sorriso, e mi dedico alla pezzogna.

In realtà stavo pensando che la romantica frase dedicata alla nave lontana l'avrebbe meritata mamma.

Uomini e demoni

E ora siamo sulla spiaggia di Ciraccio, distesi su un grande telo che Ondina e Michelle hanno allungato sulla ghiaia umida, mentre papà è seduto su una sediolina pieghevole che ho provveduto a trasportare da casa, i piedi nudi infilati nella sabbia. Se mia sorella sapesse che alle undici di sera il padre, anziché dormire nel suo comodo letto, si trova sulla spiaggia di Procida, con un venticello che viene dalle spalle di Vivara, se sapesse che non prende medicinali da ieri, che ha gustato del buon vino rosso e sta fumando il secondo spinello della sua vita, le verrebbe un colpo. Già, perché appena abbiamo terminato di cenare papà se n'è uscito con questa frase: "E ora portatemi a mare, nel mio mare!".

Ero pronto all'estenuante battaglia che avrei dovuto ingaggiare per convincerlo che non era il caso, già sapendo che la sua insistenza mi avrebbe fatto sbottare e allora sarebbe sbottato lui e, quindi, di conseguenza, Augusto, cosicché la nostra romantica serata sarebbe andata a farsi benedire. Invece, Ondina nemmeno ha aspettato che papà finisse di pronunciare quelle parole che si è messa ad applaudire: "Che splendida idea!".

"Magnifica," si è associata Michelle.

"Ragazze," mi sono visto costretto a intervenire posando il

tovagliolo sul tavolo, "capisco il vostro entusiasmo, davvero, però papà ha una certa età e dovrebbe andare a dormire..."

"Non ho alcuna intenzione di andare a letto, fra poco avrò tutto il tempo del mondo per riposare," ha ribadito lui, "portatemi a mare."

"Dai, Andrea, una mezz'ora e risaliamo, il tempo di un bagno!" ha detto Ondina.

"Un bagno?"

"Vado a mettermi il costume!" E mi ha strizzato l'occhio.

"Prendo qualche birra dal frigo," ha detto invece Michelle.

"Porta una di quelle sigarette al mentolo che mi mettono di buonumore," si è raccomandato mio padre.

Tira un po' di brezza ma fa caldo e il mare è come un lenzuolo appena stirato sul quale si riflettono le luci delle poche case illuminate. La ghiaia scura che avvolge i nostri piedi, però, è umida e l'acqua che sbuffa sommessa sulla battigia non sarà, immagino, caldissima. Insomma, Ondina insiste, ma io non ho alcuna intenzione di fare il bagno. Lei invece è già dentro l'acqua, il suo elemento naturale, nonostante abbia cenato (in verità ha solo piluccato) e abbia anche fatto un paio di tiri allo spinello che ha poi passato con un sorriso complice a mio padre. Credo che lui alla fine abbia capito che non si tratta di mentolo, ma non ha fatto commenti, e non sarò di certo io a parlare. Michelle, invece, se ne sta appollaiata sul telo con indosso solo la canottiera e le mutande e sorseggia una Corona tenendo gli occhi chiusi, come se in cielo vi fosse un bel sole splendente e non una pallida luna dai contorni sfumati. Tannen, infine, è poco più in là, una macchia nera nel nero della ghiaia e della notte, il muso affondato in una buca profonda che ha scavato in dieci secondi netti, il tempo di liberarlo dal guinzaglio.

“Ma non starà aspirando un chilo di sabbia?” mi preoccupo. Nessuno risponde.

A differenza di Michelle, che con il suo mezzo bikini improvvisato mi ruba più di un’occhiata, indosso un paio di pantaloni di lino e una maglietta verde militare. Ai piedi, invece, ho un paio di espadrillas beige rubate dall’armadio di Fiorenzo. Anch’io ho una birra in mano e sto attendendo che papà mi passi quel che resta dello spinello. Sulla spiaggia non c’è nessuno, fatta eccezione per il gozzo di Ondina che sonnecchia a riva.

“Ti ricordi le nostre nuotate al tramonto?” fa a un certo punto papà voltandosi a guardarmi.

“Sì, certo,” ribatto, e allungo la mano per farmi passare la canna.

Lui caccia il fumo dalla bocca. “Arrivavamo fino alla boa e tornavamo indietro.”

“Già.”

Dopo un breve silenzio che ho ingannato succhiando quel che restava dello spinello, lui prosegue: “Mi piacevano, quei pomeriggi. Non c’è cosa più bella dei tramonti in mare. È un momento magico, il sole che si immerge in acqua e si porta con sé il vento, l’aria che d’improvviso si fa immobile e l’acqua... l’acqua sembra quasi arretrare di fronte a tanta bellezza”.

Aggrotto le sopracciglia e mi giro a scrutarlo con ancora il collo della bottiglia di birra appoggiato alle labbra: Michelle, invece, dichiara entusiasta con la sua erre arrotondata: “Wow, che belle parole Libero, complimenti, lei è proprio un uomo profondo!”.

Vorrei poter spiegare alla nostra nuova amica che Libero Scotto in verità di profondo ha solo le occhiaie, e che tutto questo spessore è nato grazie a un po’ di marijuana. L’avessi saputo, che bastava quello, mi sarei attrezzato prima.

“Non credevo di poter tornare a sentire quest’accento

sull'isola," commenta lui, "mi fa un certo effetto pensare che c'è di nuovo una belga in questo posto..."

Sarà dell'erba speciale, rifletto, perché in effetti anche a me succede lo stesso, anch'io sento una scossa ogni volta che Michelle apre bocca. E allora vuol dire che la situazione mi sta sfuggendo di mano, perché sono circa trent'anni che cerco di tenere a bada le emozioni ridendo di loro e ora, a quaranta e passa, mi trovo a dover trattenere a stento la specie di pianto che ho in gola. Perciò, per contrastare il tutto, mi giro verso la bella bionda e dico sottovoce: "Sono solo le conseguenze della cannabis..." portandomi le dita alla bocca come se stessi fumando.

Lei ride troppo (anche questo merito dello spinello, immagino) e il suo grosso petto bianco, reso ancora più bianco dalla luna, sobbalza sotto la canottiera rubandomi l'ennesima occhiata. In mare c'è l'unica donna che credo di aver mai amato nella vita, l'unica che mi ha fatto provare emozioni sconosciute, eppure sto qui ad ammirare le tette di questa bella straniera e a scolarmi una birra dopo l'altra mentre mio padre è intento a rosicchiare il tempo che gli rimane per mostrare ciò che non ha mai mostrato di sé.

"Aspettavo quell'ora per la nuotata con te, l'unico momento davvero piacevole della giornata," prosegue infatti dopo un po'. Quindi attende che posi lo sguardo su di lui per aggiungere: "Non fare quella faccia. Sei un uomo ormai, e puoi ascoltare le verità del tuo vecchio. Ho combattuto tutta la vita con una specie di demone che avevo nel petto, una forza che non riuscivo a contenere e che mi riportava ogni volta lontano da voi. Il fatto è che quando ero in mare non vedevo l'ora di tornare qui, e quando ero qui non vedevo l'ora di tornare in mare".

"Sì, ce ne accorgevamo, non facevi nulla per mascherare la tua insofferenza."

"E invece no, io cercavo, davvero, mi sforzavo, ma non ci

riuscivo. Le giornate sempre uguali, sulla spiaggia... come si dice, la spiaggia, quando c'è il sole..."

"Assolata."

"Ecco, sì, assolata, il gran caldo... o, su al bar, il tempo non passava mai, e allora mi lasciavo vincere dai cattivi pensieri."

Michelle ride di tutto ormai.

"Capisci cosa intendo?"

"Sì," e chino il capo a seguire le mie dita che giocano a staccare dalla bottiglia l'etichetta con il marchio della birra, "sì, posso capirti."

La sua voglia di parlare allora si attenua, come se non avesse aspettato altro che una sorta di benedizione da parte mia.

"Pà, senti, ma perché non ti godi la serata invece di pensare a queste cose..." gli dico nel tentativo di rendere il tutto un po' più leggero.

"'Queste cose', come le chiami perché sei troppo ottuso per capirlo, sono il mio modo per dirti che tu eri la parte migliore della giornata, la nuotata con te era la parte migliore, ciò che mi faceva sentire vivo come quando ero sulle navi."

Nemmeno il mix – vino, spinello e birra – che ho in corpo può aiutarmi a vincere l'incredulità che mi assale quando mi accorgo di essere del tutto impreparato alle sue parole. Se c'è una cosa che la vita mi ha insegnato, è come rispondere a mio padre, che tanto le sue frasi erano più o meno sempre le stesse, i suoi discorsi vertevano sempre sui medesimi argomenti, con poche variazioni sul tema centrale; perciò, dopo un po' mi sono trovato con una scorta di risposte preconfezionate che mi consentivano di metterlo a posto senza pensarci troppo. Questo nuovo comandante, invece, mi ha tolto anche la possibilità di sentirmi in una botte di ferro, consapevole che avrei saputo sempre come affrontarlo, cosa ribattere.

"Che carino..." commenta Michelle, ma io mi alzo di scatto.

È che non riesco a star qui a celebrare un uomo che all'ultimo bivio ha deciso di fare e dire quel che avrebbe dovuto fare e dire un milione di anni fa.

"Quelle estati non finivano mai. L'afa, le urla dei bambini, la folla, la gente che sotto l'ombrellone si raccontava fatti inutili, che parlava sempre e solo di altre persone, e non mi permetteva di leggere... Era un incubo. Poi, però, arrivava il tramonto, la spiaggia si svuotava, tua madre scendeva a giocare con Marina sulla sabbia, e io e te avevamo il mare tutto per noi."

Non è stato semplice averti come padre, questo vorrei dirgli (e forse lo farei se non ci fosse Michelle), perché il tuo più grande errore è stato proprio non nascondere ai tuoi bambini i demoni di cui parli. E così abbiamo dovuto imparare a convivere con loro, con le tue paure vestite di rigore e noncuranza, e con il tempo quelle paure sono diventate le nostre, i demoni si sono presi anche noi. Già, mamma aveva i suoi giorni no, ma quelli sì li colorava di sfumature, odori e sapori; la tua nauseante normalità, viceversa, era sempre uguale, non aveva alcun profumo ed era di un grigio chiaro e opaco che non sapeva di nulla.

Invece rispondo senza neanche guardarlo: "Vado a recuperare Ondina".

Sono già di spalle quando lo sento rivolgersi a Michelle: "Ha ragione, non è abituato a certi discorsi, lo sto spiazzando. Lui è come me alla sua età, preferisce tenersi le cose dentro...".

Mi fermo e quasi sto per girarmi, ma poi Ondina mi chiama e allora proseguo. Non sono come te, papà, che ti sei lasciato sopraffare da quel magone, io è una vita che lo combatto, e lo faccio con l'ironia e quella specie di superficialità che tu tanto biasimi, la stessa che da ragazzo mi faceva alzare le spalle quando parlavi di responsabilità e senso del dovere, la stessa che adesso mi spinge verso il mare e mi fa sfilare la maglietta anziché star qui a rimuginare su cose che non possono più essere cambiate, la stessa che mi fa tuffare nell'acqua con indosso ancora i pantaloni, al fianco della mia sirena che mi aspetta felice.

È semplice il trucco, comandante, e tu non l'hai mai capito: bastano un'alzata di spalle e una risata per tenere a bada i demoni.

"Andrea, sei pronto per la nuotata? Arriviamo alla boa e torniamo. Chi arriva ultimo offre da bere!"

Papà quel giorno indossava il solito costume marrone che sembrava andargli stretto e dal quale si intravedeva il membro. Quando ero piccolo ogni tanto lui usciva dalla doccia con l'accappatoio aperto e allora mi imbattevo nel suo pube nero e mi bloccavo a fissare perché davvero era tutto troppo nero laggiù. D'altronde, Libero Scotto è sempre stato un uomo peloso; anche quando doveva partire e si infilava la divisa che mamma aveva provveduto a stirargli, dalla camicia bianca con l'ultimo bottone aperto fuoriusciva sempre un ciuffetto scuro. Ricordo una volta, una delle poche volte che ho visto i miei abbracciarsi, eravamo sulla spiaggia (Marina non era ancora nata) e loro erano distesi uno di fianco all'altra, due corpi diversi che sembravano incastrarsi alla perfezione: lui ombroso, con il torace enorme come quello dei tori e ricoperto di peluria, lei con il suo fisico minuto e la pelle bianca macchiata solo da qualche neo qua e là. Mamma gli tirava i peli del petto e rideva, Libero fingeva di dormire e intanto sorrideva, con un braccio sotto la testa e l'altro a cingere le spalle di lei, che aveva il capo sul suo cuore. Non li ho mai più rivisti così, ma posso dire di essere stato fortunato, almeno ho delle immagini del loro amore, qualcosa di vero, concreto, da richiamare dal passato quando mi viene da chiedermi perché stessero insieme e se la mia nascita, e ancor più quella di Marina, non siano state solo un caso, un incidente di una coppia che di coppia aveva ben poco.

Quando nacque Marina, papà smise di andarsene in giro per la casa mezzo nudo e non incontrai più il suo pube, se non una volta, quando entrai in bagno mentre stava facendo pipì. Richiusi la porta in fretta e furia. Lui mi richiamò e, mentre si lavava le mani, disse: "Che fai, vieni qui, mica sei una femminuccia che non puoi vedere tuo padre. Ce l'ho tale e quale al tuo, solo un po' più grande".

Poi più nulla, nessuna intimità con l'uomo che mi avrebbe potuto e dovuto spiegare alcune cose importanti, soprattutto quando iniziai a pormi delle domande e a scoprire il corpo. Ci pensò mamma a tappare quei buchi, le assenze del marito, i suoi mancati abbracci e le parole che non aveva il tempo di dirmi.

Avevo scoperto da poco la magnifica arte della masturbazione grazie a un paio di amici più intraprendenti ed ero seduto sulla tavoletta del bagno, convinto di aver chiuso la porta a chiave, quando lei aprì e si trovò l'immagine di me rannicchiato sul cesso con il pene in mano. Fu un attimo, quello successivo era sparita e quando, dopo circa mezz'ora (il tempo necessario a raccogliere il coraggio per affrontare il suo sguardo), uscii da lì, di Delphine non c'era traccia. E quando la sera finalmente ci incontrammo a tavola, non fece alcun cenno a quanto accaduto, sorridente e normale come sempre, tanto che mi venne da pensare che, forse, per chissà quale incastro fortunato, non si fosse resa conto di nulla.

Invece si era resa conto, eccome.

Qualche giorno dopo, Marina era al doposcuola, venne da me che studiavo chino sulla scrivania e disse di botto: "Andrea, sai, *le sexe* è una buona cosa, la scoperta del proprio corpo è importante. Non c'è da vergognarsi di nulla, lo facciamo tutti. C'è solo bisogno di *intimité*, perché la masturbazione," e a quella parola trasalii come quando l'insegnante, dopo aver scorso il registro per un'ora, chiamava proprio me alla lavagna, "è una cosa importante, di valore, e le cose di valore dobbiamo tenerle nascoste, per noi".

Poi mi scompigliò i capelli e andò in cucina. E allora mi venne voglia di seguirla per abbracciarla e porle tutte le domande strane che in quel periodo mi affollavano la mente. I miei compagni di scuola dicevano che dal loro coso usciva una roba bianca, eppure a me non usciva proprio niente. Perché? Ero malato? Avevo qualche difetto? Con chi potevo parlarne se non con lei, l'unica persona presente nella mia vita? Ma non trovai il coraggio e lasciai perdere, dicendomi che ne avrei accennato semmai a papà, al suo ritorno, anche se dentro di me già sapevo che, in verità, non l'avrei mai fatto.

Ma dicevo di quel giorno sulla spiaggia, e dell'invito del comandante a gareggiare in mare. "Andrea, sei pronto per la nuotata? Arriviamo alla boa e torniamo. Chi arriva ultimo offre da bere!"

Era un pomeriggio di fine agosto e il tramonto offuscava di arancio la costa e i faraglioni mentre il mare scuro e caldo attendeva solo noi, la nostra ennesima sfida. Distolsi gli occhi dal suo costume e lo seguii in acqua: lui fece due passi veloci e si tuffò di testa iniziando a nuotare con un impeccabile stile libero. Avrei dovuto seguirlo subito, invece rimasi sulla riva a guardare dietro di me la spiaggia libera e la sabbia ormai tiepida che accoglieva le risa e i giochi di Marina e di mamma, che stavano costruendo qualcosa e che, però, invece di costruire non facevano che baciarsi e abbracciarsi. Poi mi immersi annoiato e iniziai uno stile che non era certo perfetto come quello di mio padre, perché ero preso a pensare che, in realtà, sarei volentieri rimasto sulla spiaggia insieme alle "femmine di casa", come le chiamava lui, scherzando ma non troppo. Perché con quella definizione il comandante intendeva stabilire una linea di demarcazione fra noi e loro, fra il nostro mondo fatto di "cose da uomini" (le nuotate, i discorsi sul mare e sulla politica, le bevute al bar con i suoi amici che mi invitavano a provare il rum e ridevano quando indietreggiavo inorridito, le partite a tressette la sera, che ero costretto a guardare in silenzio al suo fianco o, ancora, le albe trascorse su uno scoglio in attesa che abboccasse il pesce) e il loro, pieno di "fandonie inutili".

Quando lui tornava dai suoi lunghi viaggi, a me toccava scavalcare l'invisibile confine e dividermi dalle mie donne, che in realtà erano le uniche a farmi sentire davvero uomo, e non tanto perché parlavano di cose che non mi interessavano, quanto perché con loro sapevo che non mi sarei mai potuto confidare fino in fondo, a loro non potevo porre le tante domande che spesso mi tenevano sveglio la notte. Era l'impossibilità di sentirmi parte di qualcosa, l'estraneità a quel mondo femminile a farmi sentire diverso.

Stavo diventando uomo per mancanza, non per addizione.

Papà raggiunse la boa dandomi una ventina di metri di distacco e tornò indietro. Nuotava con movimenti regolari e sempre uguali, io invece annaspavo per recuperare il terreno perduto. Era stato lui a insegnarmi, quando avevo quattro anni. "Devi tenere le mani rilassate e le dita unite," ripeteva mostrandomi sempre il solito gesto, il braccio che cadeva nell'acqua con un *plop* pesante, "inclina il polso verso il basso, quando la mano è in acqua spingila in giù e verso l'esterno," continuava senza sosta, come se stesse spiegando ai suoi ragazzi sulla nave una qualche manovra importante, e poi ancora "spingi il gomito verso l'alto, verso l'esterno e indietro," e via così, ogni giorno, per un'ora, mai un minuto di più, né uno di meno, fino a quando non era stato risucchiato da un altro dei suoi lunghi viaggi lasciandomi da solo a provare e riprovare. E allora il mio stile libero non era venuto su perfetto come lui avrebbe voluto, perché il corso era rimasto a metà, come tutte le cose che faceva per noi, che restavano sempre interrotte. E mentre spingevo il gomito verso l'alto pensavo proprio a questo, che anch'io, come le sue spiegazioni, restavo a metà, nuotavo a metà, crescevo a metà.

Conquistò la riva e rimase seduto sulla sabbia ad attendere il mio arrivo per poi afferrarmi da sotto le braccia e issarmi sulle spalle. "E anche oggi hai seguito la mia scia. Sei lento, Andrea, troppo lento, svegliati!" scherzò. E se pure nelle sue parole c'era un pizzico di delusione o di rimprovero, non me ne accorsi, o forse finsi di non accorgermene, perché quello era il momento migliore della nuotata, quando mi ritrovavo sulle sue spalle muscolose che sembravano capaci di sostenere qualsiasi peso, qualunque sforzo. Purtroppo durò dannatamente poco, perché l'attimo seguente mi lanciò in acqua ridendo. Quando risalimmo, mamma stava leggendo sdraiata sul telo e Marina dormiva con la testa appoggiata sulla sua gamba. Passammo al loro fianco e lei sussurrò al marito: "*Ma puce* dorme". La mia pulce, come la chiamava sempre.

Ingoiai il sussulto di gelosia e, con ancora l'acqua calda del Tirreno che mi gocciolava addosso, seguii a capo chino il mio Poseidone verso il bar. Dovevo pagare e offrirgli da bere, nonostante i pochi spiccioli che mi restavano per la settimana. "Mantenere le promesse è un dovere, un atto che ci nobilita," ripeteva sempre il comandante.

Una cosa da uomini.

Collage

C'è un gozzo sulla spiaggia, uno di quei vecchi gozzi che il colore se l'è portato via il mare, appoggiato sulla superficie soffice della sabbia, là dove l'acqua a volte forma piccole paludi. Ha il ventre occupato da una fitta rete da pesca sul cui vertice si erge un parabordo di gomma che con il suo rosso vivace ruba l'attenzione. Sullo sfondo, oltre il profilo scuro di Vivara, il sole basso sull'orizzonte è accompagnato da una leggera coltre di nubi che spumeggia irradiata di luce.

A rivedere questa mia foto appesa in casa di Ondina, quasi mi è sembrato di avvertire nell'aria l'odore di pescato di allora, l'olezzo del mare che a mamma non piaceva e che a me invece ricordava la mia amata. Con Marina, oltre al gioco degli animali, facevamo anche quello degli odori, appiccicando un aroma a ogni persona o a ogni luogo. Così mamma era l'odore dei corbezzoli che strappava agli alberi (a volte li inseriva anche nei libri, per non perdere il segno), il comandante era il profumo aspro della sua colonia, Ciccio quello succoso delle fragole che ci portava a maggio, la nostra casa era l'aroma dell'albero di limoni fuori dalla porta; la nonna, invece, nella fervida immaginazione infantile, sapeva di muffa, di qualcosa di antico, come la sua abitazione che combatteva da decenni l'impari lotta contro la salsedine e l'umidità. Io, a detta di Marina, profumavo di terra, perché ero sempre con le mani lì, nel terreno, lei al contrario odorava del miele che le restava a incorniciare le labbra il pomeriggio, quando la madre di Ondina ci preparava la classica fetta di pane imburrata che a volte ricopriva di quel liquido denso e viscoso che assomigliava all'oro e alla mirra sciolti. Ma il profumo più persistente, sull'isola e nella mia infanzia, rimaneva l'odore del pesce, che a molti fa storcere il naso e che a me invece ricordava Ondina quando usciva dall'acqua, quella puzza densa che non se ne andava mai, anche se lei strofinava la pelle sotto il getto della pompa per interminabili minuti, i piedi scalzi che lasciavano le impronte del Mediterraneo sulle piastrelle calde.

L'odore di Ondina.

Di quei pomeriggi assolati scanditi dal canto delle cicale.

Gli animali più antichi della terra

Dorme?

Apro il display del telefono e leggo il messaggio di mia sorella.

Come un angioletto, rispondo subito, e con la coda dell'occhio sbircio papà che se ne sta beato a guardare il mare nero.

"È tua figlia," gli dico poi mentre continuo a digitare, "mi chiede se sei già a letto. Sapesse che sei sulla spiaggia di Procida..."

Il comandante abbozza un sorriso ma non dice nulla. Ondina nel frattempo si è avvicinata, il corpo ancora gocciolante di acqua di mare, i piedi affondati nella sabbia nera che le si è arrampicata lungo i polpacci, i capelli appiccicati in grosse ciocche e le labbra chiare. La trovo bellissima, tanto che per un attimo nemmeno ascolto ciò che ha da dirmi. Anzi, da chiedermi.

"Ehi," fa allora lei.

"Scusami. Dicevi?"

"Che tua sorella mi aveva confidato che eri diventato inaffidabile... ma non pensavo fino a questo punto. Marina non sa che siete qui? Le nascondi le cose?" E sorride mentre china il capo per strofinarsi i capelli con un telo.

Dovrei rispondere piccato, ma la mia attenzione è tutta per una piccola goccia di mare rischiarata dalla luna che dall'attaccatura del seno le sta scivolando a zigzag lungo il morbido fianco. Per un attimo mi viene voglia di poggiare la mano sul quel lembo di pelle bagnata, ma per fortuna all'ultimo mi riprendo e ribatto: "Così ti ha detto?".

Ondina annuisce e aggiunge divertita: "Non fare quella faccia, non è poi così brutto essere inaffidabili, sai? Vuol dire che sei umano. Le auto che non ci lasciano in panne sono affidabili, i computer... tutti gli oggetti meccanici che abbiamo imparato a costruire con precisione, i mille dispositivi con i quali ci illudiamo di poter un giorno capire il perché di tante cose".

Non rispondo, sono preso da questioni un po' più materiali: la goccia infatti ha appena scavalcato il laccetto blu che tiene insieme il pezzo di sotto del costume. Se dovessi dire cosa più mi affascina di Ondina, è proprio la pelle, quest'organo sensoriale che ci protegge e impedisce agli altri di vedere al nostro interno. La sua sembra seta già allo sguardo, così perfetta, priva di increspature, nei o imperfezioni, non una cicatrice, una bruciatura, un tatuaggio o un piercing, solo un lungo tappeto morbido, una spiaggia ondulata piena di nulla dove è ancora più facile perdersi.

"Potevi anche sfilarti prima i pantaloni, non credi?" mi riporta alla realtà lei sorridendo mentre getta un'occhiata ai miei calzoni inzuppati abbandonati sulla sabbia.

"No, non avevo tempo, volevo affogare prima..."

Ondina ride di gusto. Poi mi passa l'asciugamano che attorciglio alla vita per poter sfilare gli slip.

"Perché non accendiamo un bel fuoco? La notte è umida," interviene Michelle.

"Sì, mi sembra un'ottima idea," approva subito la mia sirena con il solito entusiasmo, e si avvia con l'amica a cercare un po' di legna.

"Senti freddo?" ne approfitto per chiedere a papà. Se ne sta buono sulla sediolina fischiettando fra i denti la solita stramaledetta *Malafemmena*, che mi porta davanti agli occhi, chissà perché, sempre mamma. L'iniziale euforia dovuta allo spinello ha lasciato il posto a una calma serafica. Risponde di no con la testa e si sistema meglio sulla sedia. Mi siedo nella sabbia ai suoi piedi, le gambe rannicchiate al petto e i gomiti sulle ginocchia. Nonostante i brividi di freddo con i quali il mio corpo si sta ribellando a un inaspettato quanto immotivato bagno notturno, approfitto del piccolo momento di quiete per tornare a chiedergli di zio Biagio.

"Cosa ti disse lo zio su mamma, me lo puoi dire?" insisto.

Lui mi guarda spazientito e risponde con una domanda: "È così importante per te?".

Ci rifletto. Forse no, alla fine chi se ne frega di quel che pensava zio Biagio, che non vedo da una vita.

"Sì," rispondo.

Sospira. "Un giorno mi venne a dire che tua madre non era una brava moglie."

Corrugo le sopracciglia. "In che senso?"

"Nel senso che riteneva fosse una... come si dice, non mi viene il termine, irr..."

"Irrequieta."

"No, ma quale irrequieta."

"Irresponsabile."

"Sì, bravo, è che ogni tanto mi dimentico le parole, accidenti. In ogni caso, mi riferì che c'era in giro una voce su di lei... dicevano che tua madre avesse un amante. E qualcuno pensava fosse proprio Alfredo." E china il capo a fissare il bassotto ai suoi piedi.

"Era vero?"

Non mi guarda.

"Pà, era vero?"

"Non lo so, forse sei tu che puoi saperlo." Si volta.

"Io?"

"Be', c'eri più di me. Lei era giovane, bella, viveva praticamente da sola... immagino che molti le si avvicinassero. Nonostante ciò, non le ho mai chiesto nulla e ho sempre evitato di farmi troppe domande. Di certo non inizierò adesso, sarebbe un bel controsenso, non credi?" Si gira di nuovo a guardare il mare.

"Io non so proprio niente. E anche a me non interessa," rispondo con la gola secca.

Il silenzio che cala fra noi fa emergere il rumore delle zampe di Tannen, ancora intento a scavare nella sabbia.

"Mi devi fare una promessa..." se ne esce dopo un po'.

"Ancora? Non ti sembra di avermi già chiesto troppo fra ieri e oggi? Se Marina si accorge di tutto questo, mi toglie il saluto per l'eternità!" ribatto.

"Be', nel caso ti avrei fatto un bel regalo," e ride finché una tosse cavernosa non lo costringe a fermarsi.

"Se da giovane fossi stato così, forse avresti avuto qualche amico in più..."

"Così come?" Si incupisce di botto, la mano ancora raccolta a pugno davanti alla bocca.

"Simpatico."

Si passa due dita sotto il naso e risponde subito: "Per fare il simpatico devi essere felice o stupido. E io non ero nessuna delle due cose".

Le ragazze tornano con dei ramoscelli che sparpagliano sulla sabbia e Augusto lascia con un balzo la sua buca per afferrarne uno. Mentre il nostro nevrotico cane mangiucchia la corteccia, loro si danno da fare per accendere il fuoco.

"Non fai nemmeno finta di aiutarci?" dice Ondina, però con il sorriso sulle labbra.

Le strizzo l'occhio. "Sei sempre stata tu il maschio della situazione, ricordi?"

Papà mi posa una mano sul braccio.

"Che c'è?"

"Ti stavo parlando della promessa..."

"Cosa?"

Lancia un'occhiata alle donne, come per controllare la distanza che ci separa da loro, e solo dopo riprende a parlare: "Quando..." e si ferma, con il busto proteso, la bocca nel mio orecchio e una mano ad accarezzare il pazzo sotto la sedia, "non ci sarò più...".

Cerco di interromperlo subito, ma lui stavolta prosegue facendomi capire che non ammette obiezioni. "Mi devi promettere una cosa..."

"Pà, senti, è una bella serata, mi hai costretto a tornare qui, io non ho..."

"Ascoltami in silenzio, che non ho tempo."

Mi zittisco.

"Promettimi che mi farai tornare qui, quando non ci sarò più." Resta a fissarmi come solo lui sa fare, guardo altrove ma il comandante insiste: "Sai, mi capita sempre più spesso di pensare che la vita, quando si tratta di aspettare la morte, diventa un fardello doloroso e inutile...".

Inspiro un quintale d'aria e la trattengo nel petto prima di cacciarla via inquinata dall'anidride carbonica e dall'angoscia che mi gira dentro. "Ne possiamo parlare in un altro momento?" tento poi.

"Non c'è nulla di cui parlare, non voglio angustiarti con i miei tormenti, sei giovane e hai diritto di godertela. Voglio solo la tua promessa... da figlio a padre."

Socchiudo gli occhi e quando li riapro lui è ancora lì in attesa.

"Prometti di riportarmi qui?"

"Ma qui dove? In che senso?" riesco infine a formulare una domanda, *la* domanda.

Papà sbuffa e ribatte contrariato: "Andrea, non puoi usare quella caspita di frase anche adesso, e che diamine!".

E a me scappa da ridere mentre lo scoppiettio del legno preannuncia l'arrivo del fuoco che a breve dipingerà di arancio i nostri volti e la sabbia. E lo so che c'è poco da ridere, che stiamo parlando pur sempre di morte e promesse, però a me viene proprio da ridere, anzi mi sembra impossibile non farlo, come quando a scuola sai che l'insegnante ti beccherà, ma lo stesso non riesci a trattenerti. Lui mi guarda con aria affranta e commenta: "Di tutti i rimpianti che mi porto dietro, quello di aver cresciuto un figlio del genere è il più pesante...".

"Scusa," dico allora, una volta tornato in me, "è che questi discorsi mi angosciano."

"E allora ridi?"

"E perché, non lo sai?"

Il comandante sospira e avvicina di nuovo il busto. Augusto, nel frattempo, è intento a sputargli sul piede quel che resta del legnetto.

"Desidero essere cremato e tornare a Ciraccio, su questa spiaggia," riprende accorato, "voglio che disperdiate le mie ceneri lì," e solleva la mano tremante a indicare un punto nel buio, "nel mare sotto i faraglioni. A casa mia. Semmai, se ci riesci, porta anche tua madre..."

Dovrei dire qualcosa, qualunque cosa per interrompere queste parole assurde che pesano come macigni e mi si bloccano nell'esofago impedendomi di respirare, perciò digrigno i denti. "Non mi sembra il caso di parlarne adesso," sussurro infine.

Ondina e Michelle intanto, rischiarate dalle fiamme, ridono chissà di cosa a pochi metri da noi, e ciò, se possibile, rende la scena ancora più grottesca.

"Sì, è il caso invece," dice, "domani questa notte magica sarà finita..."

"E allora?"

"Potremmo non avere più occasione di riparlarne..."

"In che senso?" ribatto, ma lui fa segno di lasciare stare.

Allora allungo una mano verso il cane, solo che il bassotto emette un rapido ringhio di avvertimento e sono costretto a ritrarre l'arto prima di tornare sull'argomento: "Ma poi, si può fare? Insomma, non credo che la gente sarebbe felice di tuffarsi nelle tue ceneri. Mi sembra macabra 'sta cosa, a dirla tutta!".

"Lo prometti o no?" torna alla carica, imperterrito.

"Ricordo che quando mamma morì insististi per farla seppellire, nonostante le sue volontà. Adesso, invece, mi chiedi di toglierla da lì. Dovevi pensarci prima, no?"

Mi guarda indispettito e solleva un po' il mento: "Sì, e allora? Non si può cambiare idea? Solo gli stupidi non cambiano mai idea!".

"Vallo a spiegare a mamma che hai cambiato idea," rispondo di getto, e mentre lo dico mi sono già pentito, anche perché lui si scurisce in volto e non replica.

Ondina e Michelle bevono e chiacchierano allegre, ed è tale la voglia di tornare a loro, alla vita, tale il desiderio di smettere di parlare e ricordare, che acconsento senza pensarci più. Papà allora sorride soddisfatto e mi sembra sussurri un "grazie", perché in realtà sono già lontano da lui e dai suoi discorsi iettatori, con la bocca attaccata a una nuova bottiglia di birra che pareva attendere solo me, conficcata taciturna e solitaria nella sabbia, vicina al fuoco che a breve l'avrebbe resa imbevibile e ancora più vicina al candido sedere di Michelle.

Ondina mi chiama a sé. "Di cosa confabulavate?" chiede poi.

"Niente di importante," e mi siedo nella sabbia accanto a lei.

Papà continua a fissare immobile l'orizzonte punteggiato di lucine giallognole.

"Ero innamorata di te, lo sai?" dice dopo un po' lei, approfittando che la bionda belga sembra si stia assopendo, "lo sono stata per tanto tempo, forse troppo..."

Poi mi poggia la mano calda sul braccio, una mano che sa di fuoco e mi riscalda subito. Ciononostante rispondo freddamente: "Sì? Non sembrava proprio".

"È che ero brava a simulare, a nascondere. A nascondermi. Ero come i polpi che pescavo: mi infilavo nella tana e guai a chi si avvicinava."

"E adesso non lo sei più?"

"Adesso non ho più bisogno di nascondermi."

Quindi si alza e mi dà le spalle per sfilarsi il costume bagnato da sotto l'asciugamano che ha preso da Michelle e che porta stretto al seno. Solo dopo torna a sedersi. E non so, sarà stato il gesto, questa notte speciale piena di stelle, sarà che Michelle e mio padre sono usciti dalla scena, mi viene da prenderle la mano. Lei mi guarda ma non dice nulla, così sono io a parlare.

"Sei felice?" chiedo.

"E che sono queste domande, Andrea? Non eri inaffidabile e superficiale, tu?"

"Anche superficiale adesso? Così ti ha detto, la stronza?" E ritiro la mano.

Ondina ride e la sua risata sembra sciogliersi nel dolce crepitio del fuoco.

"Lo dice affettuosamente."

"Sì, va be'. In realtà lo sai che non sono né inaffidabile, né tantomeno superficiale."

"Lo so," ribatte, stavolta seria.

E allora mi viene voglia di baciarla perché, cavolo, è il momento ideale, e se qualcuno avesse scritto un manuale del bacio perfetto (qualcuno lo avrà fatto?), all'interno troverei descritta di sicuro una situazione simile. Solo che, come capita spesso da due giorni a questa parte, fra ciò che dovrebbe accadere e ciò che, al contrario, accade, ci si mette di mezzo un piccolo canillo di nome Augusto, il quale d'improvviso drizza le orecchie e si fionda abbaiando in direzione della parte di spiaggia inghiottita dal buio.

Papà e Michelle si svegliano di colpo. Sto per alzarmi sbuffando per andare a recuperare il vecchio Cane pazzo, solo che Ondina mi anticipa e fa: "Vado io, così ne approfitto per cambiarmi".

"Avrà sentito qualche animale," commenta mio padre tirandosi su sulla sedia.

"Sì, già," confermo piccato.

La mia dolce musa torna dopo poco, con indosso la maglietta e i pantaloncini, e con il suo tipico modo di camminare che amo perché è solo suo. In braccio ha un Augusto perplesso.

"Che ha combinato stavolta?" chiedo.

"Venite a vedere," sussurra lei, "il nostro cagnetto ha impedito che ci perdessimo uno spettacolo meraviglioso!"

"Cosa?" ritento allora.

"Venite."

Michelle si alza con un saltello gioioso e papà mi tende la mano in cerca d'aiuto.

"Aspetta qua, torniamo subito," dico però io, volendo evitarmi il casino di scortarlo sulla sabbia.

"Non ci penso nemmeno," protesta lui, "hai sentito che ha detto? 'Qualcosa di meraviglioso.' E tu vorresti tenermi qua ad ammuffire? Dai, aiutami."

Sospiro e gli afferro il braccio. Quando arriviamo infine dalle due ragazze (cinque minuti dopo), Michelle si volta e fa segno di zittirci. Tannen, ancora fra le mani di Ondina, sembra annoiarsi e si lascia andare a uno sbadiglio.

"Guardate là," dice la belga indicando un punto nel buio.

"Cosa?"

"C'è una tartaruga marina, proprio là."

Cerco di seguire il suo dito indice, aggrotto le sopracciglia e allungo il collo, e finalmente scorgo una grossa tartaruga intenta a scavare una buca nella sabbia.

"Deve deporre," bisbiglia Michelle con le sue erre arrotate, "che incanto!"

"Ne abbiamo vista una pure qualche sera fa," si intromette Ondina sottovoce, "ha nidificato proprio sotto la scogliera."

Dopo un po' di silenzio assoluto, è di nuovo lei a parlare: "Dai, lasciamola in pace," dice, "domattina vengo a recintare la zona". E torna indietro verso il fuoco, che ormai ha perso molta della sua collera iniziale.

Michelle si rialza in piedi con un balzo, senza usare le mani, e va dietro all'amica. Faccio anch'io per voltarmi e raggiungerle, solo che papà mi blocca il polso e dice: "Sai che le tartarughe ritornano sulla spiaggia dove sono nate? Quell'esemplare è venuto al mondo proprio qui, venti e passa anni fa. E qui è tornata. Come te, e come me...". Mi dedica uno sguardo profondo e triste. Triste come non mai.

"Dai, andiamo a letto, si è fatto tardi," rispondo in fretta, e lo invito a incamminarci di nuovo verso il fuoco, che mi auguro abbia ancora la forza di sciogliere il brivido freddo che ho avvertito sulle braccia.

La tartaruga finirà di ricoprire le uova e se ne andrà, sperando in cuor suo che basti la coltre di sabbia a proteggere i piccoli, la luce della luna a indirizzarli e il suono del mare a fargli trovare la strada. Se ne andrà perché sa di non avere la forza di covare e di non avere tutto quel tempo a disposizione. Se ne andrà, non prima però di aver fatto di tutto per garantire ai suoi cuccioli la sopravvivenza.

Non tutte le madri hanno questa premura.

"Ma perché ti chiami Ondina?"

Lei mi fulminò.

"Che ho detto?"

"È la domanda che mi fanno tutti da quando sono nata, pensavo e speravo che tu non me lo chiedessi mai."

"Scusa..." Chinai il capo a osservare la sua mano che stava scavando nella sabbia con un bastoncino. Accanto avevo la cara Olympus.

Non c'era la luna in cielo quella notte e, se non fosse stato per la luce proveniente dal bar poco più su, la spiaggia sarebbe stata buia. Invece quel piccolo fascio elettrico riusciva a rischiarare le prime file di ombrelloni che attendevano dormienti l'alba di un nuovo giorno. Era settembre, di lì a poco il bar avrebbe chiuso e gli ombrelloni sarebbero finiti in qualche deposito.

C'è qualcosa di strano nell'aria nelle sere di fine estate, come se già aleggiasse da qualche parte l'odore dell'autunno; probabilmente sono le prime avvisaglie della malinconia, che non è impalpabile ma che anzi si può respirare, e forse ha anche un aroma caratteristico, uno di quei profumi che risvegliano i ricordi, come la lavanda nei vecchi cassetti cigolanti.

"Lo ha scelto mia madre. Quando era in attesa passava le giornate a guardare le onde. Papà, a volte, per prendermi in giro dice che mi ha partorito proprio un'onda. A me piace il mio nome, ma i ragazzi dell'isola non lo capiscono, e mi sfottono."

La sabbia bagnata sui nostri piedi era umida e granulosa e si incastrava fra le sue piccole dita che non riuscivo a smettere di guardare.

"Anche mia sorella e mia madre hanno nomi di mare..."

"Marina non è un nome strano," mi interruppe lei, per farmi capire che non voleva parlarne più. Invece dopo un attimo riprese da dove si era fermata: "Comunque i miei avevano ragione, hanno fatto bene a chiamarmi così. Lo sai che si dice delle ondine? Che sono spiriti d'acqua, ninfe senz'anima...". Restò a scrutarmi con la bocca stretta e gli occhi accigliati.

"Non è vero, tu l'anima ce l'hai, ed è anche bella!" ribattei d'istinto.

La sua espressione cambiò di colpo e, dopo quella che sembrò una lunga riflessione, commentò: "Avrai un sacco di femmine tu un domani, lo sai?".

Sorrisi, perché non sapevo che altro fare.

"No, dico sul serio. Sei bello, troppo bello per quest'isola rovinata, e ogni tanto sai dire anche le cose giuste. Te ne devi andare."

Non capivo.

"Devi andare via, questo posto non ti merita," proseguì Ondina.

"Ma che dici?"

"Dico che a volte mi sembri l'incarnazione della bellezza. Cioè, anche le foto che fai... tu con la bellezza hai proprio un rapporto speciale, è come se si servisse di te per farsi trovare, farsi guardare."

"Tu sei pazza, io non vado da nessuna parte, dove vuoi che vada? Qui sono nato, qui c'è la mia famiglia, ci sei tu..."

Lei si rabbuiò e si voltò a scrutare il mare nero.

"Insomma, qui sto bene, ci divertiamo..." tentai, ma lei non si girò. Sbuffai per la frustrazione: non sapevo mai come prenderla, non c'era un comportamento da seguire con lei, a volte una frase le risvegliava un timido sorriso, il giorno dopo le stesse parole potevano offenderla. Perciò provai a cambiare discorso: "Stanotte non c'è nemmeno la luna, se pure vedessimo una tartaruga marina dubito che riuscirei a fotografarla...". E alzai gli occhi al cielo scuro.

Ma lei non parlava più, come se le avessi fatto il torto più grande del mondo.

"Ondina?"

"Che c'è?" rispose continuando a non guardarmi.

"Sei arrabbiata?"

"No."

"E cos'hai?"

"Niente."

"Dai, dimmi!"

Finalmente si voltò. "Tu proprio non ci arrivi, vero?"

"..."

"A volte quando sono nel letto mi sento soffocare e vorrei solo scappare lontano. E sai cosa penso?"

"Non saprei..."

"Penso che un domani tu andrai via da qui, avrai una vita diversa da me e da tutti i poveracci che girano in tondo quassù senza una meta. E allora mi addormento meno arrabbiata."

"Cosa ti vieta di andartene quando sarai grande, se ci tieni così tanto?" domandai dopo averci riflettuto.

Ma lei proseguì come se non avessi parlato: "Non sprecare la grande fortuna che ti sei ritrovato. Meritala". Poi si alzò e concluse: "Dai, torniamo a casa, è umido e sono stanca. La tartaruga non arriverà. E poi, se vuoi proprio saperlo, le tartarughe non mi piacciono".

Le andai dietro titubante. "Non ti piacciono?"

"No," rispose schiaffeggiandosi via la sabbia dal sedere.

"Sono fra gli animali più antichi della terra."

E allora?, sembrava dire il suo sguardo. Poi trovò le parole: "Sai perché non mi piacciono? Ne parlai un giorno con mio nonno, mi disse che secondo lui erano esseri codardi. Milioni di anni fa sono state brave a costruirsi la corazza che si portano appresso e che le ha salvate dai predatori, solo che con il tempo il guscio che le riparava è diventato la loro prigione; gli altri animali hanno continuato a evolversi, a cambiare, loro invece sono rimaste così, non sono più progredite. Perciò stanno diminuendo e forse un giorno spariranno, perché non hanno saputo cambiare, non hanno trovato la forza di separarsi dal guscio. Di allontanarsi da casa".

Come i faraglioni di Ciraccio

Sdraiato sul letto, non riesco a dormire e guardo il soffitto, preso dalle mille emozioni delle ultime ore. Dalla stanza di mia sorella non proviene alcun rumore, nonostante la porta sia socchiusa. Papà è tornato a dormire lì negli ultimi anni, così mi ha rivelato; quando c'era pure lui Marina e Fiorenzo aprivano il divano in soggiorno e gli cedevano la camera. Ha impiegato un'ora per addormentarsi, andava ripetendo tutto il tempo che senza camomilla non sarebbe riuscito a prendere sonno, e poi a un certo punto mi ha anche chiamato dal letto, e così sono dovuto entrare nella stanza, gli sono andato vicino cercando di non guardarmi troppo in giro, lui però non aveva bisogno di niente, mi ha afferrato la mano e se n'è rimasto a fissarmi senza aprire bocca. E per un attimo, solo un attimo, mi è sembrato come se stesse per chiedermi un bacio, o un abbraccio, non so, allora ho mollato la presa, nemmeno la sua mano scottasse, e con una scusa mi sono allontanato.

Mi alzo e infilo il corridoio in punta di piedi, supero la camera di papà e mi avvicino alla finestra del soggiorno che dà sul giardino: la casa di Ondina ha ancora le luci accese. L'orologio sopra i pensili della cucina mi avverte che sono le quattro e un quarto. Forse non si può tornare dopo tanti anni dove sei nato e fare finta di niente, stravaccarti sul letto e russare.

Forse avrei dovuto offrirglielo davvero un abbraccio, cosa mai sarebbe potuto accadere? Forse adesso non mi sentirei così male. Forse è questo silenzio al quale non sono più abituato a mettermi agitazione. Un silenzio disturbante. Non mi sembra di sentire nemmeno papà che russa. E Augusto.

Augusto.

Dove si è cacciato il cane farabutto? Ricordo che quando siamo saliti dalla spiaggia era con papà. Forse è in camera con lui, acciambellato ai suoi piedi. Infilo la testa nello spiraglio lasciato aperto e do una veloce sbirciata: il comandante è una sagoma inerme sul materasso.

"Augusto..." sussurro nel buio un paio di volte senza ricevere risposta.

Torno indietro e apro la porta di casa. Indosso una T-shirt bianca e i boxer, e l'umidità che si è lasciata dietro la notte mi si appiccica sulla pelle. Lancio un fischio, ma nulla, solo il rumore del mare sotto di me.

"Tannen, dannato cane... dove sei?" bisbiglio mentre girovago per il giardino.

La porta di casa di Ondina si apre di scatto e lei appare sulla soglia. "Che è successo?"

"Anche tu ancora sveglia?"

"Già," fa lei con una smorfia.

"Augusto... non lo trovo. Non vorrei che se ne fosse rimasto in spiaggia. Mia sorella mi ucciderà, ormai è chiaro."

"Ma no," risponde precipitandosi da me, "ricordo che tuo padre l'aveva al guinzaglio, è salito con noi."

Io, come se Ondina nemmeno avesse parlato, continuo a rimuginare ad alta voce: "In due giorni le ho distrutto uno specchio, un materasso, un magnete orribile, le ho rovinato una fodera di broccato, e adesso le ho smarrito il cane. E le riporto un padre che non prende le medicine da ore e si fa le canne. Sono inaffidabile, ha ragione...".

Lei sorride. "Ma quale inaffidabile! Dai, vieni, cerchiamolo, sarà qui in giro. E non dire così, le avrai pure distrutto un materasso, ma le riporti indietro un padre un pochino più contento di prima."

Ondina ha sempre avuto la caratteristica di dire la cosa alla quale io mai avrei pensato, di guardare le situazioni dall'angolazione da cui io proprio non arrivavo a guardare. Io sono il fotografo, ma fra i due è sempre stata lei quella capace di cambiare prospettiva.

"Augusto... piccolo," dice, rientrati in casa, "dove sei?"

Per tutta risposta un debole guaito si propaga per la stanza.

"Ma...?" tento di dire, solo che la mia compagna è già diretta verso il suono, in cucina.

"Augusto..." ripete.

Il cane tiranno lancia un debole abbaio.

"Ma dov'è?" chiedo allarmato.

"Qui," e non fa in tempo a piegarsi verso l'oblò della lavatrice che il bassotto sguscia fuori e le salta addosso scodinzolando per leccarle le mani e il collo.

"E che diamine," sbotto, "possibile che appena vede un buco ci si deve infilare? Ma non è un cane questo, è una talpa!"

"Be', è il suo istinto," ride Ondina mentre cerca di difendersi dall'insolito affetto del dominatore.

Allungo un bicchiere sotto il rubinetto e mi scolo d'un fiato l'acqua fredda. Ondina, ancora accovacciata sul cotto della cucina, con la testa di Augusto sulle ginocchia, mi punta gli occhi e dice: "E se ce ne andassimo a pescare con il mio gozzo? Io e te e basta".

"Quando?"

"Adesso."

"Adesso?"

"Già, che ti credi, a che ora si pesca?"

"Sono le quattro del mattino... e poi c'è mio padre..."

"Tuo padre dorme, e Michelle anche. Un paio d'ore e saremo di ritorno. Non ci allontaniamo..."

Allungo il collo per accertarmi che dalla stanza del comandante non arrivino suoni, considerato il caos degli ultimi minuti. L'idea di passare due ore solo con Ondina è invitante, perciò decido di non pensarci troppo su: "Affare fatto!". Tanto, ormai, ho perso il conto delle fesserie combinate nelle ultime ventiquattr'ore; se tenessi anch'io un elenco di tutto, alla pari di Marina, andare a pesca con Ondina all'alba lasciando papà solo non rientrerebbe nemmeno fra le prime cinque cazzate.

"Perché quella canaglia con te è gentile e premuroso e a me ringhia se solo mi avvicino? Perché ha risposto subito al tuo richiamo e di me se n'è fregato?" chiedo una volta fuori, dopo aver indossato costume e infradito, per il gusto di lamentarmi un po' e farla sorridere ancora.

"Perché tu non sai farti volere bene. Non hai mai imparato, è il tuo limite..." risponde lei, e poi mi afferra la mano per portarmi di nuovo giù nel suo mondo, in quel mare che a volte separa e a volte unisce.

Dipende da quale prospettiva guardi la cosa.

C'è un cielo livido al di là del mare, fuori dalla piccola barca di legno scrostato che si allontana solcando l'acqua con un lento sciabordio. Il viso di Ondina, dopo una notte insonne, si è fatto, ora sì, adulto, solcato come la carena del gozzo che ci sta portando lontano. La fioca luce dell'alba le colora i lineamenti di una tonalità prugna e così stavolta riesco a notare anche le piccole increspature. È il sorriso, mi dico subito, non il sole, negli ultimi anni la pelle si è allentata a forza di sorridere, è normale che in alcuni punti abbia ceduto.

Il piccolo motore diesel borbotta come una macchinetta del caffè e ci conduce al largo lasciando dietro di sé una misera scia che disegna una linea curva fin quasi alla spiaggia. L'isolotto di Vivara è alla nostra sinistra, di fronte a noi prorompe distante Ischia, la cui sagoma inizia ad apparire dall'oscurità. Ondina ha già fissato le canne da pesca al bordo della barca e ora tiene ferma la barra del timone fra le gambe muscolose mentre prepara la terza lenza con la fronte corrucciata. Nonostante l'umidità, indossa una maglia bianca dalla quale spuntano dei piccoli capezzoli e solo il pezzo di sotto del costume, di colore scuro.

Pescheremo a traina, così mi è sembrato di capire. Sono figlio di un'isola, di un comandante di navi, innamorato di una sirena, eppure non amo pescare, gioire della sofferenza dei pesci, non amo ancora del tutto questo mare nero che mio padre mi ha insegnato a temere. Ondina lo sa e non parla, si dà da fare, forse perché vuole mostrarmi la sua nuova vita, farmi vedere di cosa è capace, aiutarmi a capire che in fondo non è cambiata poi molto: l'acqua è ancora il suo elemento naturale, questa insenatura, gli scogli, la sabbia, il sole sono e saranno sempre il suo habitat, il luogo al quale ha deciso di tornare, proprio lei che voleva scappare via.

"Cosa cerchiamo?"

"In questo periodo si trovano molte palamite," risponde lei, "ma se siamo fortunati potremmo trovare pure delle ricciole, o delle leccie."

Quindi termina il lavoro e posiziona la terza canna sul bordo della barca.

"Devi calare le lenze a profondità diverse," ricordo diceva il comandante le volte che chiedeva la mia compagnia per non ritrovarsi a uscire solo per mare, già sapendo che di compagnia proprio non ero, "così coprirai un ampio spettro."

Una piccola fetta di sole sbuca dall'orizzonte. "I polpi a mani nude li prendi ancora?" domando.

"Certo, qualche volta," fa lei, e poi sposta il timone con uno strattone improvviso. "Stamattina ci divertiamo," commenta soddisfatta, "guarda laggiù, c'è una mangianza!" E indica con il mento un'area sorvolata da decine di gabbiani, a qualche centinaio di metri in direzione di Ischia.

"Ci sono i banchi di pesci lì, vero?"

"Allora ti è rimasto addosso qualcosa dell'isola, non è vero che sei diventato un grigiastro cittadino!"

"Sempre mia sorella?"

"No, questa è mia," e fa l'occhiolino.

Quando siamo a poche decine di metri dagli uccelli che si tuffano in picchiata, Ondina spegne il motore e lascia che sia la corrente a sospingerci ai margini dello stormo, lì dove il frullio delle ali è quasi assordante.

"C'è tanto pesce azzurro qua sotto," dice sporgendosi, "dobbiamo solo attendere."

Osservo i suoi piedi così vicini ai miei, lambiti dallo stesso mare che se ne sta sul fondo della barchetta chissà da quanto, e d'istinto sposto la gamba, così che tocchi la sua. Ondina non si muove, forse nemmeno se ne accorge, anche perché nel gozzo non c'è solo il mare a confondere la scena, ma anche una rete aggrovigliata, due ancore, tre piccoli parabordi, una nassa e un paio di remi.

Sarà l'alba speciale che colora tutto di arancio, sarà che il ritorno a Procida lo immaginavo più freddo, sarà che ho ritrovato di colpo un amore e un'infanzia perduti, i colori, i suoni e gli odori di allora, sarà che quando la malinconia diventa asfissiante mi viene da pensare a mia madre e a tutto ciò che non ho avuto il tempo di dirle, ecco, io non retrocedo, anzi avanzo, e poggio il piede sopra quello di Ondina. E stavolta lei sì se ne accorge, e sorride. Pensa che voglia scherzare. Ma io non ho più voglia di scherzare, perché il sole che sta nascendo dal mare che è stato nostro mi sa che è venuto a preannunciarci proprio che questo sarà l'ultimo giorno, l'ultima occasione prima di un'altra partenza. Perciò proseguo l'animalesco corteggiamento e decido di risalire con il piede bagnato sul suo polpaccio. Ondina capisce che non stiamo più giocando e cambia di colpo espressione, si irrigidisce, anche se non dice nulla, nemmeno quando giungo fra le sue cosce calde in cerca di un lembo di pelle sconosciuta.

Dovrei fermarmi forse, assecondare la sua indecisione, accogliere l'accenno di resistenza, decifrare la sua paura, ma non riesco a combattere il desiderio folle che mi guida. Così mi lancio sulla sua bocca e le afferro la nuca. La bacio con avidità, e poi scendo sul collo e sulle spalle, risalgo alle labbra che sanno di sale, per poi succhiarle il lobo dell'orecchio prima di scendere veloce verso il seno e quei turgidi piccoli capezzoli che stanno lì a ricordarmi quanto l'abbia desiderata, quanto trent'anni fa abbia sperato che questo momento arrivasse davvero.

"Andrea..." dice lei a un certo punto, e mi afferra il mento.

La guardo ansimando: "Cosa c'è?".

Ondina sembra pensarci un attimo, però non ribatte, e allora la distendo sul fondo della barca, di fianco alla nassa, con l'acqua che le solletica i capelli e un remo che intralcia i nostri abbracci. Sento di non poter fare a meno di averla, anche perché lei adesso mi attira a sé. Gli oggetti scalzati dai nostri piedi si aprono per farci spazio, mentre i corpi si confondono con il mare: Ondina avvinghia le gambe al mio bacino, con la sua lingua fresca che mi bacia e sussurra qualcosa che non riesco a comprendere. Non vorrei spoetizzare il momento, ma intanto qualcosa di appuntito dev'essersi conficcato nel mio stinco, forse un amo, non so, e poi c'è l'ancora che mi preme contro il tallone destro, e la barca, tra l'altro, si è messa a dondolare, strattonata dalla spinta dei pesci che hanno deciso proprio adesso di abboccare alle lenze e cercano con tutte le forze di scampare alla morte.

Eppure, in questo gioco di fine e di inizio, di corpi e di oggetti, finalmente ci uniamo, come avremmo dovuto fare molto tempo fa, e tutto quello che accade fuori dal piccolo gozzo sembra non appartenerci più, non importarci. Per il tempo di un'alba, una sola brevissima nascita come tante, esistiamo solo noi, due esseri che si sono infine ritrovati, con qualche ruga e cicatrice in più, ma ricoperti dello stesso sale di allora, bagnati dalla stessa acqua, riscaldati dallo stesso sole, corrosi da uguale desiderio che, come i faraglioni di Ciraccio, ha resistito ai lunghi inverni che si sono succeduti.

Un ultimo bacio

La prua del gozzo sta già puntando la spiaggia e io mi volto a guardare una macchia grigia che sorvola l'orizzonte. Ai nostri piedi, una dozzina di palamite continuano a dibattersi nel secchio alla ricerca dell'ultimo scampolo di vita. Ondina, con la mano nella mia e lo sguardo all'isola, dice sicura: "Il temporale non giungerà fin qui".

Non so come faccia a esserne certa, così come non ho mai capito gli uomini dell'isola che riuscivano ad anticipare le mosse del mare e del vento, come papà, che con una rapida occhiata ci avvertiva del maestrale in arrivo. Io neanche allora ero in grado di interpretare l'orizzonte, forse perché tutto ciò che mi interessava si trovava al di qua, dalla mia parte, e non ero costretto a spostare ogni giorno lo sguardo verso un punto lontano nell'acqua.

Ad attenderci sulla riva scorgiamo Michelle, con le mani sui fianchi e i capelli sferzati dallo scirocco, e allora Ondina sfila frettolosamente le dita dalle mie per poi chiarire subito: "Andrea, senti, quello che è successo... insomma, io ti voglio bene, e un tempo sono stata anche molto innamorata di te, lo sai...".

La ascolto cercando di sorridere, lei fa un sospiro e prosegue: "Ora, però, le cose sono diverse, la mia vita è cambiata, io sono cambiata".

"Sì, me ne sono accorto, sei molto diversa, più solare. Ma mi piaceva anche l'Ondina di un tempo," la interrompo.

Lei si fa dolce e mi accarezza fugace la guancia. Si vede che ha premura di finire il discorso prima di toccare terra perché sposta di continuo lo sguardo da me all'isola.

"Non sono più la ragazza che conoscevi, ho capito tante cose e... in sostanza, pensavo avessi compreso..."

"Cosa?"

"Io sto con Michelle."

"Ah," mi viene spontaneo rispondere, "quella Michelle? La bella belga?"

"Proprio quella!"

"Ma dai, non avevo capito niente," commento sbalordito. "Che stupido che sono..."

"Ma no, cosa ne potevi sapere."

"Be', se non altro hai buon gusto anche in fatto di donne."

Ondina sorride divertita e risponde: "Già. Ricordi le malelingue di allora che andavano dicendo che ero lesbica? Be', forse avevano ragione".

"Forse? Non ne sei ancora certa?"

"Non so. So che amo lei, e che potrei di nuovo amare te, anche se in un altro modo. Insomma, mi sembra riduttivo dire che mi piacciono le donne e non gli uomini, non lo so. So che amo Michelle, e la amerei pure se fosse uomo."

"Non credo," ribatto subito, "se fosse un uomo avrebbe la pelle candida ricoperta di peli, non farebbe lo stesso effetto, ti assicuro."

Lei stavolta ride di gusto. Dopo aver infilato un paio di piccole onde, dice: "Credevo ci saresti rimasto male".

"Che tu sia felice? Posso solo esserne contento."

"E io sono contenta di quello che è successo poco fa. È una cosa che dovevamo fare, non so se puoi capirmi. Una di quelle cose buone che accadono ascoltando l'istinto."

Poi mi riafferra la mano per dichiarare chiuso il discorso e, forse, per mostrare alla compagna che ci guarda dalla riva che non ha nulla da nascondere. Non parleremo più di quell'attimo incandescente, dell'amore rubato in mezzo a una mangianza. Non ne parleremo più e dimenticheremo, andremo avanti.

Trattengo un sospiro e butto lo sguardo alle palamite, che intanto hanno smesso di combattere e ci fissano con occhi sbarrati, sorprese, forse, di aver trovato la morte all'inizio del giorno e con un'estate intera ancora da vivere.

"Tuo padre è sparito!"

La voce di Michelle mi arriva con qualche secondo di ritardo.

Colpa del vento che spinge le parole lontano dalle mie orecchie. O colpa mia, che ora non riesco proprio ad ascoltarle.

"In che senso?" risponde Ondina prima di me.

In che senso è proprio la frase che avrei utilizzato io, l'unica che so usare, quella che mi tiene al riparo da una vita e mi permette di tirare su un muro quando le cose si mettono male.

Michelle ha lo sguardo preoccupato e dice solo: "Venite, vi faccio vedere".

Ondina mi lancia un'occhiata penetrante mentre la aiuto a tirare in secco il gozzo, ma non dice niente. Ci incamminiamo e io rifletto non tanto sulle parole angoscianti di Michelle (una parte di me pensa a un semplice equivoco, dove vuoi che sia andato il vecchiaccio), quanto sul fatto che il sinuoso corpo che mi precede non sarà mai più mio, ma della bella bionda che mi piace pensare non lo meriti. Sì, è un rigurgito di retrogrado orgoglio maschilista, o qualcosa del genere, come se Michelle non potesse capire il valore di Ondina. So che non è così, che l'amore è amore e basta, però credere che il mondo stia commettendo un'ingiustizia a mio danno mi fa sentire in qualche modo ripagato.

Mi torna alla mente il giorno che fu Marina a sparire: l'attimo prima era sulla spiaggia e quello dopo non c'era più. Ricordo che mamma si fece bianca in viso, come il latte di mandorla che mi scolavo il pomeriggio appena salito dal mare, quindi si inerpicò veloce per lo stesso sentiero di oggi mentre ripeteva che mia sorella doveva essere lì da qualche parte, che me ne sarei dovuto accorgere, e che avevo la brutta abitudine di volermi sempre liberare di lei. Marina non aveva ancora otto anni, ed era anche capricciosa, normale che ogni tanto volessi starmene un po' per i fatti miei, eppure, in quelle due ore nelle quali non si trovava, provai una sensazione che non ho mai più provato (almeno fino alla morte di mamma), che non provo nemmeno adesso che, dalla foga con la quale Michelle mi fa strada verso casa, quasi mi convinco che qualcosa di serio, in effetti, dev'essere successo. Non era semplice paura, spavento e dolore nel vedere Delphine fuori di senno, era qualcosa di più profondo, qualcosa che ti lacera dentro senza che nemmeno te ne accorgi: il senso di colpa. Io, bambino di dieci anni, mi ritenni responsabile, come se fosse mia la sbadataggine di mamma che si imbottiva di psicofarmaci, mia l'assenza di papà.

Marina fu ritrovata sul porto della Chiaiolella, aveva seguito delle ragazze più grandi e si era fermata a prendere un gelato con loro: nessuna si era preoccupata di avvertirci, nessuna si era domandata se Delphine la belga, "la fuori di testa", fosse stata avvisata. Mentre attendevamo che qualcuno ci dicesse dov'era, mamma mi venne vicino in lacrime e domandò: "Perché l'hai persa? Che stavi facendo?".

Mi ammutolii e chinai il capo senza rispondere. Quando Ciccio si presentò con mia sorella in braccio, Delphine scoppiò in un nuovo pianto dirotto che quasi subito, però, si tramutò in riso. La abbracciò e ci abbracciò, e ci riempì di baci sui capelli e infine, per festeggiare, preparò una frittata enorme con le uova che aveva portato Ciccio la mattina. E io ricordo ancora quanto fosse buona quella frittata, quanto fosse speciale l'odore che si propagava per le stanze e non se ne andava neanche con le finestre aperte, quanto fosse bella la sensazione di casa, di famiglia, che solo quelle due donne sapevano regalarmi.

Dalla mattina seguente tutto tornò come sempre: Marina scese in spiaggia con me e mi ronzò attorno per il resto del giorno; nostra madre si fece vedere il pomeriggio, quando il sole era già dietro Vivara. La sera mi coricai con il sorriso sulle labbra e finsi di non sentire il senso di colpa che continuava a germogliarmi dentro, quel disagio che nel tempo sarebbe cresciuto fino a farsi albero che affonda le radici nella terra fertile. Ho impiegato una vita, ma alla fine ho estirpato quelle radici, alla fine ho capito che io di responsabilità proprio non ne avevo, non ne ho, e se qualcuno ne ha (e neanche ne sono troppo convinto), questi sono i miei genitori, ognuno per i suoi motivi. Io, di tutta la merda che ho mangiato, non ho colpa. Nessuno ha mai colpa per l'infanzia che si è ritrovato.

Siamo tutti senza peccato.

Cominciamo a capire questo, a dirci questo, e avremo buone possibilità di salvarci.

"Mi sono svegliata perché Augusto stava grattando alla nostra porta. Non capivo cosa fosse quel rumore, così mi sono alzata e sono andata ad aprire. C'era il cane, e sul tavolo del giardino questo..." Mi porge un foglio di quaderno strappato a metà senza troppa cura, con su scritta fra i quadretti una frase con la biro, una piccola minuta grafia che leggo e rileggo più volte, allontanando e poi avvicinando la carta agli occhi perché dopo i quaranta la presbiopia ti frega, finché il mio cervello abbrustolito dal sole e dalla mancanza di sonno comprende finalmente il significato delle astruse parole.

Andrea, mi dispiace, ma stasera non torno con te. Non te ne fare una colpa e vai dritto per la tua strada. E non ti dimenticare di dare da mangiare ad Augusto. Papà.

"In che senso?" chiedo quindi, più a me stesso che alle due ragazze al mio fianco.

Ondina mi sfila il foglio dalle mani, lo legge e commenta subito: "Nel senso che adesso sei in un bel guaio".

Mi metto a camminare per il patio mentre Tannen, incurante di ciò che sta accadendo, si tuffa fra le braccia della bella Michelle.

"È un vecchio malato, dove pensa di andare? Se non lo trovo e lo carico sul traghetto, sarò bello che fregato. Mia sorella mi ammazzerà, non dovevo starlo a sentire. Dannato me, cosa diavolo mi è venuto in mente di fare? Mi sono lasciato trasportare da un rincoglionito insensibile che se ne frega degli altri!"

Non mi fermo a camminare e neanche a parlare, così neppure mi accorgo di Ondina, Michelle e Augusto che mi guardano roteare come un moscone impazzito per il giardino. "Ma, poi, uno scrive un messaggio del genere? Che significa? Nemmeno una parola, una spiegazione, che ne so! E pensa alle crocchette per il cane. È proprio pazzo allora, andato!"

"Da vecchi si diventa egoisti," commenta la belga.

"No, lui lo è sempre stato," puntualizzo.

"Va be'," interviene Ondina, "non mi sembra il momento di star qui a parlare dei suoi difetti. Dobbiamo trovarlo. Anche perché non può essere lontano."

Mi fiondo in casa, dove ogni cosa è al suo posto. Ondina mi raggiunge quasi subito e dice: "Andiamo a cercarlo, ti accompagno".

A me però sembra di non riuscire a fare un ragionamento sensato, continuo a guardarmi intorno e tutto mi appare folle: questo viaggio, il mio ritorno, papà malato che mi mette nel sacco e mi inguaia ancora una volta, le fottute cicale che non la smettono di cantare e mi riportano di continuo a quel pomeriggio dell'ottantasette che mi cambiò la vita. Non sono in pensiero per mio padre, o almeno non solo, sono proprio incazzato nero, con lui che mi ha usato a suo piacimento, con l'isola che mi ha fatto tornare per ricordarmi che ogni cosa non dura che un istante, quell'istante, e dopo ti resta in mano solo polvere, e anche con Ondina, sì, proprio con lei, che come il comandante mi ha condotto al largo per il tempo di una bracciata per poi riportarmi a terra con una delusione in più sulle spalle.

"E io che ancora sto a sentire gli altri, ancora credo alle persone. Lasciatemi stare, che tanto a uscire dal mio piccolo mondo isolato non ci guadagno un cazzo di niente!"

"Che c'entra adesso, non ti capisco..." sussurra Ondina al mio fianco.

"Sì, già, come potresti."

Spalanco la porta della camera da letto ed entro senza più tante remore: nell'armadio trovo solo i vestiti di Fiorenzo e Marina, e nella cassettiera nell'angolo alcuni costumi da bagno. Il borsone è ancora sulla sedia accanto al comò.

"Non ha neanche una valigia con sé..." commento quindi, mentre continuo a scrutare la stanza che è stata di mamma.

"Secondo me, quel messaggio è fin troppo chiaro," spiega Ondina, "non vuole tornare a Napoli. La sua casa è sull'isola, desidera solo vivere a Procida il tempo che gli rimane. Non mi sembra insensato. Semmai, è insensato farlo così."

Mi gratto il sopracciglio e rispondo: "È insensato mettere me nei guai, soprattutto!".

"Forse perché sa che non gli avresti permesso di restare."

"Per me può morire dove gli pare, io cerco solo di salvarmi dall'ira di mia sorella, che non vuole nemmeno che si alzi dal letto, figurati a saperlo qui..."

"Secondo me Marina sbaglia, la vita non è la sua."

"Già, un piccolo dettaglio, questo, per quella maniaca del controllo e della perfezione che è mia sorella. Dove può essere andato?" Nel frattempo trovo il coraggio di sbirciare la foto sul comodino di papà: un primo piano di Delphine in bianco e nero, un mio scatto di una vita fa. La ritrovo sbiadita, più cupa, non bella come la ricordavo. L'immagine, intendo. Distolgo lo sguardo.

Ondina ci riflette: "Be'," risponde poi, "quel che so è che, le domeniche che era qui, la mattina presto andava sempre al cimitero".

"Al cimitero..." ripeto inebetito.

"Da tua madre."

Il telefono squillò alle tre del pomeriggio.

Marina era davanti alla tv, guardava come al solito *Bim Bum Bam*; io invece stavo disegnando, uno schizzo con la biro nera sul quaderno di matematica e il volto di Ondina, scuro e accigliato, iniziava a comparire sulla carta. Nell'aria il familiare ronzio di un moscone e fuori dalla finestra, aperta per metà, il canto incessante delle cicale. Al telefono era di nuovo nostro padre.

"Andrea, allora, mamma si è svegliata?"

"No," risposi, e intanto la mia mano continuava a incidere il foglio.

Lo sentii sbuffare all'altro capo del filo. "Ma sono le tre del pomeriggio, non vi ha lasciato cucinato?"

"No," ripetei meccanico perché ero concentrato sugli occhi della mia amata, grandi eppure sempre un po' socchiusi, difficili da riprodurre.

"Valla a svegliare e dille di richiamarmi subito."

"Forse non si sente bene..."

"Tua madre non si sente mai bene!"

Al suo fianco alcune voci maschili conversavano in una lingua che non conoscevo.

"Dove sei?" chiesi allora, staccandomi per un attimo dal disegno.

"A Cipro."

"Dov'è Cipro?"

"Nel Mediterraneo. È un'isola come la nostra, molto più grande però. Dai, ora vai a svegliare mamma. Richiamo io fra dieci minuti." E riattaccò.

Posai il telefono e finii di tratteggiare le ciglia dell'occhio destro, poi ammirai il risultato e mi lasciai andare a una smorfia di disapprovazione: non assomigliava per niente a Ondina. D'altronde, lei era impossibile da catturare, non me lo permetteva nemmeno con la Olympus, scappava via appena si accorgeva che stavo per fotografarla.

Mi alzai e la sedia di legno strusciò rumorosamente sul cotto, ma Marina non si girò, lo sguardo fisso alla televisione. Pochi passi e mi ritrovai dinanzi alla camera dei miei: la porta era accostata dalla mattina e all'interno era buio. Non era la prima volta che Delphine non si alzava e si dimenticava di cucinare per noi, ma era la prima volta che non si accorgeva del nostro ritorno da scuola, la prima volta che non aveva preteso un bacio sulla guancia per poi spiegarmi cosa c'era in frigo. Mi ero detto che, forse, era ancora dispiaciuta, arrabbiata con me dalla sera precedente. Mi aveva chiesto un bacio in più e avevo detto di no.

"Un ultimo bacio," mi aveva supplicato dal letto con un mezzo sorriso, ma avevo sbuffato ed ero uscito dalla stanza.

"*Ma puce...*" aveva allora detto con un sussurro, e mi ero bloccato nel corridoio per capire se avesse chiamato mia sorella o se stavolta stesse chiamando me, se anche io mi fossi tramutato per un pomeriggio nella sua piccola pulce. Ma Marina non era arrivata e mamma non aveva più aperto bocca, così mi ero chiuso nella mia stanza sforzandomi per non tornare indietro, stufo di compatire una madre lamentosa, stufo di aspettare ancora e sempre il suo ritorno, i suoi giorni sì.

"Mà?" e spinsi piano la porta.

"Mamma?" Un passo all'interno.

Il moscone mi sfiorò l'orecchio facendomi sobbalzare prima di scomparire nel corridoio. Nell'aria aleggiava un odore strano e la luce del soggiorno si infilava nella stanza a colpire il corpo immobile di Delphine.

"*Maman*?" ripetei andandole vicino. "Papà ha detto che ti dovevo svegliare..." Le toccai la mano.

Fredda. Gelida.

Mi ritrassi di colpo e restai ad ansimare nella semioscurità, la voce di Bonolis che arrivava ovattata dal soggiorno insieme al canto ritmico delle cicale.

Ancora un passo.

E capii.

E smisi di respirare.

E restai inerme di fronte al volto violaceo di mia madre, gli occhi sbarrati e la bocca aperta.

Il telefono tornò a squillare, ma era solo un insignificante rumore lontano che non aveva la forza di distogliermi dalla nuvola che mi aveva inghiottito, dall'unico pensiero cosciente che mi era rimasto: quell'ultimo bacio negato che mi fa compagnia da allora.

Una mano in tasca

"Sei sicuro che funzioni?" chiede Ondina.

"No, ma lo spero. Ciccio sostiene di sì. Tu hai altre soluzioni?"

"Chiamare un taxi?"

"A Procida? Ieri ci hanno fatto aspettare mezz'ora, non abbiamo tutto questo tempo."

Giro la chiave nel cruscotto e il motore della Dyane inizia a brontolare, anzi no, è come se starnutisse più volte, poi si spegne. Nel silenzio di questa mattina tornano le dannate cicale a prendersi il tempo e lo spazio.

"Ma come fa Marina ad andare ancora in giro con 'sto catorcio?"

"Eppure ricordo che la usava fino a poco tempo fa. Le chiavi dove le hai trovate?"

"Al solito posto," rispondo burbero.

È che non ho voglia di spiegare il flashback che mi è appena venuto a trovare. Tutte le chiavi presenti in casa dovevano essere appese ai ganci dietro la porta, e una copia di ogni mazzo era in possesso di Ciccio. Ordini superiori del comandante. La prima sera che papà mi affidò le chiavi di casa, mi guardò dritto negli occhi e disse: "Questo è un momento importante, Andrea, una responsabilità da adulti. Cerca di essere degno della fiducia che ti sto dando," e mi consegnò il mazzo, anche se a quel punto ne avrei volentieri fatto a meno. Ricordo infatti che restai tutta la sera con una mano in tasca per paura di perderlo, che altrimenti sarebbe stata la fine, papà si sarebbe arrabbiato e avrebbe iniziato una solfa lunghissima sui doveri e sulla capacità di comportarsi da persone mature, a quel punto si sarebbe intromessa mamma per difendere il nostro diritto a crescere spensierati, e così si sarebbero messi a litigare e anche Marina ne avrebbe risentito, e ci saremmo rovinati almeno un paio di giorni a causa degli sguardi astiosi, dei lunghi silenzi e dei pianti sommessi che Delphine tentava di nascondere senza riuscirci.

La nostra infanzia è stata un continuo tenere una mano in tasca, un continuo trattenere, così da non perdere la stima del comandante e la serenità familiare. Il tempo, poi, mi ha spiegato che vivere è perdere ogni giorno qualcosa, perciò ho assorbito il concetto e a un certo punto ho sfilato la mano, cosa che non è ancora riuscita a Marina, che da trent'anni a questa parte sta attenta a non lasciare per strada alcunché.

È che a rovinare una vita basta un attimo, solo una piccola fottuta regolina fobica che i genitori ti imboccano come verità.

Al quinto tentativo la macchina fa un singulto e il motore si accende, proprio nell'istante in cui sul display del telefono inizia a lampeggiare il nome di mia sorella. E sono appena le sette del mattino! La chiamerò dopo, adesso non ho tempo.

"E vai," sento dire a Ondina.

D'improvviso mi sembra di non sopportare la sua presenza, forse perché, da qualche parte, è come se la ritenessi responsabile di quanto è accaduto. Se me ne fossi rimasto tranquillo sul divano, non avrei fatto l'amore con lei in mezzo a una mangianza e non avrei saputo che è innamorata di una tipa che fino a ieri sera mi sarei ben volentieri portato a letto;

soprattutto, non avrei lasciato solo mio padre, il quale non avrebbe fatto questa sceneggiata costringendomi a inseguirlo per tutta l'isola nella speranza di non beccarmi le urla di Marina.

Per fortuna, sfilando silenziosi lungo il viale che ci porterà giù al cimitero (in realtà, la macchina francese sembra debba scoppiare da un momento all'altro), ritrovo un minimo di lucidità e capisco che non è certo colpa di Ondina se papà è scomparso, ma del sottoscritto che ha violato una caterva di regole scritte e non scritte. Ma non sono bravo a colpevolizzarmi, l'ho fatto per troppo tempo da bambino e ho sviluppato gli anticorpi, perciò sto quasi per abbandonare la difficile ed estenuante autoanalisi su sensi di colpa e inettitudini varie quando, proprio a margine di una curva a gomito presa forse troppo veloce (le gomme della Dyane stridono come due cavalli che nitriscono), torno a sentire la voce del bassotto tiranno, il quale dalla scomparsa del comandante sembra diventato un altro, mogio e privo di forze. E sarà che non sopporta la mia guida nervosa e soffre di mal d'auto, sarà che, forse, ha sentito una traccia di papà (l'ho portato proprio con questa speranza), insomma la sua voce mi toglie dai casini perché d'improvviso mi ricordo che tutto ha avuto inizio da lui e posso così scaraventargli addosso un sacco di frustrazioni e sentimenti non certo positivi.

"È sua la colpa," dico quindi, e getto un fugace sguardo al sedile posteriore.

Ondina mi studia perplessa. "Sua? Di Augusto?"

"Già," e tento inutilmente di rallentare, la frenata produce un rumore aspro che sembra propagarsi per l'intera isola. "Se stamattina non fosse sparito, tutto questo non sarebbe successo."

Ondina sorride, così mi volto a guardarla un po' incazzato: mio padre si è volatilizzato, sono nei guai, e lei ride.

"Povero Augusto, è solo un cane..."

"No, i cani se ne stanno al sole o a dormire su un tappeto davanti al camino, lui non è 'solo un cane', è un cane pazzo, nevrotico, represso, insoddisfatto e asociale."

Nonostante il casino in cui mi trovo, mi sembra chiaro che Ondina non ha perso la voglia di scherzare, perché ribatte così: "Una proiezione su un cane non l'avevo ancora vista".

Mi volto a scrutarla per un tempo infinitesimale, ciò che mi rimane prima di affrontare la nuova curva, e le pongo la solita domanda, il mio marchio di fabbrica, mentre con il piede destro premo di nuovo a fondo sul freno.

"In che senso?"

"Nel senso che parlavi del bassotto, ma forse volevi parlare di tuo padre, o forse, in parte, di te..."

E brava Ondina, che adesso se ne intende anche di psiche. "Questo non toglie che Augusto sia un rompiballe. Si può dire o rischiamo di impelagarci in astruse congetture psicologiche?"

Lei abbassa i toni e ripete: "È solo un cane".

Sì, in fondo è vero. Ha ragione. Allora non mi resta che tornare al punto di partenza: la responsabilità è unicamente sua, di mio padre. Addossare colpe a casaccio mi viene naturale, pur di non prendermela con il vero colpevole.

"Avete preso le chiavi? Se no chi lo sente vostro padre..."

Marina in verità non le aveva lasciate un attimo da quando mamma gliele aveva consegnate, prima di chiudersi la porta di casa alle spalle. Seduta accanto a me, sul sedile posteriore della Dyane, continuava a impugnarle come fossero il più prezioso dei beni.

"Andrea, appena papà sbarca devi descrivergli la bella foto che hai fatto ieri. E poi gli racconti come sei migliorato con il nuoto. Sarà felice. Tu, *ma puce*, invece gli dirai come sei diventata brava in matematica. Sarà *très fier*..."

L'auto sfilava veloce verso il porto e il vento caldo sbatteva sulle nostre facce abbronzate. Marina sorrideva, felice di rivedere il papà, io invece ero nervoso perché non mi sentivo affatto migliorato nello stile libero e sapevo che le fotografie scattate nei giorni precedenti non lo avrebbero colpito particolarmente. Tra l'altro mi avrebbe anche consigliato di non consumare il rullino e di essere parsimonioso, una delle doti più importanti.

Mia sorella stringeva soddisfatta le chiavi di casa, raccolta nella responsabilità che le stava già rovinando l'esistenza senza che se ne accorgesse, io proprio non ce la facevo a essere altrettanto sereno; è che lei su quel molo almeno poteva portare i voti brillanti di giugno, il suo conformismo e l'età bambina, io avevo in dote solo la ribellione adolescenziale che ormai mi faceva storcere il naso ogniqualvolta lui se ne usciva con qualche massima delle sue.

La sera avremmo cenato tutti insieme e avrei dovuto attendere che lui terminasse di mangiare per alzarmi da tavola, e la domenica seguente, invece, saremmo andati al cimitero dalla nonna. A ogni ritorno sull'isola, la prima cosa che faceva era recarsi lì, con noi tre appresso.

"Mi scoccio di venire al cimitero domenica," avevo provato a reclamare prima di salire in macchina.

"*Mon amour*, non dire così, è tua nonna."

"Mia nonna non sta lì, e nemmeno se ne accorge se la andiamo a trovare."

Mamma mi aveva posato una mano sulla spalla e aveva chiesto stupita: "Davvero lo pensi?".

Di fronte alla domanda diretta mi era venuto da balbettare, ma poi mi ero ripreso e avevo concluso: "Sì, lo penso. Questa cosa che mettiamo i cadaveri in quei mausolei è roba da film dell'orrore".

"Sono morti, che dovremmo farne?"

"Bruciarli, come le foglie secche. Avrebbe più senso."

Delphine aveva fatto un gesto strano, poi aveva aperto la

portiera e ci aveva spinto in auto. Credevo fosse finita lì, ma lei decise all'improvviso di tornare sull'argomento: "Comunque, hai ragione, sarebbe meglio che ci bruciassero come le foglie. Io, per esempio, voglio essere bruciata, ok?". E si girò per accertarsi che avessi sentito.

"E smettila," risposi stizzito, ma lei sorrideva nello specchietto, come se non stesse parlando a due bambini.

"*Puce*, lo dico a te, che tuo fratello non vuol sentirne parlare: voglio che mi bruciate, *comme les feuilles*. Non mettetemi sotto terra in quest'isola. Capito?"

Marina sembrava imbarazzata e non sapeva che dire, allora strinsi i denti e intervenni con tono duro: "Mamma, finiscila, la spaventi. È solo una bambina".

"*Oh, ma puce!*" commentò lei allungando il braccio all'indietro per punzecchiarle la gamba nonostante la Dyane sfrecciasse veloce fra i tornanti, "non devi temere la morte. Se avrai paura della morte, avrai paura della vita."

Ora che sono qui, davanti alla tomba silenziosa, in uno dei tanti vialetti pieni di fiori secchi e lastre di marmo con foto di ceramica, mi ricordo perché non ci venivo da allora, perché non entro mai in un camposanto. Sì, i cimiteri sono malinconici, d'altronde si parla di morte, però, diamine, mi fanno anche rabbia, perché qualcosa di meglio avremmo potuto escogitarlo. Ci saremmo dovuti mettere a un tavolo per fare uno di quei cosiddetti brain-storming (così si dice oggi, no?) su come ingannare il tempo una volta passati dall'altra parte. Insomma, i cimiteri non mi piacciono, non mi piace l'idea dei corpi sottoterra, così distanti dal mare e dal cielo, non mi piacciono le cappelle, i loculi, il freddo, il silenzio, l'odore dei fiori appassiti, il muschio, i lumini, le parole sussurrate. Dovrebbe essere tutto un tantino meno macabro, più allegro. Già, ma come? Parliamo di morte. Ho letto che in Olanda c'è quest'idea di far diventare i defunti degli alberi. Praticamente si infila il cadavere nel terreno insieme ai semi e l'albero si nutre della decomposizione dei tessuti, così che un domani i cari del povero estinto non si ritrovino a dover accarezzare il marmo, ma la corteccia di un tronco. Bella l'idea che dalla morte possa nascere la vita. Eppure, devo essere sincero, nemmeno mi piacerebbe. Per il morto, in primis, che comunque diventerebbe cibo per vermi, e anche per chi deve poi andarlo a trovare; mi farebbe un certo senso accarezzare la ruvida corteccia di una quercia pensando che non sia il nobile frutto regalatoci dalla fertile terra madre, quanto gli avanzi di un rene o di un fegato di un poveraccio che si è disgregato sotto i miei piedi. Perché riposare per l'eternità in un posto umido anziché trascorrere i nostri giorni senza materia a mischiarci con il vento e con la sabbia, con il mare e la neve?

"Vuoi che me ne vada?" mi fa sobbalzare Ondina al mio fianco.

"Ma no..." rispondo sfilando una sigaretta dal pacchetto.

"È passato di qua. Vedi che avevo ragione?"

"Già."

Ai piedi della lapide, infatti, c'è un mazzo fresco di margherite dentro a un vaso viola.

"Era proprio bella tua madre. Come te," fa Ondina, e mi sfiora la mano.

"Le margherite erano i suoi fiori preferiti."

"Davvero? Anch'io le amo molto."

"Diceva che hanno qualcosa di magico, di cosmico, con il sole al centro e tutto che ruota attorno. E poi diceva che le ritrovi ovunque, anche in una piccola aiuola incustodita... è un fiore che sa portare la sua bellezza nei posti trascurati."

"Così diceva?"

Annuisco.

"Io da ragazzina la usavo per chiederle se mi amavi."

Mi giro e la trovo sorridente. Augusto invece sta fiutando il viale.

"Ma cos'ha ancora?"

"Sentirà l'odore del comandante."

"Non credevo che il vecchio ricordasse il fiore amato da mamma."

"Lo hai sempre ritenuto peggiore di quel che è," mi dice Ondina in tono di rimprovero.

Mi accendo la sigaretta. "Bah, potrebbe anche essersi trattato di un colpo di fortuna. È sempre stato molto fortunato," ribatto.

Ondina tira a sé il bassotto. "Ha perso una moglie giovane e ha dovuto crescere da solo due ragazzi. Non mi sembra proprio la descrizione di un uomo fortunato."

"È fortunato perché la sua insensibilità l'ha protetto. Non si è accorto di nulla."

"Così ti piace pensare. Io credo invece che tuo padre sia una persona molto sofferente."

Lo sgomento mi assale. "Dove sarà? Dove lo vado a trovare adesso?"

"Forse dovremmo chiedere a Ciccio, forse lo ha portato lui qui. Oppure, avvertiamo i carabinieri."

"Già, mi sa che hai ragione: dovrei fare una denuncia. Però così sarei fregato. Posso ancora sperare di trovarlo e rimetterlo sul traghetto. Posso ancora credere che mia sorella non verrà a saperne nulla."

Infilo le mani nelle tasche dei jeans e cambio argomento: "Voleva essere cremata, lo sai?".

Ondina mi guarda incuriosita.

"Ce lo disse un giorno in auto, a me e a Marina. 'Non mi lasciate lì sotto.' Così disse."

E allora perché è qui?, sembra chiedere il suo sguardo.

"Invece papà – l'uomo sofferente, come lo hai definito – disse di no, che a Procida i morti finiscono sottoterra, e che altrimenti un domani non avremmo avuto un posto dove piangerla."

Ondina sospira.

"Lei qui sotto non ci voleva stare," proseguo, "lei non c'è, lei è lì," e indico il cielo, "stella fra le stelle. Qui ci sono solo pietre e marmo."

Poi mi allontano sperando che Ondina mi segua, combattendo con tutto me stesso per credere ancora alle mie parole.

"Mamma..."

"Che c'è, amore?" e mi raggiunse sul dondolo all'esterno.

"Papà quando torna?"

"Presto, *pourquoi*?"

"Così."

Mi afferrò la mano. "Torna a letto, tua sorella dorme già."

Il canto dei grilli era un dolce sottofondo che non riusciva a coprire i nostri sussurri.

"Non ho sonno."

"E che fai qua *tout seul*?"

"Boh... aspetto che mi venga sonno."

"È umido."

Cri, cri, cri.

"Ma secondo te come fanno le navi a trovare la rotta di notte, quando è tutto buio? E se andassero a sbattere contro le isole?"

Lei scoppiò a ridere. "Se *ton père* sapesse che fai queste domande... esistono i radar, le bussole, le carte geografiche. E i fari."

Lasciai che i rumori soffici di quella notte di inizio estate tornassero a galla prima di chiedere nuovamente: "E nell'antichità come facevano? Quando non avevano i radar...".

"*Les étoiles*," fece lei, e puntò l'indice in alto, "seguivano le stelle."

"Anche per venire a Procida?"

"Be', sì, credo di sì. All'Isola-che-non-c'è ci arrivano seguendo le stelle, non ricordi?" Mi baciò la mano. "*Seconda stella a destra, questo è il cammino...*"

"*E poi dritto fino al mattino...*" Finalmente mi spuntò un sorriso.

Delphine infilò il braccio sotto il mio e posò il capo sulla mia spalla, quindi concluse: "Ecco, bravo *mon amour*, ricordati sempre di seguire le stelle. Così un domani, quando tornerai a trovare la tua mamma, non correrai il rischio di perderti...".

Collage

C'è una pianta rampicante che spunta dal terreno arido, un arbusto che si inerpica lungo la lastra di marmo e quasi la avvinghia. C'è un vaso viola con delle margherite, i petali che ancora conservano le goccioline d'acqua spruzzate dal fioraio. Ci sono delle foglie giallastre per terra, e poche formiche che avanzano veloci verso un buco nel terreno secco. Sulla lapide c'è la foto di una giovane donna sorridente, i capelli biondi e il collo bianco e sottile. Gli occhi chiari sono pieni di titubanza, figli dell'indecisione, di quel sorriso che sanno essere finto.

Non amava le foto in posa, mamma, diceva che si sentiva scrutata dall'obiettivo e poi diventava falsa. Eppure papà ha voluto per lei proprio un'immagine in posa, uno dei miei primi scatti, quando ancora non conoscevo la bellezza di uno sguardo rubato e costringevo i familiari a fissare la macchina. Mia madre in questa vecchia e brutta fotografia non c'è, lei è dietro quel sorriso bugiardo. La sua vera essenza è in tutto ciò che il mio obiettivo di allora non ha saputo prendersi: nelle sue mani sudaticce, nella schiena curva, nelle ginocchia sbucciate di un'estate trascorsa da sola con i due figli. È nelle spalle quasi mai toccate dal sole che portavano Marina in giro, come se fossero quelle ben più muscolose del marito. È negli sguardi curiosi che ogni tanto scambiava con gli uomini giù al porto e che fingevo di non vedere e quasi mi convincevo non fossero mai fioriti.

Era nella sua imperfezione, nella sua debolezza, nei suoi peccati, tutta la bellezza di Delphine.

Ma questa foto finta almeno un senso ce l'ha: serve a ricordarmi che sarò come lei, come mia madre, imperfetto ma bello, se saprò guardare oltre le apparenze, se imparerò a non celarmi dietro falsi sorrisi e mi accontenterò di non avere risposte, abbandonandomi senza lotta alla disarmonia interiore che mi fa sentire sballottato di qua e di là, come una bottiglia di plastica finita in mare per colpa di chissà chi.

Le balene dormono in piedi

"Insomma, qui non si è visto. Tu non l'hai accompagnato al cimitero."

"T'aggio ditt' che no," risponde Ciccio strofinandosi la testa pelata abbrustolita dal sole. "Avrà preso l'autobus, qualche volta lo fa."

Attorno a noi, l'odore del basilico e il rosso dei pomodorini raccolti in ceste, alcune ai nostri piedi, altre già disposte nel cassone dell'Ape azzurrina stinta dalla calura di troppe estati.

"Ma come ci è venuto al comandante? Chist' è 'nu guaio grosso assai, se po' fa male!"

"È un guaio grosso se lo viene a sapere mia sorella. Devo trovarlo al più presto. Dove potrebbe essere?"

Ciccio si tira su i pantaloni troppo larghi e afferra i manici di un'altra cesta da caricare. "E che ne saccio, potrebbe essere ovunque," risponde poi.

"Hai passato una vita con quell'uomo, hai campato sempre qui e non sai dirmi dove potrebbe essersi cacciato?"

Si gratta il mento e riflette. "Potrebbe stare da tuo zio, 'o frat'..."

"Da mio zio? Non si parlano da decenni..."

Ondina si allontana, forse per discrezione. Apre la pompa dell'acqua poco più in là e invita Augusto a bere.

"Dimmi la verità, Ciccio, tu sai dov'è..."

"Uh, maronna mia, André, e secondo te non te lo dicevo? Nun saccio niente, il comandante ha parecchi amici sull'isola."

Sospiro guardandomi in giro senza un perché, senza uno straccio di idea, con le mani ai fianchi e lo sguardo corrucciato per difendermi dall'ansia e dalla luce. "E mò, che facciamo?" chiedo infine.

"E mò lo andiamo a cercare. Lascia la Dyane qua, te la riporto io più tardi," risponde lui caricando l'ultima cesta con le braccia ancora muscolose.

Ondina e io ci sediamo nel cassone e ci facciamo trasportare dal vecchio amico lungo le stradine che conducono al porto passando da piazza dei Martiri. Il ronzio dell'Ape ci impedisce di parlare, ma tanto siamo attenti a guardarci attorno, talmente attenti che non ci rendiamo conto subito che Augusto sta rimettendo quello che non ha mangiato sui pomodori freschi di Ciccio.

"Che schifo," commento, e ritiro la gamba.

"È bile. Stamattina non gli hai dato le crocchette?"

"Sai com'è, sono preso da altro in questo momento..."

"Tuo padre te l'aveva anche raccomandato," e sorride. Poi, visto che non ricambio, si fa seria e aggiunge: "Vedrai che lo troveremo". Mi poggia una mano sul ginocchio. "Dove può essere andato? L'isola questa è."

"Già, l'isola questa è."

E, per la prima volta, mi sembra che sia un bene.

È ora di pranzo quando mi arrampico sulle scale che portano da mio zio, nella casa che un tempo era della nonna. La palazzina ora è di un rosa acceso e alle finestre pendono piccoli fiori rossi che mi portano sotto il naso l'odore dell'infanzia, quando mi ritrovavo a strapparli per mia madre lungo il sentiero che da scuola mi portava a casa. È tutto più curato rispetto a una volta, e quasi mi risulta difficile credere che sia lo stesso luogo sgarrupato degli anni ottanta.

Con Ciccio e Ondina abbiamo trascorso la mattina a girare per Procida avanti e indietro, finché non ci siamo lasciati vincere dallo sconforto. Abbiamo chiesto notizie ai negozianti, ai pescatori, agli edicolanti, ai farmacisti, ai turisti, Ciccio ha chiamato non so quante persone per poi risalire sull'Ape e tornare a inoltrarci fra le viuzze incrostate di salsedine: papà non vaga solitario e non si trova al tavolino di un locale a bere un drink. Siamo stati pure nel bar sul porto della Chiaiolella che era solito frequentare negli ultimi anni, come ci ha riferito Ciccio, ma anche lì nessuno ha visto il comandante. È un posto molto diverso da quello nel quale invece papà trascorreva i pomeriggi quando ero bambino, che non affacciava sul mare ma in uno dei vicoli interni, e non era né spazioso, né arioso, anzi puzzava di umido e sembrava una baita abbandonata.

Eppure lui amava quel luogo e, quando era sull'isola, ci si andava a rifugiare quasi ogni giorno. Il proprietario si chiamava Gaspare, un uomo grande e grosso che non spiccicava una parola e incuteva timore solo a guardarlo, burbero com'era e con una stazza che non aveva nulla da invidiare a quella di mio padre; portava la barba lunga e aveva sempre il toscano in bocca. A pensarci, si assomigliavano parecchio, ma tanto erano tutti uguali i procidani dell'epoca. Papà ogni tanto mi portava con lui, ma spesso per convincermi era costretto a comprarmi un "Topolino", e allora mi sedevo al bancone e leggevo le storie di zio Paperone mentre lui buttava giù un paio di whisky chiacchierando di mare, politica o, più spesso, raccontando i suoi viaggi, e in quel caso i pochi presenti subito si mettevano in circolo ad ascoltare le avvincenti storie del comandante. Tornavamo a casa che lui aveva il fiato che puzzava di alcol e io avevo terminato il giornaletto. Quando invece era nervoso o malinconico, si univa ai più vecchi in un angolo e giocava a tressette per ore, ordinandomi di sedere al suo fianco, così da imparare quel gioco incomprensibile che mi sono sempre rifiutato di imparare.

"E se avesse ragione lui?" ha detto a un certo punto Ondina, in un attimo di silenzio, mentre Ciccio parlava con un anziano all'angolo della strada.

"In che senso?" E per poco non mi sono guardato alle spalle, pronto a sentire la partaccia del comandante per la solita domanda.

"Nel senso che forse dovremmo fermarci e riflettere sul suo gesto, e non solo pensare agli eventuali danni o alle urla di tua sorella."

"Non ti capisco," ho ribadito, ma in realtà capivo benissimo.

"Io credo che le sue parole abbiano un significato preciso, anche se sono enigmatiche. È malato e sta morendo, e lo sa. Qui è nato, qui c'è la sua casa, la tomba della moglie, qui ha ancora qualche amico che gli vuole bene e lo rispetta. Qui, soprattutto, ha i ricordi. Perché non permettergli di restare? Di morire sull'isola."

"Tengo a precisare che non me lo ha mai chiesto," ho ribattuto allora, grattandomi un gomito.

Augusto ha iniziato a piagnucolare.

"Che ha?" ho chiesto, come se il cane fosse di Ondina.

"È stanco, digiuno, e vorrebbe i suoi padroni."

"Tra l'altro, non capisco perché non l'ha portato con sé. Tutti quei discorsi sui cani, sull'amore, e poi lo abbandona al suo destino. Tipico di papà."

"Prima o poi dovresti farci i conti con questa rabbia nei suoi confronti, sai?"

"Mi sembra di sentire mia sorella."

Già, mia sorella, che ha chiamato sei volte in una mattinata. Alla settima telefonata le ho risposto dicendole che stavamo dormendo e non avevo sentito gli squilli, e che nostro padre stava benissimo e non c'erano problemi. Lei ha sospirato per tutto il tempo e alla fine ha precisato con voce pietosa: "Stai attento con quel cellulare, mi vuoi far venire un infarto? Qui già la situazione è quella che è, ci manca solo che succeda qualcosa a papà...". A quel punto mi sono chiuso in un dignitoso mutismo finché non mi ha consentito di riattaccare.

"Bastava che me lo dicesse... che voleva restare," ho aggiunto dopo un po'.

"Davvero? Glielo avresti permesso?"

"Be', lo avrei ascoltato perlomeno."

"Permettimi di non crederti."

Stavo per ribattere qualcosa, ma è tornato Ciccio. "Niente, nisciuno lo ha visto nemmeno qui." E si è rimesso alla guida.

L'Ape è ripartita e il nostro discorso è stato risucchiato dal ronzio del motore Piaggio che un tempo mi piaceva e che adesso invece mi sembra assomigli tanto al lamento asfissiante di un moribondo.

Zio Biagio apre la porta e mi riconosce subito. Lo trovo invecchiato, nascosto dentro una camicia a righe troppo larga, curvo e stempiato, lo sguardo titubante di uno che si sta fottendo dalla paura. Forse perché è a conoscenza di qualcosa, più verosimilmente perché sa che un parente che ricompare dopo trent'anni spesso non porta nulla di buono.

"Ciao, Andrea," dice con voce gutturale, e resta sulla soglia, la mano sulla porta.

"Ciao," dico a mia volta, e me ne sto lì, in attesa che mi inviti a entrare.

"Sei sempre uguale," commenta, "anche con la barba così lunga."

"Anche tu," dico, e in parte lo penso, visto che dietro la paura conserva comunque un po' dell'alterigia degli Scotto.

Non ho mai capito quale sia il trucco per diventare tanto sicuri di sé, di quali poteri dispongano quelli che si sentono invincibili e non tentennano mai. Deve trattarsi di un'abilità difensiva, in ogni caso, come nei giochi di ruolo, quando crei un personaggio e puoi decidere in quali capacità eccelle, calcando su una determinata caratteristica a scapito di altre. Papà primeggia in forza, decisione, scaltrezza, sicurezza, ma paga dazio in sensibilità ed empatia.

"Come mai qui?"

La sua domanda è per me già una risposta, eppure non demordo: "Posso entrare?".

Si scosta e mi fa spazio con riluttanza. Sono passati alcuni decenni dall'ultima volta che ho messo piede in questa casa, eppure è come se ne fossi uscito ieri. Forse i ricordi mi ingannano, forse è tutto molto più confuso di quanto voglio credere, ma mi sembra come se la casa fosse uguale a prima, gli stessi mobili posizionati nei medesimi punti, le mattonelle scheggiate sempre negli angoli, addirittura mi sembra che anche le tendine alle finestre siano quelle di nonna.

"Non è cambiato nulla," dico d'istinto, e mi giro a guardarlo.

Non risponde, ma gli leggo in viso una certa diffidenza. Se aprisse bocca, lo farebbe per chiedermi perché mai sarebbe dovuto cambiare qualcosa. I fratelli Scotto fanno parte della categoria di persone sempre pronte a ricordarti che la loro generazione ha sofferto la fame ed è cresciuta senza troppi fronzoli, che ai loro tempi ci si divertiva con poco e non erano tutti insoddisfatti come oggi, che si andava a lavorare ancora ragazzi e non si poltriva in casa. Insomma, zio Biagio, se fosse padre, sarebbe uno dei tanti genitori che crede di essere stato migliore dei figli.

Mi fa sedere sul divano di velluto verde e mi chiede se

desidero un caffè. Rifiuto e vado subito al dunque, nonostante non riesca a distogliere lo sguardo da una foto alle sue spalle, un'immagine in bianco e nero che non ricordavo ma che mi colpisce dritto al cuore. È la terza di tre fotografie piccole, di dimensioni simili, appese al muro una sopra l'altra, dentro cornici uguali. Nelle altre due imperversa la nonna, che ingombra la scena con la sua figura piccolina ma austera.

"Perché vieni da me? Lo sai bene che non ci parliamo da una vita..." dice lui, e stoppa i miei sguardi.

"Già, non vi parlate da una vita. Perché? Cosa è successo? Cosa può esserci di tanto grave da dividere due fratelli per tutto questo tempo?"

Una nuova crepa si apre sul suo sguardo timoroso.

"Nemmeno lo ricordo," risponde una volta recuperato il distacco.

Dalla finestra alla sua destra entrano il sole e il mare, come quando da bambino sostavo lì a osservare i pescherecci attraccare al molo con sinistri clangori mentre i pescatori saltavano giù al volo per annodare svelti le cime alle bitte lanciando urla, imprecazioni e risate sguaiate, quasi fossero terribili pirati venuti a conquistare l'isola.

"Questo è il nodo Savoia." Rammento ancora la voce di papà, nei pomeriggi d'inverno, davanti al camino, con il maestrale che scuoteva la casa. Si metteva di fronte a me con una cima e iniziava a intrecciarla in mille maniere diverse per insegnarmi i nodi principali.

"È uno dei nodi più importanti." Fumava il toscano a un palmo da noi, Marina in piedi poco più in là che ci guardava assorta prima di sgattaiolare a giocare con Sansa, la quale era solita accucciarsi contro la porta di casa nostra per ripararsi dal vento.

"Perché non la facciamo entrare?" chiesi una volta a mamma.

“Perché non la facciamo entrare?” domandò allora lei al comandante, e lo sguardo di risposta del marito gelò l’aria come nemmeno il vento che scuoteva le finestre sarebbe riuscito a fare.

“È resistente e si disfa con facilità. Se per caso fosse molto stretto e carico di sale, per scioglierlo basta attorcigliarlo su se stesso.” Così dicendo mi mostrava il movimento da fare, invitandomi subito dopo a provare.

“Quando sarai più pratico, passeremo a uno dei nodi più eleganti in assoluto, il doppio nodo vaccaio, che ha una tenuta eccezionale ma è comunque facile da sciogliere. È stato per secoli il più usato sulle banchine di mezzo mondo per giuntare le cime d’ormeggio.”

Ricordo anche questa frase che ripeteva a ogni nuova dimostrazione, con un sorriso soddisfatto che gli tagliava il volto, senza preoccuparsi di star parlando a un ragazzino.

“Invece io credo che tu lo sappia benissimo il motivo del litigio.” Non smetto di fissare il volto dello zio che, in preda al disagio, avverte la necessità di alzarsi. Si rifugia in cucina e lo sento trafficare con la macchinetta del caffè, solo alla fine infila la testa nel soggiorno e, accompagnandosi con un debole sorriso nel quale nemmeno crede, dice: “Se è venuto davvero il momento di parlare, allora ci vuole un caffè”.

Non ha mai riso troppo zio Biagio, credo per aver vissuto più del dovuto con la madre, la quale – questo lo so bene – gli preferiva il figlio maggiore, che la faceva sentire orgogliosa quando passeggiava per le strade del centro e tutti le chiedevano in quale mare fosse il comandante. Credo sia stato proprio questo a rovinare lo zio, l’incapacità di andare, correre via lontano come aveva fatto il fratello, come facevano tutti i giovani dell’epoca, come fanno ancora oggi i ragazzi isolani che si trovano a odiare quel mare che prima protegge e poi d’improvviso imprigiona. Tutti partono per la terraferma in cerca di lavoro e fortuna, tutti partivano anche allora.

Tutti tranne Biagio Scotto, che al contrario di andarsene non ne volle sapere, e di dare spiegazioni nemmeno. Dopo molto tempo la nonna scoprì che, in realtà, lo zio faceva l'amore da anni (così andava dicendo il vicinato) con la figlia di don Mario, uno dei pescatori del porto della Corricella. Lei si chiamava Susanna e raccontano avesse i capelli raccolti in una treccia, era bassina e con il volto spigoloso come gli scogli di Procida, ma dallo sguardo candido e spiritoso, le caviglie grandi quanto le mani del padre che puzzavano di pesce, e indossava sempre dei semplici vestitini a fiori ricamati.

La storia di zio Biagio e Susanna è una storia triste, perché quando la nonna capì infine cosa stava accadendo, il vero motivo per il quale il figlio tempo addietro non aveva voluto imbarcarsi, la ragione che lo stava portando a rovinare il futuro suo e la reputazione della famiglia, si arrabbiò a tal punto che lo costrinse a partire subito per Napoli, ospite di alcuni parenti lontani che abitavano alla Pignasecca. Dell'intera vicenda ovviamente non ho che vaghi ricordi, però so che un giorno mamma chiese spiegazioni: "Perché mai lo costringete ad andare a Napoli se non vuole?".

La nonna si voltò e, con sguardo di ghiaccio (lo stesso usato spesso da papà), disse solo: "C'è il creaturo", quindi mi lanciò un'occhiata fugace prima di far svolazzare lo scialle nero sulle spalle e allontanarsi. Il racconto di quei giorni è il racconto del grande silenzio che rendeva immobili le stanze, con mamma che non parlava alla nonna e la nonna che non si avvicinava nemmeno a me. Lo zio alla fine partì e non tornò se non alla morte della madre, qualche anno dopo, quando la non più giovane Susanna era già sposa di un panettiere e madre di un figlio con i capelli ricci e neri.

Questo è quello che mi raccontò mamma quando ero un po' più grande e iniziai a fare domande. "Doveva andare a curarsi a Napoli," rispondeva invece la nonna alle insistenti quanto impertinenti domande della gente. Per quel che mi riguarda, mi abituai presto, nei miei primi anni, a sentir solo parlare di questo zio lontano che ricordavo poco, così come ero assuefatto alla lontananza di mio padre. D'altronde, ci educavano a crescere con le assenze dei maschi, l'isola ci mostrava che nella vita di tutti i giorni non c'era spazio per loro, ci insegnava a cercarli nel mare, a gettare ogni tanto lo sguardo all'orizzonte lontano o a sostare un po' di più sul bordo di una falesia, ci spiegava che i padri e gli zii andavano goduti a spizzichi e bocconi, soprattutto nei giorni di festa e nelle ricorrenze, come il vino buono e le tovaglie ricamate.

"Tuo padre è sempre stato convinto di non aver bisogno di nessuno," attacca finalmente lui dall'altra stanza.

"Conosco bene i suoi difetti, grazie." Mi alzo per raggiungerlo. In quel mentre mi arriva un messaggio sul telefono da parte di mia sorella: *Stiamo partendo, ci vediamo stasera. Ancora un po' di pazienza. Ti voglio bene.*

Rispondo con un'emoticon a caso e raggiungo lo zio in cucina. Lo trovo in piedi accanto al fornello, uno straccio fra le mani chiazzate di solitudine e gli occhi infossati, e per un attimo sul suo volto mi sembra di rivedere la nonna.

"Non ho tempo per il caffè, devo trovarlo," esordisco, ma lui ribatte come se non avessi parlato: "Non ha mai voluto accettare consigli, né da me, né da nessun altro".

"Sì, so anche questo."

È nervoso, e punta spesso lo sguardo al mare che arriva anche qui, in una cucina vecchia che puzza di aceto.

"Insomma, perché non te lo fai spiegare da lui il motivo? È tuo padre," dice allora.

"Perché è sparito, non so se ti è chiaro. Anche se ha fatto giusto in tempo ad accennarmelo, ieri..."

"Cosa? Accennarti cosa?"

"Il motivo per il quale non vi parlate da trent'anni."

"Ah, sì?" Lo zio torna a guardare il fuoco che soffia sotto la moka.

È strana la vita: d'un tratto, senza nemmeno sapere quando e perché, i ruoli si invertono e il debole diventa forte, quello che un tempo invece faceva il guappo, retrocede e si mette a tremare.

"Gli dicesti una cosa su mamma..."

Stavolta non tenta nemmeno di affrontarmi e resta incurvato a tamburellare le dita su una scatola di latta accanto ai fuochi.

"Non ho molto tempo, devo andare dai carabinieri a denunciare la scomparsa, può essere che in tal modo chi lo protegge venga allo scoperto. Allora, è vero?"

"Cosa?"

"Quello che gli dicesti."

"Senti, Andrea, io non so perché..."

"È vero o non è vero? Non è difficile."

Inspira tutta l'aria della cucina e si siede alla piccola tavola apparecchiata per il pranzo con una tovaglia a rombi blu.

"Gli dicesti che aveva un altro. Un amante."

Da seduto sembra rasserenarsi un po'. "Sì, è così," trova infatti il coraggio di ribattere.

Stavolta sono io a sentire il bisogno di sedermi. Il silenzio è rotto solo dal borbottio della caffettiera, che tenta come può di tenere insieme una famiglia smembrata.

"Spiegami, fammi capire," dico con voce ferma.

"È passato tanto di quel tempo, a che serve? A chi serve?" E appoggia un gomito sulla tavola.

"A me. Serve a me."

Si alza, spegne il fuoco e versa il caffè in due tazzine bordate di fiori viola. Stringo i denti per tentare di cancellare il rumore dell'ennesimo moscone dell'isola che sbatte ripetutamente contro il vetro della finestra e commento: "Le ricordo queste tazzine...".

"Nella credenza ho conservato l'intero servizio per dodici."

Che io sappia, la nonna non ha mai fatto salire nessuno

qui e, quando bussavano alla porta, andava ad aprire con la faccia della scortesia che sapeva fare solo lei. Eppure, aveva un servizio da caffè per dodici e tovaglie ricamate per le "grandi occasioni". E una sera che mamma tornò allegra da un'uscita pomeridiana e le confidò che il giorno dopo le sarebbe tanto piaciuto apparecchiare una bella tavola con una tovaglia elegante sul terrazzino accanto alla porta d'ingresso, a prendere un po' di sole in faccia e a guardare il mare, lei rispose dicendo che non era educato gozzovigliare davanti ai vicini e ai passanti.

"Dovresti buttare un po' di cose vecchie, sai," dico d'impulso.

Lui mi guarda senza capire, forse offeso.

Cambio discorso. "Parlami di mamma."

"Che ti devo dire, Andrea? Un giorno qualcuno venne a farmi una confidenza, mi rivelò che Delphine si vedeva con un uomo giù al porto. Mi fece anche il nome del tizio, ma io non ci volli credere. Poi, un pomeriggio, passavo da quelle parti, la vidi all'interno della sua bottega..."

"Che bottega?"

"Faceva il calzolaio," sussurra lui, come se qualcuno potesse sentirci, e caccia lo zucchero dalla scatola. Solo dopo mi passa la tazzina con un sospiro.

"Il calzolaio..."

"Finsi di non vederla e andai oltre, però la mattina dopo la seguii e così scoprii che, insomma..."

"Stavano insieme?" domando per toglierlo dall'imbarazzo.

"Non lo so, so che si incontravano e ridevano, chiacchieravano, lui le comprava un gelato e le regalava le scarpe. La gente iniziò a parlare, ma a tua madre sembrava non importare."

"E poi?"

"E poi, quando tuo padre tornò, lo avvertii. Anche perché nel frattempo la voce era arrivata alla nonna." Butta giù un sorso con lo stesso risucchio di papà.

"Fosti tu a dirlo alla nonna?"

"No, perché avrei dovuto?"

Scruto la sua espressione alla ricerca della verità e lui si affretta ad aggiungere: "No, te lo assicuro. Io volevo bene a tua madre, lei mi fu vicino quando ne ebbi bisogno, prese le mie parti".

"Parli di quella donna che amavi?"

Zio Biagio avvampa e tossicchia prima di posare la tazza sul piattino. Solo dopo torna a parlare: "Lo sai anche tu".

"Le voci ci mettono poco a girare sull'isola."

"Già." Un altro sorso di caffè. "Delphine era così... fragile, esuberante, allegra... era buona, giusta, onesta e combattiva, anche se alla sua maniera."

"So com'era mia madre."

"Sto tentando di spiegarti che le volevo un gran bene e non era mia intenzione farle un torto, solo che non avevo scelta: se non fossi andato a parlare con Libero, lo avrebbe fatto nostra madre."

"E lui non ti credette."

"No. Non mi ha mai creduto. Anzi, probabilmente pensò che avessi messo io le voci in giro."

"Per quale motivo?"

"Non so, ha sempre pensato che fossi geloso di lui. In realtà era il contrario."

Finisco di sorseggiare il caffè, il mio sguardo vaga sulle piastrelle rosse e bianche che rivestono la stanza a mezza altezza. Il moscone finalmente si posa e comincia a ispezionare il vetro in lungo e in largo.

"E in tutto questo tempo nessuno dei due ha mai sentito la necessità di chiarire?"

Biagio Scotto infila la tazzina nel lavello dandomi le spalle. “No, ci siamo persi un poco alla volta,” dice con un filo di voce.

“Tipico della famiglia. Tutti questi anni senza vedervi per una cosa banale, per un puntiglio, per non chiedersi scusa.”

Lui continua a darmi le spalle.

“Non mi interessa se sia vero, se mamma avesse un altro, se quest’altro fosse il calzolaio, e se anche in seguito abbia avuto qualcuno. Non ricordo, e se non ricordo vuol dire che non sospettai nulla, che lei non ci fece accorgere di nulla. E tanto mi basta.”

“Hai ragione,” dice subito, “hai proprio ragione.” E finalmente si volta, le mani appoggiate al ripiano della cucina.

Mi alzo e chiedo: “Dove può essere?”.

Mi risponde con gli occhi pieni di tristezza. “Non ne ho proprio idea...”

“Conosci tutti qui, non ti viene in mente qualcuno dal quale potrebbe essersi rifugiato?”

China il capo a scrutare il pavimento, una mano sul fianco: “Posso provare a fare qualche telefonata...”.

“Ecco, bravo, fai qualche telefonata.”

Il mare fuori dalla finestra si scolorisce al passaggio di una nuvola e si fa grigio come i sassi e le case vecchie dell’isola, mentre alcuni pescatori indaffarati urlano sul molo e i gabbiani lasciano il loro stridulo verso sulla giornata.

“Vuoi vedere la vostra camera? C’è addirittura ancora la culla dove dormivi.”

“Sai che è malato? Che gli resta poco?” domando per non rispondere alla sua, di domanda.

Lui distoglie lo sguardo. “Sì, certo.”

“E non ti va nemmeno di salutarlo un’ultima volta?”

Si gratta la fronte e ribatte subito: “Ci ho provato. Ho chiesto a tua sorella se potevo venire a trovarlo. Dopo due giorni mi ha richiamato per dirmi che lui non voleva”.

“Dannato cocciuto orgoglioso!” Mi avvio a passo svelto verso l’uscita; non ho più tempo e neanche voglia di restare.

In soggiorno, l’antico pavimento irregolare di mattonelle esagonali rosse e nere trema sotto i nostri passi.

“Perché non gli permettete di morire qui?” fa lui alle mie spalle.

“Non me lo ha mai chiesto.”

“A te, forse, ma a tua sorella sì.”

Mi blocco.

“Marina mi disse che le aveva chiesto di tornare sull’isola, ma lei non avrebbe potuto, ha la sua vita a Napoli, il lavoro, la scuola delle figlie. E certo non poteva lasciarlo da solo qui.”

Quante cose si possono scoprire della propria famiglia in soli due giorni? C’è un limite oltre il quale non si può andare, da non oltrepassare? Quanto male fa accorgersi all’improvviso che dietro il muro invalicabile che hai innalzato per proteggerti il mondo continua a muoversi, a modificarsi, a sgretolarsi, a colpirti senza che tu nemmeno te ne accorga?

“Be’, ha scelto il figlio sbagliato con il quale parlare,” dico alla fine.

Zio Biagio mi posa una mano sulla spalla: “Mi dispiace non avervi visto crescere, ma la situazione, vi assicuro, era insostenibile. Spero tu riesca a capire”.

“No, proprio non capisco. Non capisco come si possa rinunciare a un fratello per delle voci, a dei nipoti per dell’astio stupido. Come si possa vivere sempre dietro le quinte.”

“Che intendi dire?” Ritira la mano.

Do uno sguardo risentito alla stanza, alla fotografia stinta di mia madre che stona accanto a quelle della nonna. È sul balconcino della suocera, i gomiti appoggiati sulla ringhiera, e dà le spalle all’orizzonte blu. Ricordo che spesso si preoccupava di dirmi che amava il mare, credo per non farmelo odiare come capitava a lei, che era sempre costretta a chiedergli qualcosa quando si ritrovava a scrutarlo. “Perché non ci porti con te?" domandava ogni tanto a papà, e lui non rispondeva, fingeva di non sentire, oppure, se messo alle strette, prometteva in modo vago. Chissà se, l'istante prima della foto che zio Biagio ha scattato e incorniciato con cura nel suo soggiorno, la giovane Delphine stava chiedendo proprio questo a Poseidone, di portarla con sé a vedere quello che vedeva il marito. Nell'immagine indossa una camicetta bianca e dei pantaloncini dello stesso colore, e sul volto ha disegnato un sorriso che mi turba, che oserei definire malizioso.

"Intendo dire che non la voglio vedere la camera nella quale dormivamo, non voglio cercare di comprendere i vostri perché, non ho voglia di scoprire altri segreti, né di sapere per quale motivo tu abbia quella foto appesa alla parete..."

Lui si gira di colpo e, quando torna a guardarmi, ha di nuovo le guance arrossate. "È l'unico ricordo che mi è rimasto di..."

"Ciao zio, io vado."

"Aspetta ancora prima di andare dai carabinieri, almeno fino a stasera: fammi fare qualche telefonata, può darsi che si faccia vivo più tardi. Vedrai che è da qualche amico," dice zio Biagio dall'uscio.

"Ho ancora un'altra persona da cui andare, un ultimo tentativo prima di denunciare la scomparsa." Mi volto a metà scala. "Se mai dovessi trovarlo prima, digli che ha vinto, morirà qui. Parlerò con Marina per convincerla a trovare una soluzione che lo soddisfi."

Forse ha davvero ragione lui, penso mentre affronto gli ultimi gradini, forse è giunta l'ora che il comandante faccia rotta verso casa.

Gli occhi mi si stavano per chiudere, ancora una volta. Proprio all'ultimo, però, riuscii a recuperare la lucidità e li riaprii del tutto, quindi mi sollevai di nuovo a sedere sul letto. Erano le due di notte e la casa era buia e silenziosa, solo il mare sembrava non aver sonno e continuava a brontolare rabbioso.

Non dovevo dormire.

Anzi, dovevo dormire, ma non del tutto. Con metà cervello, come mi aveva consigliato papà.

"Andrea, mi raccomando: sii uomo, prenditi cura di mamma e di tua sorella," aveva detto, già con lo zaino in spalla.

Il suo sguardo capace di sottomettere chiunque mi aveva afferrato il volto e costretto a chinare il capo. Però lo stesso ero riuscito a sussurrare: "Quando torni?".

"Presto. Un paio di mesi, non di più."

Un calabrone ci ronzava attorno alla ricerca del fiore giusto, ma nessuno dei due sembrava farci caso.

"Mamma ha bisogno di te, non dimenticarlo. Cerca di non farla stancare troppo, e falle prendere le pasticche per il mal di testa. Ti ricordi ogni quanto gliele devi dare?"

"Ogni otto ore."

"Bravo, mi fido di te." Mi aveva tirato un tenero buffetto sulla guancia prima di avviarsi verso il cancello nella sua divisa inamidata. Il calabrone aveva fatto un ultimo giro in tondo ed era volato via lontano, oltrepassando la casa di Ondina per puntare la scogliera.

"Pà..." lo avevo chiamato quando era già a metà strada.

Si era voltato, la camicia che rifletteva il sole di quella primavera che si sarebbe portata via mia madre, e aveva socchiuso gli occhi.

"Posso dormire con lei? Così, se durante la notte ha bisogno, faccio prima..."

Pochi passi ed ero al suo fianco, a una decina di metri dalla Dyane sommersa da aghi di pino secchi. Mamma, ormai, non riusciva più a guidare, così l'auto se ne stava al suo posto, a lasciarsi vincere dalla natura che continua inesorabile ad andare avanti.

Libero Scotto mi aveva posato la mano sulla testa in un gesto a suo modo affettuoso e aveva risposto: "Andrea, ormai sei grande: sarebbe imbarazzante per entrambi. Mamma non ti direbbe di no, ma non sarebbe a suo agio. Perciò, resta nella tua stanza".

"E se non la sento perché dormo?"

"E tu non dormire." Si era fatto una risatina. Poi aveva ritratto la mano e si era inginocchiato davanti a me. "Devi fare come le balene," aveva aggiunto prendendomi per le braccia, "sai come dormono le balene?"

Lo avevo fissato incuriosito.

"In piedi."

"In piedi?"

"Già. Tutti i cetacei hanno bisogno di ossigeno, di respirare ogni ora circa, e allora sono costretti a risalire in superficie, non possono abbandonarsi a un sonno pesante, altrimenti morirebbero."

"E si svegliano ogni ora?"

"No, riposano con metà cervello. Una parte resta sempre attiva e li guida verso l'aria. Spesso dormono in verticale, per fare prima forse."

Avevo corrugato la fronte nel tentativo di capire se mi stesse dicendo la verità, ma lui non era tipo da raccontare fesserie, soprattutto quando si parlava di mare. Ciononostante mi sembrava così strana questa cosa delle balene.

"Tu fai come loro, dormi in piedi, così se mamma ha bisogno corri subito da lei."

Un ultimo pizzicotto sul mento e poi, prima di aprire il cancello, aveva concluso: "Quando torno, ci facciamo una bella nuotata".

"Le balene dormono in piedi," sussurrai tutta la notte nella semioscurità della mia stanza, mentre cercavo di ancorare lo sguardo all'orologio digitale sulla scrivania.

"Le balene dormono in piedi," mi ripetevo senza sosta, nel tentativo di farmi anch'io gigante che sopravvive alle notti buie.

Una strana forza nella gola

Una volta uscito da casa di zio Biagio, mi ritrovo davanti Ciccio, che ha appena accompagnato a casa Ondina e Augusto.

"Tu lo sapevi che papà voleva tornare a vivere qui?" chiedo d'istinto.

Tituba solo un attimo e risponde: "Sì, me lo disse 'nu poco 'e tiemp' fa... ma poi non ne abbiamo più parlato".

"E con mia sorella? Con lei ne hai parlato?"

"Sì, me dicette che vostro padre nun ragiunava, e che tornare qui nun era cosa, che qui nun ce sta manco l'ospedale buono. Così disse."

"Mi ha fregato per bene il tuo comandante, altro che. Tutti quei discorsi sulla panchina... aveva già organizzato ogni cosa e io non ci ho capito niente. Diabolico, come sempre," rifletto ad alta voce, e lui non commenta.

Dopo un po' domanda: "E mò, che facciamo?".

"L'ultimo tentativo: andiamo a trovare Gioia e Azzurra. Tu sai dove sono?"

Lui fa un piccolo cenno con la testa e mi ordina di salire sull'Ape: in dieci minuti siamo a casa della madre di Azzurra, un bilocale nel centro storico su a Terra Murata, un borgo di casupole dai colori tenui addossate l'una all'altra e ingentilite da balconcini, terrazze, scale esterne e archi. I vicoli sono così stretti che siamo obbligati a lasciare l'Ape per proseguire. Gioia sta bagnando le piante nel cortiletto e nel vederci arrivare rimane con l'annaffiatoio a mezz'aria. Non perdo tempo e le spiego il motivo della visita, lei si porta le mani al volto ma non mi sembra particolarmente preoccupata.

"Me l'aspettavo," dice poi con un sospiro.

Il piccolo spazio esterno è occupato da una miriade di fiori di ogni tipo mossi da un venticello leggero che quassù non smette mai di gorgogliare.

"Se l'aspettava?"

"Sapevo che voleva tornare sull'isola," risponde, "lo sapevamo tutti..." E guarda Ciccio.

Struccata e con indosso un semplice vestito bluette, dimostra gli anni che ha.

"Tutti, tranne me," ribatto con voce ferma. Mai come adesso mi sento così lontano da mio padre. "Se l'aspettava, ma non ha fatto nulla per convincerlo a non mettere in piedi il suo assurdo piano..." aggiungo poi sbirciando alle sue spalle.

La signora intuisce che sto cercando di capire se papà si nasconda da lei e ci invita a entrare. La casa è piccola ma arredata con gusto: il soggiorno è un'esplosione di luce di mare proveniente dalla finestra da cui si scorgono il porto, Monte di Procida e, lontano, il Vesuvio. Sembra quasi che questa piccola abitazione sia parte del cielo, una nuvoletta di passaggio che galleggia per un po' a mezz'aria, immobile, in un giorno di sole.

"Azzurra già è partita?" chiede Ciccio, dopo aver rifiutato un bicchiere di acqua frizzante.

"Stamattina. Avevano il volo da Napoli nel pomeriggio. Meglio così, che non sappia nulla, non voglio rovinarle il viaggio di nozze."

"Dov'è mio padre?" la interrompo. "Lei lo sa?"

"Figlio mio, se lo sapessi te lo direi. Avete provato a chiedere ai suoi amici storici? Ce n'è ancora qualcuno sull'isola."

"Ho chiamato tutti, aggio chiesto pure al bar giù alla

Chiaiolella, dove trascorreva le giornate fino a un paio di anni fa, e al bar Centrale, dove però non amava andare. Avimm' parlato pure con Biagio, suo fratello. Nisciuno lo ha visto, nisciuno sape niente."

Gioia adesso sembra preoccupata, si siede al tavolo da pranzo, una mano sulle gambe e una a sostenere il volto, e si gira a osservare il mare, i capelli rame che appaiono incorporei davanti all'esplosione di azzurro alla sua destra. Al dito porta un anello con pietra cobalto che sa di antico e che sembra aver assorbito, negli anni, le sfumature di Procida.

"Mi aveva detto che voleva tornare per mia madre, per salutarla un'ultima volta, e io ci ho creduto. Invece era una bugia, un'altra," dico per riportarla a me.

Lei si volta subito e risponde: "La amava molto, l'ha sempre amata, nonostante tutto. Non ti ha detto una bugia".

"È voluto tornare solo per se stesso, invece, perché sapeva che era l'ultima occasione. E ha usato me per i suoi piani."

Gioia mi offre uno sguardo dolce e dice: "Lo ha chiesto a te perché sapeva che tu lo avresti accontentato. Perché di te si fida".

Mi produco in una smorfia di disapprovazione: "Non si fida, non si è mai fidato. Solo, a me può comandarmi più facilmente, Marina invece è tosta".

Lei torna pensierosa, il volto ancora al mare. "Mi ha chiamato qualche giorno fa, era entusiasta, mi ha detto che aveva convinto Marina ad andare a trovare il suocero e attendeva il tuo arrivo, che tu l'avresti accompagnato al matrimonio."

Mi siedo al suo fianco, il busto proteso verso di lei.

"Gli ho chiesto se fosse sicuro, se ti avesse già parlato... e lui mi è sembrato sorridesse nel telefono, e poi ha risposto che no, non ti aveva detto nulla, ma era sicuro di convincerti, ha detto che tu sei un'anima sensibile."

"Già, sì, ultimamente si è accorto di questa cosa," commento riluttante, e sento Ciccio che bofonchia alle mie spalle, forse infastidito dal mio atteggiamento sprezzante.

Lo amano tutti qui il comandante, tutti lo rispettano. E non capiscono le mie parole. Gioia, infatti, mi fissa stranita: "Lui è un uomo severo, caparbio, tutto d'un pezzo, però ti vuole bene. Sei il suo orgoglio. Lo ha sempre detto".

Stavolta le parole di Gioia mi colpiscono dritto alla bocca dello stomaco. È quello a cui aspirano tutti i figli, no? L'apprezzamento dei genitori, del padre, il suo sguardo fiero. La metà delle persone che girovaga per il mondo in cerca d'amore, altro non sta facendo che inseguire quello sguardo mai ricevuto.

"Non me lo ha dimostrato," dico con voce dura, "io per lui ero il ribelle, il sobillatore, il menefreghista, quello che tentava di sfuggire al controllo e non credeva nella perfezione delle regole, al contrario di mia sorella Marina. Quello che si rifiutava di passare la vita a tentare l'impossibile: mettere ordine nel caos..."

Gioia stavolta abbozza un sorriso amaro: "Caro Andrea, mi permetto di farti notare che tu sei quello che lui non è mai stato. E questo tuo padre lo sa. Lui vede in te quello spirito che non ha mai avuto la capacità di cacciare, un approccio scanzonato alla vita che non gli appartiene, una 'profonda leggerezza' che avrebbe desiderato per sé".

Il comandante avrebbe voluto essere come me?

"Io credo che tu sia diventato quello che lui voleva diventassi. Lo specchio al quale era costretto a guardarsi ogni mattina, con cui confrontarsi. Avete avuto bisogno l'uno dell'altro, delle vostre diversità, per tirare avanti lui e per crescere libero tu."

Nella stanza cala il silenzio. Sposto lo sguardo verso un aereo che procede lento e silenzioso nel cielo sereno lasciando una scia bianca, mentre ripenso alle potenti parole di questa donna che mi sta mettendo davanti agli occhi quello che non ho mai visto. Ciccio, dietro di me, tossicchia imbarazzato.

"E avete ancora bisogno l'uno dell'altro, lui ha ancora bisogno di te. Sai cosa mi ha risposto quando ho tentato di convincerlo a non venire al matrimonio, dicendogli che sarebbe stata una follia, che è vecchio e malato e che, in ogni caso, a Napoli ha l'assistenza di tua sorella? Che non aveva bisogno dell'assistenza di Marina, ma del tuo coraggio."

"Il mio coraggio?" E gli occhi mi si riempiono di lacrime.

"Già, proprio così mi ha detto."

Mi guardo attorno: Ciccio alza le spalle, due piccole mosche si muovono in cerchi concentrici sopra il tavolo, e Gioia mi sta offrendo un nuovo comprensivo sorriso. Provo ad alzarmi e mi sento sbandare, poi mi riprendo e dico: "La ringrazio, Gioia, è stata gentile, ma adesso dobbiamo andare a denunciare la scomparsa ai carabinieri".

"Denunciare la scomparsa?" ribatte lei, ora sì seriamente preoccupata.

"Certo, papà è malato, non è autosufficiente, è sparito da stamattina e nessuno ha sue notizie. Lei che farebbe al mio posto?"

"Sono sicura che c'è qualcuno al quale non abbiamo pensato," risponde lei con lo sguardo cupo. Poi d'improvviso raddrizza il busto, come colta da un'idea, e aggiunge a voce alta: "O, magari, ha fittato una stanza in qualche pensione... avete provato a chiedere?".

"Le ho chiamate tutte," risponde Ciccio con un mezzo sospiro, le mani infilate nelle tasche dei jeans sporchi e sformati.

"Arrivederci," dico allora, e le afferro le mani. Lei si alza e mi abbraccia. Poi aggiunge: "È anche molto cocciuto, questo sì. Se ha deciso di stare qui, qui resterà, nessuno lo smuove più".

"Già," commento rassegnato, "in questo siamo simili," e

faccio segno a Ciccio di seguirmi all'esterno, dove la luce sta cedendo all'ombra dei vicoli.

La giornata sta per volgere al termine e io giro ancora senza meta.

La mia vita.

Ciccio non ha detto una parola da quando siamo usciti dai carabinieri, ha guidato la sua Ape scuro in volto e mi ha riportato a casa. I militari mi hanno ascoltato e fatto firmare delle carte, rassicurandomi che le ricerche sarebbero partite subito, trattandosi di persona anziana e malata.

"È sicuro di non avere idea di dove possa essere andato? Non ha una lista di amici che avrebbero potuto ospitarlo?" hanno chiesto più volte, mentre lasciavo loro il numero del cellulare. Sì, li ha degli amici qui, solo che io non ne so niente, non so niente della sua vita e dell'isola. Così avrei dovuto rispondere, invece ho detto che non ne avevo idea e che parlassero con Ciccio, che conosce tutti.

Trovo Ondina sul suo dondolo con in braccio un Augusto sempre più serio e raccolto. "Niente?" domanda, anticipandomi. Chissà perché, mentre tornavo quasi mi era sembrato possibile che papà fosse rincasato, quasi mi ero convinto che l'avrei trovato sulla solita poltrona a scrutare il mare, come se nulla fosse accaduto. Faccio di no con la testa e la informo dell'intenzione di tornare subito a Napoli, per parlare con Marina e organizzare la nuova vita di nostro padre sull'isola.

"Non puoi chiamarla?"

"Non me la sento di lasciarla sola, e poi preferisco affrontarla di persona, sono stato fin troppo codardo. Qui che ci sto a fare?"

Lei evita di commentare, così mi affretto ad aggiungere: "Domattina presto prenderò il primo aliscafo e farò ritorno a Procida con lei. Ma ora è inutile, devo pensare a mia sorella.

Spero solo che nel frattempo lo trovino, che stia davvero dormendo da qualcuno...".

"E Augusto?"

"Viene con me. Già mi ripresento senza papà..."

Michelle ci guarda di sottecchi da dietro la finestra della cucina. Chissà se ha capito, se sa dell'amore fra la mangianza, mi chiedo, poi Ondina allunga la mano verso la mia e dice: "Sta bene, non ti preoccupare, se fosse successo qualcosa lo avremmo già ritrovato. Sarà da un amico, vedrai".

"E allora questo amico dovrà vedersela con me, quando il giochino sarà finito..." ribatto, quindi mi faccio passare Tannen (che di Tannen in realtà sembra non avere più nulla) e rientro a recuperare il bagaglio. Neanche ho messo piede in casa che un moscone inizia a ronzare per il soggiorno per poi sparire nel bagno; stringo le palpebre cercando di ingoiare il sinistro brivido e proseguo.

Ciccio mi attende appoggiato alla sua Ape, in fondo al viale lasciato vuoto dalla Dyane, che riporterà domattina. Ondina mi raggiunge per cingermi da dietro, poggia la testa sulla mia schiena e commenta: "Mi dispiace che sia finita così, era stato tutto perfetto fino a stamattina...".

Mi giro a guardarla per tentare di capire se nella perfezione rientri anche il nostro stare insieme o se la parabola discendente, a suo parere, sia iniziata, piuttosto, proprio da quel momento. Ma lei sorride, così le stampo un bacio sulla fronte, le lascio una copia delle chiavi di casa, saluto Michelle ferma accanto alla staccionata e, sempre con il cane in braccio, raggiungo in tutta fretta Ciccio. Lui mette in moto senza dire una parola e mi porta ancora una volta lontano da questa casa, dal mio passato.

Mia madre amava sedere sulle grosse bitte del porto a guardare i gabbiani volteggiare nel cielo. Portava una mano alla fronte per ripararsi dal sole, gli occhi arricciati, e se ne stava lì, mentre Marina e io al suo fianco gustavamo un gelato. Ogni volta che scendevamo al porto, ci comprava due coni e poi ci conduceva sul cemento scuro in riva al mare, dove c'era sempre odore di nafta, pesce e gomma bruciata.

Esistono tanti posti migliori sull'isola, eppure su quella bitta lei sembrava davvero contenta. Diceva che così potevamo accorgerci subito se papà era in arrivo, che saremmo stati i primi ad avvistare la nave. E allora Marina se ne stava tutto il tempo a scrutare il mare con aria seria, e il gelato le scivolava sulla mano colorandola di gusto Puffo. Io invece sapevo che non era vero, che mamma lo diceva solo perché quelle parole la facevano stare bene, sapevo che la nave non sarebbe arrivata quel giorno, né il seguente, né quello ancora dopo. "Ci si abitua anche alle assenze, e non ci si fa più caso," sussurrava la nonna a denti stretti quando le chiedevano dei figli.

Di fronte avevamo Monte di Procida con la sua scogliera e le case che si arrampicavano sulla vetta. La terraferma era lì, a un passo. Un giorno, un marinaio di una di quelle barche per turisti che facevano avanti e indietro da Mergellina aveva guardato Delphine e aveva urlato: "Bella signò, venite cu nuie a fà 'nu giro?".

Non eravamo mai stati a Napoli, e quel poco che sapevo della città era grazie a papà e ai racconti di un ragazzo con il quale avevo fatto amicizia da poco, uno che diceva fiero di venire da Montedidio. Mamma era scoppiata a ridere di fronte alla proposta assurda del bel marinaio, per niente imbarazzata. Nei suoi giorni sì (e se eravamo per strada era per forza un giorno sì) non smetteva mai di farlo, di ridere, tanto che a volte mi faceva vergognare, perché era allegra in un modo nel quale non si può essere allegri, con una forza strana nella gola, e allora capivo che c'era qualcosa che non andava in quelle risate che, come il pianto, a un certo punto dovrebbero finire e che se invece proseguono forse non sono risate. Rideva con tutti, anche con chi non conosceva, e quel marinaio lo sapeva bene, e se ne approfittava, e ogni volta che la incontrava sul molo la salutava da lontano offrendole parole gentili in dialetto che lei nemmeno capiva, e che però la facevano contenta. In fondo mamma rubava solo un po' d'amore sulla banchina, eppure detestavo i suoi sguardi maliziosi, sentivo che c'era qualcosa di sporco, perché i bambini non possono capire che l'amore non può mai essere sporco.

"Smettila," le avevo detto una sera, tirandole un buffetto sulla coscia.

"Di fare cosa?"

"La stupida!"

Lei non si era offesa, anzi si era messa a farmi il solletico sotto le braccia e aveva detto: "Stupida io? Tu, *mon chéri,* sarai stupido!" e il momento era passato, il marinaio era partito.

Avevo dimenticato quel sorriso tenero che nostra madre non aveva mai dedicato a me o a Marina, e nemmeno al mare, e che mi aveva fatto torcere le budella. Lo stesso sorriso affiorato sul suo volto qualche anno prima mentre zio Biagio le scattava la foto sul balconcino, quello che all'attento comandante non era sfuggito.

L'odore delle navi

Il mare di quando si parte dall'isola è diverso da quello di quando si arriva, c'è poco da fare. È più scuro, pastoso, forse malinconico o arrabbiato, non so. So che lo sento sotto di me, sotto il traghetto che lo ferisce a ogni metro. L'orizzonte è uno spazio bianco non abitato dalla terra, e oltre Capri c'è ciò che rimane del sole, una venatura color rame che segue il bordo del cielo. Sono seduto sul pontile, su una di quelle panchine di ferro bianche e blu che puzzano di sale incrostato e nafta.

Non mi piacciono le navi, l'ho capito da ragazzo, quando ci sono salito per la prima volta. Da bambino sognavo grandi storie nel loro ventre, alla ricerca di nuovi mondi, e la sera a letto chiudevo gli occhi e quasi mi sembrava di essere lassù, sulla prua, a mischiarmi con il vento e con l'acqua che mi schizzava la faccia. In realtà conoscevo solo il volto buono del mare, e nemmeno potevo capire cosa significasse starci dentro, nemmeno potevo immaginare quanto fosse diverso al largo, lì dove perde il suo equilibrio per farsi caos, acqua che gorgoglia nella tempesta. Eppure non è per questo che non amo le navi, è un problema di odore. Sul primo vaporetto che mi portò a Napoli non ritrovai il profumo dei polpi di Ondina, degli scheletri di riccio che pescavo con Marina, del muschio che si arrampicava sugli scogli e ti faceva scivolare: sentii solo la puzza del ferro, del gas, della pittura, della nafta, un impasto grigiastro che di mare sapeva poco.

Tutto ciò per dire che anche adesso l'acqua che mi riporta in città mi sembra un'estranea con la quale nulla ho da spartire. Abbiamo passato Capo Miseno già da un po' quando arriva l'ennesimo messaggio di Marina. Augusto è seduto ai miei piedi, con la coda tra le gambe e il muso sul pavimento. A saperlo prima che bastava non cibarlo.

Da ore non le rispondo, non saprei cosa dire, aggiungerei solo bugie a bugie, così lei ha lasciato qualcosa come diciotto messaggi. Calcolando che parliamo di mezzo pomeriggio, è facile quantificare che mia sorella ha inviato un sms ogni mezz'ora, intervallati, ovviamente, da una decina di chiamate. Nemmeno ho terminato il veloce conteggio che il cellulare vibra di nuovo: stavolta rispondo senza nemmeno guardare lo schermo, già pronto a recitare il discorso che mi sto ripetendo in mente da un po'.

"Andrea."

"Chi è?"

"Lavinia."

"Lavinia."

"Hai una voce strana."

"Casini, Lavì, casini seri..."

Lei, però, sembra fregarsene delle mie parole e prosegue: "Insomma, ci hai pensato? Devo dare una risposta, non posso più aspettare".

"Ma non avevamo detto che ci saremmo sentiti domani?"

"Non posso più aspettare," ripete in tono grave. La sento dare un tiro al cigarillo e gettare fuori il fumo. Solo dopo torna a sbuffare nel microfono. "Andrea, non mi dire che non ci hai pensato."

"Non ci ho pensato. Quando ci avrei dovuto pensare, stanotte? Ho avuto altri cacchi per la testa, non riuscivo a dormire, così mi sono alzato e mi sono accorto che il cane era sparito..."

"Il cane? Da quando in qua hai un cane?"

"Augusto, il bassotto di mia sorella. È una storia lunga. Insomma, lui non c'era e allora mi sono messo a cercarlo. E mentre lo cercavo ho capito una cosa..."

"Che non sei tipo da tenere un cane?" E Lavinia scoppia in un risolino contenuto.

"No, ho capito che non riuscivo a dormire perché sono infelice..."

A queste parole lei si zittisce di colpo e la signora al mio fianco (che scatta foto da quando siamo partiti) si gira a guardarmi.

"Mi ascolti?"

"Eh, ti ascolto, Andrea. Ma tutto questo che c'entra con le foto del sito web?"

"Aspè. Insomma, in quei pochi minuti al buio ho capito per quale ragione cerco sempre di andare a dormire quando non riesco più a tenere gli occhi aperti..."

La nave entra nel porto e mi incanto a guardare la città che svetta all'imbrunire. Napoli dal mare sembra più piccola (forse perché le colline la nascondono in parte), ammassata, come se i palazzi si fossero rincorsi e non avessero fatto in tempo a fermarsi se non all'ultimo, lì dove la terra finisce e inizia l'acqua. C'è uno stacco netto fra la città e il suo mare, Napoli e il Tirreno non si incontrano, si scontrano quasi, come due oceani che per temperatura e salinità non riescono a mischiarsi.

"...ho capito che non voglio più fare il fotografo di moda. Mi è stato utile fino a oggi, mi ha fatto campare bene, ma adesso ho un'età: ora voglio fare quello che mi piace."

Segue un lungo silenzio. Poi un altro risolino.

"Che hai da ridere?"

"Non credevo che avrei mai ascoltato da te certi discorsi."

"Sento la necessità di cambiare. Intorno ai quaranta capita... dovresti saperlo, tu che dici di conoscere l'animo umano."

La sua voce perde la sottile ironia di fondo e si fa acuta: "Insomma, perdi un ricco contratto per il bisogno di cambiare?".

"Esatto," rispondo calmo, e mi allungo ad accarezzare l'ex despota ai miei piedi, il quale emette un singulto e mi salta addosso per accucciarsi sulle mie ginocchia. La signora ha ormai smesso di fotografare e mi sorride, guardando un po' me, un po' il cane. La figlia al suo fianco, invece, continua a scrivere sul cellulare.

"Sei impazzito?"

"Lavì... stanotte non ho dormito e c'ho mal di testa."

Di fronte alla mia risposta, lei arretra e si fa più malleabile. "Sei sicuro, non ci vuoi ripensare? Vuoi tempo fino a domani?"

"No, non insistere, non mi serve altro tempo. Mi piacerebbe tornare a scattare solo foto artistiche, semmai tentare di esporle un giorno... quello che sognavo da ragazzo."

"Va be'," dice allora con tono offeso, "lascia stare, il contratto lo faccio firmare a un altro, uno nuovo che non manda a puttane le possibilità che gli offro. Ci sentiamo quando sarai rinsavito."

"Ciao Lavinia," dico tranquillo, e chiudo la conversazione.

La signora mi fissa e poi attacca bottone. "Belle, le sue parole."

"Grazie," e mi sforzo di sorridere.

"Ha ragione, sa, dovremmo tutti pensare un po' di più a noi. Vede mia figlia? Sta con quel coso in mano da un'ora e neanche si accorge del tempo che sta perdendo, neanche vede lo spettacolo della città dal mare. Siamo diventati schiavi inconsapevoli, in nome di chissà cosa."

"Già," dico laconico, perché non saprei cos'altro aggiungere.

Dopo un attimo di silenzio, la donna guarda il cane e chiede: "Come si chiama?".

"Augusto."

"Augusto? Come l'imperatore."

Si sarebbe dovuto chiamare Caligola, penso ancora una volta, e annuisco. Lei allora allunga una mano senza chiedere il permesso e sono già pronto a tirare indietro il bassotto pazzo che stavolta, però, si lascia accarezzare senza avere reazioni spropositate, solo la fronte che si corruga.

"Mi piacerebbe prendere un cane," prosegue la donna, "sa com'è, sono sola, mio marito non c'è più e mia figlia... lo vede. Però mi serve un cagnolino tranquillo, che non ho più la forza. Il suo è quieto? Me lo consiglia?"

Le rispondo mentre sbircio il telefono alla ricerca di altri messaggi di mia sorella. "E come no, Augusto è mansueto come un agnellino, vada serena."

Niente, neanche di fronte ai guai e alle persone gentili mi viene da fare il serio. Essere sconsiderato è la mia corazza, l'elmo che mi calo sulla testa prima di andare alla guerra.

Forse occorre gesso

"Signore, ma che è successo? Sua sorella telefonato me, molto preoccupata, mi ha detto di venire qui. Sta tornando. Dov'è comandante?"

Neanche faccio in tempo a giungere sotto il palazzo che Gina mi spiana come un bulldozer.

"È tutto a posto, Gina, tutto sotto controllo," e agito le mani perché sono nervoso e non so come non dare a vederlo.

Una volta in casa, Augusto si riprende di botto e si lancia correndo in cucina, alla ricerca delle sue ciotole.

"Tutto sotto controllo?" continua a bofonchiare la rumena. "Dove è signore? Signora Marina molto molto preoccupata, quasi piange al telefono. Lei ha fatto casino..."

Non sopporto lo sguardo perpetuamente giudicante di questa benedetta donna. Ma, poi, non eravamo passati al tu?

"Ma no, ma no, tranquilla, ora le parlo io, le spiego."

Il bassotto rinsavito, con ancora l'acqua che gli gocciola dal muso (già, l'acqua, un'altra delle cose che mi sono dimenticato di dargli), si mette a girovagare per casa lanciando striduli ululati, nemmeno fosse un lupo.

"Ma che gli prende?"

"Cerca comandante... e non lo trova. Dove è comandante, si può sapere?"

"Gina, mi ha fatto cento domande in un secondo, non mi

ha dato neanche il tempo di sistemarmi. Un attimo...” Poso il borsone sulla poltrona.

Lei continua a scrutarmi con un’espressione che non so decifrare, un misto fra stupore e incazzatura. Siccome mi sento squadrato, e siccome ormai sono spalle al muro, mi lascio accogliere dal divano e solo dopo dico: “Gina, ora che viene mia sorella sistemiamo tutto. Papà è a Procida, sta bene, però c’è un piccolo problema... risolvibile, eh”.

“A Procida? Cosa fa a Procida? E che problema?” Gina adesso mi fissa impaurita. L’orologio a pendolo, intanto, rintocca la mezz’ora.

“Sì, insomma, il vecchio non vuole più tornare.”

“Non vuole tornare?”

“No, nisba. Ha detto che desidera morire lì, sulla sua isola.”

Gina fa un risucchio e si porta le mani al volto.

“Va be’, non mi sembra una richiesta assurda, alla fin fine.”

“Lui anziano, malato, bisogno di cure e assistenza. Chi è con lui adesso?”

“Un’amica. Tutto sotto controllo,” ripeto come un imbecille, perché non so cos’altro dire.

“Amica?” Continua a fare il pappagallo, la simpaticona. “Quale amica?”

Sto per rispondere in malo modo, stanco dell’attacco infinito, solo che avverto una zaffata di urina sotto le narici e mi ricordo della pisciatina di Tannen di venerdì notte, proprio nel punto dove adesso sono le mie chiappe e un tempo c’era una pregiata fodera di broccato. Mi alzo con un saltello e torno a rivolgermi all’infermiera: “Gina, può andare, davvero. Adesso che Marina torna ne parliamo e prendiamo una decisione”. Cerco di accompagnarla garbatamente alla porta.

Solo che lei è tozza e ben piantata e non si smuove di un millimetro, la faccia sgomenta e la bocca spalancata. “Sua sorella sarà arrabbiata, molto arrabbiata. Tu fatto un casino.”

“Gina,” a questo punto sbotto per davvero, “a parte che

una volta mi dai del lei e un'altra del tu e così mi confondi, ma che casino e casino!"

La rumena non sembra intimorita dalla mia reazione e mi tiene testa: "Io infermiera, io vuole bene a signora Marina e al comandante. Io diritto di essere preoccupata".

Mi lascio andare a un lungo sospiro e mi stropiccio gli occhi. Lei ne approfitta per proseguire: "Mi dispiace dirlo, signore, ma lei molto irresponsabile, lei doveva solo fare compagnia a suo padre".

"Anche tu con questa parola?" E stavolta proprio mi incacchio, tanto che Gina arretra e non ribatte. "Ma che ce l'ho, tatuata in fronte? Sembra che siate tutti d'accordo, è un complotto contro di me!" Tiro un cazzotto contro il muro, come se in questo modo potessi liberarmi del peso che sento nel petto.

Augusto, che nel frattempo, distrutto da dodici ore di prigionia dura senza cibo né acqua, era stramazzato nella sua cuccia, balza in piedi e inizia ad abbaiarmi contro, non so se per via del gesto dissennato, per l'urlo della mia interlocutrice, o solo perché ha infine capito che il responsabile di tutto ciò che gli è capitato nelle ultime ventiquattr'ore è il sottoscritto.

Il dolore alla mano è lancinante e si impadronisce subito del mio volto. "Scusami, non volevo," dico mentre tento di tenere fermo il polso, "spero di non essermela rotta."

Gina mi afferra per il gomito e mi trascina di forza in bagno seguita da Cane pazzo, al quale è bastato un goccio d'acqua per tornare a tiranneggiare: caccia una benda dall'armadietto e inizia a fasciarmi strettissimo dopo avermi strappato dal dito i due cerotti ormai sfilacciati con cui papà aveva coperto la piccola ferita causata dai canini di Tannen l'altra sera, una vita fa. "Ahia," mi lascio sfuggire, ma a lei sembra non importare il mio dolore e continua a stringere più che può a ogni giro attorno al polso. Forse è il suo modo di vendicarsi. La mano mi pulsa e non riesco a celare la sofferenza, l'infermiera solleva la testa e dice: "Deve andare ospedale per fare radiografia. Forse occorre gesso".

"Non ho tempo per andare in ospedale."

Allora mugugna qualcosa e finisce di bendarmi con cura e pazienza.

"Forse è vero," esordisco nel silenzio di questo bagno dove ogni oggetto mi parla di papà, "forse sono un irresponsabile, uno che non sa badare al padre, non sa tenere un cane e per poco non lo fa morire disidratato, uno incapace di dire di no – e probabilmente è il mio limite più grande... Però, diamine, la vuoi sapere una cosa, Gina?"

Lei non apre bocca, così proseguo: "Io credo che il tuo caro comandante per una volta abbia ragione e se me lo avesse confidato, se mi avesse detto la verità, che vuole vivere lì ciò che gli resta da vivere, lo avrei aiutato, avrei combattuto per lui, avrei convinto mia sorella".

"Sua sorella non si convince facilmente," dice Gina con un accenno di sorriso. Il discorso pseudoterapeutico sembra aver sortito l'effetto di scioglierla.

"Che diritto abbiamo di decidere delle vite degli altri, anche dei nostri cari? Ognuno dovrebbe stabilire da sé come campare... e come morire."

Per fortuna Gina non commenta, altrimenti sarei costretto a spiegare meglio la frase che, mi accorgo solo adesso, contiene un messaggio neanche tanto implicito. Un brivido mi attraversa la schiena e mi procura un giramento di testa, perciò sono costretto a sedermi sul water.

"È normale che gira testa, è dolore," dice lei, con ancora la mia mano nella sua.

"Sì, già, è il dolore," ripeto. E non sai quanto dolore ho addosso, Gina mia; quello della mano, ti assicuro, è solo un sollievo, almeno è arrivato a prendersi un po' della mia attenzione.

Aspetto che finisca l'operazione e torno al pensiero che mi ha procurato un tremito. E se avesse deciso di farla finita? Chiudo gli occhi e nel buio mi appare lo strano discorso che mi ha fatto sulla spiaggia ieri notte, le sue sinistre frasi che non ho voluto e saputo accogliere. *Voglio che disperdiate le mie ceneri nel mare sotto i faraglioni. A casa mia.*

Mi volto d'istinto a guardare il viso tondo della mia soccorritrice, e d'improvviso mi sembra di aver sbagliato tutto negli ultimi due giorni. E nella vita.

"Forse ho capito dov'è..." sussurro infine.

"Cosa?" fa lei.

"Forse dopo il cimitero è tornato lì, sulla spiaggia."

"Dov'è chi? Non ha detto che suo padre è con amica? Quale cimitero?"

"Sì, sì, Gina, tutto bene." Mi alzo di scatto appena finisce la fasciatura. "Non ti preoccupare, sei stata gentilissima, davvero. Ora vai, è tardi. Aspetto io Marina."

Mi scruta titubante, ma stavolta si lascia condurre alla porta senza resistenza. "Deve andare ospedale, forse occorre gesso," ripete solo.

"Sì, certo, domani. Non preoccuparti, ti faremo avere notizie. E grazie," ribadisco spingendola sul pianerottolo.

Nella casa torna il silenzio. Guardo l'orologio, mia sorella sarà qui a breve. Mi attende una battaglia, un nuovo tentativo di discolparmi agli occhi di chi mi ritiene un buono a nulla. Tannen ai miei piedi mi osserva implorante.

"Vieni con me," e gli faccio cenno con la testa di seguirmi in cucina.

Sul tavolo, in bella mostra, c'è il foglio con le raccomandazioni, lo appallottolo e lo lancio nella spazzatura prima di dedicarmi al bassotto. Getto uno sguardo ai medicinali dimenticati sul banco, apro il frigo con la mano buona e prendo quello che trovo: un pacco di sottilette integro, un Philadelphia e una mela. Lui inizia a saltare per la cucina come un invasato e spazzola in un lampo sottilette e formaggio. La mela invece non sembra di suo gradimento, così le do io un paio di morsi per cercare di zittire il mio stomaco vuoto e martoriato.

Mi infilo nella stanza di mio padre ancora masticando. Tutto mi appare immobile e insopportabile, con l'odore di alcol e ospedale che ormai si è attaccato ai muri. È una stanza che sa di morte, il regno degli abissi proprio accanto alla cucina, svoltato l'angolo di un corridoio di una casa normale, dove le bambine si rincorrono, il cane abbaia e una coppia fa l'amore.

Ha ragione lui, penso, e di nuovo stringo i denti attorno alla polpa succosa del frutto dissetante: è un egoista, un insensibile e un superficiale, forse, ma non è mai stato uno di quelli che nasce con la paura addosso e se la porta appresso per tutta la vita. Ha ragione lui, mi dico ancora sedendomi di nuovo sul divano con il cane al mio fianco che si lecca i baffi: perché tornare qui, se la prospettiva era morire ogni giorno un po' in quella puzza dolce?

Augusto mi sale sulle gambe e si acciambella soddisfatto, ora che ha la pancia piena. E Gina che diceva che era preoccupato per papà. Se davvero lo è, sa come contenere l'ansia, è bravo a dissimulare; è un cane al quale non piace farsi vedere debole. Come al comandante. Già, forse è questo il punto: esistono persone che non hanno timore di mostrare le proprie debolezze e altre che, al contrario, si portano in tasca le paure nascondendole al mondo, come si conserva la foto di una persona cara in uno scomparto del portafogli.

Il tiranno che un tempo mi incuteva timore inizia a russare, gli poggio la mano sana sulla testa e provo ad accarezzarlo senza staccare lo sguardo dalla porta di casa.

L'orologio sulla credenza segna le dieci meno un quarto. Fra poco arriverà un altro rintocco dal corridoio.

Sono qui Marina, aspetto solo te.

Ti ricordi quel giorno che mamma non ti trovava più? Mi incolpò della tua scomparsa e, prima che Ciccio ti riportasse da noi, mi prese per le spalle e mi chiese perché ti avevo persa, cosa stavo facendo. Io non ebbi il coraggio di risponderle e chinai il capo, ero troppo piccolo per pronunciare le prime parole che mi erano venute in mente.

So che appena aprirai la porta mi vomiterai addosso la mia insensatezza e l'inadeguatezza, mi accuserai di averlo abbandonato, di essere un irresponsabile, di esserlo sempre stato, e mi chiederai dov'ero quando papà stava male in questi anni, dov'ero stanotte, poche ore fa, mentre lui scompariva.

Stavo solo vivendo.

Stavolta le parole non marciranno nella mia bocca.

Cinque mesi dopo

Le crepe delle case al mare

L'incontro tra la nave e la terra è fatto di attimi di esitazione, con l'acqua che si mette in mezzo e inizia a ribollire sotto la carena perché i motori spingono all'indietro per permettere un approdo dolce, per far sì che i marinai possano saltare sull'asfalto e legare le grosse cime alle bitte. È una specie di atto di forza, un parto nel quale il mare infine cede e fa scivolare fuori dal suo ventre il grande bastimento che si àncora al cemento con clangori e sferragliamenti. Rumori che mi appartengono e ai quali sono abituato, avere un comandante di navi per padre era tutto lì, racchiuso nel sinistro scricchiolio con il quale il traghetto attraccava al porto. Perciò mi viene spontaneo stringere i denti, come facevo allora, perché non lo sopportavo tutto quel rumore di ferro, io che la mattina presto sulla spiaggia cercavo le conchiglie migliori per ascoltare il lento fruscio del vento nei loro gusci.

Sul molo ci sono poche persone, il cielo è plumbeo e ferroso come il Tirreno che mi ha riconsegnato a Procida e come i rumori di questa imbarcazione che sembra faticare a tener testa all'ennesimo inverno. Non ci sono turisti, soltanto i soliti volti scavati e impassibili degli isolani, che non conosco ma che potrei conoscere, visi sempre uguali, modellati dalla salsedine e dal maestrale, dalla fatica e dalla rinuncia. Mancano pochi giorni a Natale e la temperatura, mai come quest'anno, è rigida. Appena sbarco riconosco subito la figura di Ciccio, in piedi accanto alla sua Ape, che nel vedermi sorride da lontano mostrandomi i suoi pochi denti.

"Ciccio," sussurro quando gli sono vicino, e lo abbraccio.

Lui si lascia avvinghiare e mi tira un paio di buffetti. "André, anche stavota ce ne hai messo a turnà," dice poi. Però ha il sorriso sul volto, e nello sguardo lo stesso affetto con il quale mi porgerebbe una tazzina di caffè bollente.

Mi infilo nell'Ape e mi lascio trasportare di nuovo per le viuzze che salgono verso Ciraccio, e negli occhi mi sfilano le case abbandonate, i giardini lasciati incustoditi nei quali la natura torna prepotente e caotica. Da ragazzo, un inverno misi la mia Olympus a tracolla e mi introdussi in alcuni di questi cortili, per immortalare l'abbandono che, in realtà, sembrava propagarsi per l'intera isola. Fotografavo l'erba che schizzava fuori dai mattoni dei viali, le foglie secche che si adagiavano sotto il pergolato o sulla superficie di una pozzanghera, il cornicione del tetto dove c'era un nido vuoto. E poi passavo alle case, che resistevano immobili al tempo e alle intemperie, aggrappate ai sorrisi nelle foto in soggiorno, in attesa di qualcuno che tornasse a infilare la chiave nella toppa. Nei pomeriggi di fine novembre restavo ad ammirarle dall'esterno, quando non c'era più l'azzurro del mare estivo a rischiararle, senza tazze di latte con i biscotti e risate sul patio, a tener duro, come le donne dell'isola in attesa dei loro uomini, lo sguardo all'orizzonte e le teste dei figli appoggiate ai fianchi larghi.

D'inverno le case di Procida mostrano tutte le loro imperfezioni, la stanchezza dell'attesa, hanno il freddo sulle spalle e le crepe addosso.

Le stesse che ci ritroviamo sul volto anche noi, passata la bufera.

Ciccio si infila nel vialetto e spegne il motore a una decina di metri dalla porta di casa. Subito mi giro a guardare la Dyane e la ritrovo più vecchia, con i vetri e la carrozzeria impastati di scirocco e resina e le ruote affondate per metà nel fango. Non ci sono rumori, se non il vento che ulula contro la scogliera e il mare che, come sempre, si abbatte impetuoso sulla spiaggia sotto la casa di Ondina. Afferro il borsone dal vano posteriore e spingo gli scarponi nel terreno umido, quindi chiudo gli occhi e resto per un po' così, a respirare l'aria fredda portata dal mare. Ciccio mi viene vicino e fa per sfilarmi di mano il borsone; ha superato gli ottanta, eppure è ancora qui, a cercare di rendere la nostra vita più lieve. Gli sorrido e tiro il braccio a me, poi lo seguo a testa bassa verso casa. Il buon vecchio Ciccio è ruvido come gli scogli e la ghiaia dell'isola, con gli stessi modi burberi degli anziani che la abitano e l'hanno abitata, di mio padre e di mia nonna. Non ho mai capito cosa si intenda con il termine "buon padre di famiglia", però se dovessi associarlo a qualcuno penserei proprio a Ciccio, che dietro la scorza ferrosa ha la premura del padre che tende la mano senza fare domande scomode.

"Eccoci qui," dice, una volta nel soggiorno, "t'aggio pigliato la legna buona," e indica una catasta accanto al caminetto.

"Grazie," riesco a rispondere mandando giù la matassa che ho in gola da quando sono sbarcato.

Lui se ne accorge, ma continua a non chiedermi nulla. Mi aiuta come può, come sa, mette la legna nel caminetto, controlla la caldaia, poi prova se funzionano i fornelli. "Aggio pure sostituito la bombola, così stai tranquillo per un po'." Quindi torna fuori a prendere una cesta di insalata e un sacco di patate dalla sua Ape. Indossa solo una camicia azzurrina sopra una maglia bianca e ai piedi ha degli scarponi vecchi. Si dà da fare per mettere a posto le cose e accendere il camino, e io mi guardo attorno, gli occhi che tornano sempre sugli stessi oggetti, le solite immagini.

"Fatto," mi interrompe dopo cinque minuti, strofinandosi le mani sui pantaloni, con il fuoco che già crepita alle sue spalle. "La casa già è calda accussì, ma tiemp' 'nu paio d'ore e si starà proprio buon'." Poi resta a fissarmi senza sapere più cosa dire.

Sono io a parlare: "Grazie, Ciccio, grazie davvero. Di tutto".

Lui si imbarazza e abbassa lo sguardo nel rispondere: "Tu, 'o ssaie, insomma... tu e Marina è come se foste nipoti a me".

Allungo una mano sulla sua spalla e gli sorrido di nuovo con tutto il calore che mi è rimasto in corpo. Lui cede un istante, un solo istante nel quale mi accorgo che le iridi gli sono diventate lucide come il mare che bagna Ischia all'orizzonte, poi raddrizza di nuovo le spalle e domanda: "Allora hai deciso... torni qui?".

"Già," rispondo subito, e mi siedo sul bracciolo della poltrona che usava il comandante, "almeno per un bel po'. Poi si vedrà."

"Fai bbuon'," dice lui, "sono contento."

Il silenzio torna a dividerci, e allora sono costretto a prendere in mano la situazione. "Ora vai, Ciccio," e mi alzo, "non ti preoccupare per me, ci vediamo domani." Lo accompagno alla porta.

"Se tieni bisogno, chiamami. Non è che vuoi venire a cena da noi stasera? Mia moglie sarebbe contenta. M'ha fatto 'na capa tanta che ti dovevo dire 'sta cosa."

"No, semmai un'altra volta, adesso ho da mettere un po' a posto. Ringrazia però tua moglie da parte mia."

"Certo, certo," risponde, e si gratta la testa, "come no, nun te preoccupà. Ci vediamo domani allora." Sguscia fuori insieme al vento che entra ed esce dalla casa con un risucchio che tira scintille al fuoco nel camino.

Richiudo e resto solo con i rumori dell'inverno attutiti dalle pareti, come accadeva un tempo, quando gli stessi suoni mi rubavano un brivido di felicità perché in casa c'eravamo noi quattro: tutto quello che ci doveva essere.

Papà si è ammazzato all'alba della domenica, mentre Ondina e io facevamo l'amore.

Lo hanno trovato il lunedì mattina sotto l'isolotto di Vivara, galleggiava a faccia in giù a una trentina di metri dalla costa. È stato un pescatore ad accorgersi del corpo. La versione ufficiale è quella dell'incidente, però la gente dell'isola ha capito, mica sono stupidi i procidani.

Marina e io stavamo per prendere il primo traghetto della mattina quando è arrivata la telefonata di Ciccio. Di quei minuti non riesco ancora oggi a parlare, perché mia sorella capì subito, mentre io rimasi immobile, il telefono incollato all'orecchio, incapace di reagire alle parole del vecchio amico e alle urla di mia sorella che intanto si era aggrappata al mio braccio iniziando a piangere come e peggio di quando, da bambina, nostra madre la costringeva a salire dal mare perché aveva le rughette sulle dita. Perché non pensai per un solo istante a un incidente, anche se Ciccio continuava a ripeterlo, e perché non riuscivo a credere che lo avesse fatto davvero, che avesse tolto il disturbo senza troppi fronzoli, senza un messaggio vero, una lettera, senza preoccuparsi di me, lasciato d'improvviso solo. Già, di me. Questo pensai, mentre Marina si accasciava a terra con il volto tra le mani, riflettei che ero solo, solo davvero, perché mia sorella aveva la sua famiglia, le figlie, e perché è così che va a finire, che combatti per una vita chi ti ha messo al mondo ritenendolo indegno, o semplicemente sbagliato, lo incolpi e accumuli rabbia, e poi ti accorgi che è tutto quel che hai, che avevi. E quando lo capisci, allora ti sale un brivido freddo lungo la spina dorsale e per un attimo, il tempo di una fitta, ti senti sperso e abbandonato come da bambino, quando sei costretto ad andare a letto e a terminare la giornata anche se il mondo fuori dalla tua cameretta prosegue a camminare, e pensi che da solo non ci potrai restare, che è qualcosa di troppo grande per te. È un attimo, l'ho detto, poi passa, poi la vita che abbiamo dentro torna a farti da bussola e ti direziona, ti aiuta a tenere il timone dritto. E sei di nuovo pronto ad andare incontro alle onde.

Devo riverniciare fuori e dentro, voglio la calce bianca sulle pareti interne, come una volta, prima che Marina e Fiorenzo tinteggiassero con un azzurrino sbiadito che, a loro dire, farebbe molto casa al mare. Questa non è mai stata una casa al mare, così avrei dovuto rispondere, con alle pareti qualche conchiglia, un minuscolo salvagente o un pesce colorato, o con sulla mensola nell'angolo un piccolo gozzo di ceramica, una stella di mare rinsecchita, una coppia di scheletri di riccio pescati chissà quando. No, questa è stata una casa, con tutto ciò che vuol dire, piena cioè di cose fuori posto, di ricordi belli e meno belli, di giorni di pioggia e pomeriggi noiosi, di paura, polvere e litigi. È stata una casa in tutto e per tutto, e io vorrei che ricominciasse a esserlo, almeno per un po', almeno per lo stretto necessario.

Perciò ho pensato anche di ripristinare l'orto, lì, all'imbocco del viale d'ingresso, prima della Dyane; voglio tornare a coltivare i pomodori e il basilico, che quasi posso sentirlo nelle narici l'odore di quando gli sfilavo accanto veloce con la bici. E poi voglio rimettere a posto l'auto, Ciccio mi ha detto che si deve di nuovo sostituire la batteria e fare qualche altra piccola riparazione, forse cambiare le gomme. Devo anche pensare a proteggerla dalla resina degli alberi e dal gelo dell'inverno, semmai costruisco un pergolato. Poi mi toccherà dedicarmi al limone al centro del giardino, per farlo tornare rigoglioso e profumato, e voglio anche ripiantare la buganvillea che ricopriva il patio. Ne ho di cose da fare, insomma, e mi sa che il resto dell'inverno se ne andrà così. E poi ci sono le foto. Voglio provarci, ripartire dalle origini, tornare alle mie radici, a fotografare l'isola che ho sotto la pelle. E poi chissà.

I funerali si sono svolti a Procida dopo qualche giorno, e grazie all'aiuto di Ciccio e di zio Biagio, e all'intervento di alcuni influenti amici di papà, Marina e io siamo riusciti a riprenderci ciò che rimaneva del corpo di nostra madre, così da liberare le ceneri di entrambi sotto i faraglioni, come lui desiderava, con il buio, senza dire nulla a nessuno. Noi due, Ciccio, Ondina e Gioia, la quale ha tenuto segreta la notizia alla figlia per non costringerla a tornare dal viaggio di nozze. Mia sorella non mi ha parlato per tre mesi, anche perché io subito dopo sono partito per le Canarie, rifugiato in casa di amici. Poi, una sera, all'improvviso, è arrivata la sua telefonata. "Ti ho perdonato," ha detto, ma io ho risposto in tono freddo: "Bene, sono contento. Io invece ancora no, ancora non mi sono perdonato". E ho riagganciato.

Ho vissuto per quasi cinque mesi a mille all'ora, ho bevuto e fumato a più non posso, ho scopato con tante donne e cercato di non pensare, tirando dritto in attesa che il dolore si trasformasse in qualcosa di più utile. Finché un pomeriggio è arrivata un'altra telefonata: stavolta era Ondina. E allora, senza nemmeno ascoltare le sue parole, ho saputo che il mio tempo era arrivato, ho capito di cosa avevo bisogno per tornare a far pace con la vita. Due giorni dopo ho preso un aereo e mi sono presentato a casa di mia sorella.

L'inverno fuori

In giardino mi lascio rapire da alcuni nuvoloni neri che riempiono l'orizzonte, sull'Epomeo. Il vento aumenta d'intensità con una raffica imprevista che quasi mi sfila via la sciarpa, come se volesse farmi tornare da dove sono venuto, ma io resisto, le mani in tasca, e non mi faccio piegare. Sono nato qui, su questo mare e in mezzo a questo vento, e anche se per anni ho tentato di dimenticarlo, ora so che non si può cancellare il posto dove tutto è iniziato.

La casa di Ondina è chiusa e buia, forse sta pescando, o probabilmente è giù in paese. Michelle di sicuro non c'è, è tornata in Belgio dopo l'estate, così mi ha detto Ondina quella sera al telefono, come a darmi un motivo in più per fare dietrofront. Non le ho specificato nulla riguardo al mio arrivo, solo che sarei tornato: voglio farle una sorpresa.

La luce sul patio non funziona, premo un paio di volte l'interruttore, ma resta spenta. Toccherà cambiare la lampadina, dovrò ricordarmi di prenderla, per l'estate vorrei che tornasse ad arrampicarsi un geco lassù, vicino all'applique, a osservare immobile il mare blu oltre la scogliera.

Sto per rientrare in casa, ma un fruscio di foglie mi fa voltare di scatto. A un paio di metri c'è un cane, il muso a terra e gli occhi che mi fissano impauriti. Mi guardo in giro ma non c'è nessuno, allora mi accovaccio e allungo la mano nel vuoto. Lui resta a studiarmi titubante, poi abbozza un passo e si ferma, indugia.

Siamo soli, io, lui, la terra e il vento.

"Vieni, dai, non avere paura," sussurro.

Il cane si siede sulle zampe posteriori e si guarda attorno con la lingua penzoloni; sta cercando di capire se può fidarsi di un umano arrivato all'improvviso e di una casa che è tornata a difendersi dal mare d'inverno grazie a un fuoco caldo.

Voglio lavare la divisa di papà per eliminare l'odore di muffa. E poi devo occuparmi delle fotografie nelle stanze, aggiungerne qualcuna e toglierne altre. Semmai domattina, o fra qualche giorno, o quando sarò pronto, andrò a scavare nella camera da letto dei miei, negli armadi, in qualche baule, finché non troverò tutte le mie foto di allora, e quel vecchio quaderno a quadretti. Mi farò anche spedire da Marina l'immagine che amo di più, quella che è passata dal comodino di mamma a quello di papà, lo scatto che lui portò con sé a Napoli: loro due al tramonto su un gozzo che punta la prua verso riva, lui in piedi a comandare i remi, lei dietro di lui, aggrappata alla sua possente schiena. Alle loro spalle una scia rossa che incornicia il mare calmo di agosto.

Avvertii la presenza di mio padre alle spalle, ma ero troppo preso dallo scatto per voltarmi, perciò restai con l'occhio accostato alla macchina, nel tentativo di fermare quell'attimo magico che sarebbe svanito presto.

"Sai che la parola fotografia proviene dal greco e significa 'scrivere con la luce'?"

La sua voce mi fece voltare. Avrei voluto mandarlo a quel paese, perché si era fregato il momento, però lui sorrideva mentre si avvicinava, così restai in silenzio.

Libero Scotto si accovacciò al mio fianco e restò a fissare quello che fissavo io: un raggio di sole che tagliava in diagonale la parete bianca della nostra casa. Quindi allungò il collo e avvicinò anche lui l'occhio al mirino dell'Olympus fra le mie mani; io mi scostai e lo lasciai fare, perché in fondo mi stavo godendo quel momento raro in cui eravamo io e lui.

"È la luce perfetta, bravo," mi disse, e restò a studiare i miei successivi movimenti.

Ritornai a inquadrare la scena, solo che ora mi sembrava che la mano mi tremasse, forse proprio perché c'era lui a guardarmi, a giudicarmi, lui che, come mi leggesse nel pensiero, mi afferrò il polso per invitarmi a tenerlo fermo. "Calma."

Con l'appoggio della sua salda presa premetti infine il pulsante, sperando che non si accorgesse della mancanza del rullino. Ma lui queste cose le notava, figuriamoci, il comandante capiva sempre tutto, perciò subito dopo si voltò a guardarmi sorpreso: "Ma non hai visto che non c'è il rullino?".

"Sì, ma l'immagine e la luce erano troppo belle..."

Non ricordo di aver visto altre volte mio padre così fiero di una mia risposta. Con uno sguardo allegro ribatté: "E bravo il mio fotografo," e mi passò una mano fra i capelli biondi dell'estate, "che ha già imparato a scorgere la bellezza che ci circonda. Ricorda: la vita è un chiaroscuro perenne, ma ogni tanto attorno a noi arriva la luce giusta a illuminare le cose e a renderle perfette. Bisogna accorgersene. È tutta qui la differenza fra chi campa davvero e chi spreca il suo tempo".

E allora sorrisi, non riuscendo a tenere a bada quella specie di felicità che mi strizzava la pancia. "Peccato solo che non c'era il rullino," commentai poi dispiaciuto.

Per tutta risposta lui mi strinse in un abbraccio, e io restai impietrito e a bocca aperta, perché non era mai successa una cosa del genere. "Che ti frega del rullino," disse quindi con voce sottile, "l'importante è godere dell'attimo, tanto tutto passa. Impara a far scivolare le cose, a perderle senza pensarci troppo, a lasciare sparire la terra all'orizzonte."

Quindi si rialzò sfilandosi veloce da me, mi diede un pizzico sulla guancia e andò a recuperare il toscano dimenticato su chissà quale muretto.

Appena Tannen mi ha visto è impazzito, ha iniziato a ululare e correre per tutta la casa, e poi mi ha leccato le mani e le orecchie e io l'ho lasciato fare, perché il suo pelo aveva l'inconfondibile odore che hanno solo i cani e che, però, negli ultimi tempi a me ricordava papà, che con Augusto era diventato una cosa sola. Marina ha aspettato che il vecchio tiranno mi lasciasse per abbracciarmi, un abbraccio lungo, di quelli forti che si danno le persone piene di vita insieme. E poi avremmo pianto, lo so, stavamo quasi per farlo, i visi al riparo nell'incavo della spalla dell'altro, però sono sbucate nell'ingresso Barbara e Alessandra, e poi Fiorenzo, e allora l'attimo è volato via e ci siamo ritrovati tutti in cucina, a parlare di viaggi e banalità, a far finta che nulla fosse successo e che papà fosse ancora nella sua stanza in fondo al corridoio.

Dopo cena mio cognato ha dato un bacio sulla fronte a Marina e ha portato a letto le figlie per lasciarci campo libero. Era arrivato il momento di parlare, di cacciare fuori le verità, e quando Marina ha riempito due bicchieri con il vino rimasto mi sono sentito meglio, più a mio agio.

"Per un po', solo per un po'," ha esordito, "le prime settimane, ti ho odiato. Ti ritenevo responsabile, e mi sentivo presa per i fondelli."

"Be', avevi ragione, un po' per i fondelli ti ho presa. Ti abbiamo presa, in verità. Non dimenticarti che tutto è partito da lui."

Eravamo seduti sugli sgabelli della cucina e i vetri della finestra riflettevano le luci a intermittenza dell'albero di Natale che si intravedeva in soggiorno.

"Era fissato con Procida nell'ultimo periodo, non parlava d'altro, e io avevo imparato a non ascoltarlo più, perdevo tempo dietro a quelle regole da stupida perfezionista che mi aiutavano a non pensare, a dare un senso a tutto..."

"Sì, in effetti erano un po' idiote."

Lei ha proseguito ignorando il commento: "Ho creduto fosse solo colpa tua, mi faceva stare meglio pensarlo. Però poi, poco alla volta, ho riflettuto che quella era la volontà di nostro padre, che forse mi aveva spinto ad andare da mio suocero perché aveva già ideato tutto, sapeva che avrebbe potuto convincerti a riportarlo lì...".

"Già."

"E allora ho capito che pure io non avevo visto, o non avevo voluto vedere. Ci ha messo nel sacco come due ragazzini."

"Sai, alla fine credo che abbia fatto bene. Forse mi sarei comportato anch'io così, se non avessi questa fottuta paura della morte," ho detto con la bocca impastata di vino. "Sono come mamma, che diceva di non temere la morte ma spesso si paralizzava e non riusciva a combinare più nulla."

"Tu sei tu e basta," ha risposto Marina allungando la mano verso la mia.

"Il solito irresponsabile," ho sorriso.

Poi le ho raccontato per filo e per segno i nostri due giorni sull'isola, e Marina alla fine ha detto: "Azzurra, la figlia di Gioia, mi ha chiamato e non la smetteva di piangere. Mi ha confidato di aver perso un padre".

"Immagino."

Augusto è entrato in cucina zampettando. Marina ha fatto per prenderlo, ma lui ha puntato me e mi è saltato sulle ginocchia.

"Ma guarda 'sto fetente, che traditore!" ha commentato allora lei sfilando la mano dalla mia.

"Fra maschi ci intendiamo meglio," ho spiegato strizzando l'occhio.

"Ogni tanto va nella stanza di papà e si mette a odorare negli angoli. Credo stia ancora aspettando il suo ritorno."

"Be', fa bene. È un cane, è fortunato, che ne sa lui della morte? Semmai percepisce l'assenza, il mancato ritorno. Nulla gli vieta di continuare a sperare." Ho buttato giù l'ultimo sorso di vino e ho chiesto: "Davvero non hai sospettato di nulla in quei due giorni?".

Marina ha preso la bottiglia semivuota alle sue spalle e ha riempito ancora i calici. "Scusami, è che sono nervosa, anche se cerco di non darlo a vedere. Se dobbiamo parlare di lui, e dobbiamo, almeno facciamolo da brilli."

"Una delle poche volte che concordo con te," ho risposto alzando il bicchiere in un brindisi silenzioso al nostro comandante.

"Vieni, bello," dico impugnando una fetta del pane che Ciccio mi ha lasciato sul tavolo della cucina.

Il cane solleva il muso estasiato, ma tentenna ancora. È magro, con il pelo grigio che non riesce a ricoprirgli del tutto le costole e due orecchie lunghe che gli ricadono, piegate, quasi sugli occhi, vivaci e pieni di luce.

"Dentro c'è un bel fuoco, e anche un tappeto. C'è una casa da sistemare, nuovi spazi da ritagliarsi. C'è bisogno di qualcuno che mi dia una mano a mettere via le cose vecchie senza pensarci troppo."

Sono ancora accovacciato lì dove termina la pavimentazione del giardino, con il gomito appoggiato sulla gamba e gli scarponi che affondano nel terreno fangoso. Una nuova folata fa vibrare gli alberi sopra di noi e una piccola pigna viene giù con un tonfo sordo. Il cane fa un saltello sulla destra, poi torna a guardarmi.

"Allora? Che fai? Fa freddo e non ho intenzione di stare qui a pregarti ancora a lungo..."

Come avesse infine compreso le mie parole, il cane con tre lunghi passi azzanna il pane, poi si accuccia a mangiarlo ai miei piedi, lasciandosi accarezzare la schiena. Solo allora mi accorgo del collare di cuoio seminascosto in mezzo al pelo.

Sulla targhetta c'è scritto *Sansa*.

E, poi, subito sotto: *Casa di Ondina. Ciraccio.*

"Levami una curiosità..." ho detto a un certo punto.

Fiorenzo si era addormentato insieme alle bambine e io e Marina eravamo stesi sul divano, il silenzio della notte intervallato dal solito rumore di auto che sbucavano dalla tangenziale.

"Ho visto che al funerale parlavi con zio Biagio. Cosa ti diceva?"

Lei ha risposto con un'alzata di spalle: "Voleva sapere come stavo. E se avevamo bisogno di lui".

Mi è scappato da ridere. "Buffo. È scomparso dalla nostra vita, lo vediamo solo ai funerali, e adesso vuole aiutarci."

"Lui è un debole, è fatto così." Marina ha ricominciato ad accarezzare Augusto, stravaccato per metà sul divano e per metà sulla sua pancia. Il russare del bassotto faceva da sottofondo alla serata per certi versi dovuta, a un Natale e a un albero necessari, per via delle bambine, a una casa che non ho mai sentito davvero mia.

"Credo che fosse innamorato di mamma," ho detto dopo un po'.

Marina ha tirato a sé le gambe rannicchiandosi in posizione fetale. "Sì, l'ho sempre pensato anch'io..."

Mi sono sollevato su un gomito per guardarla, incredulo. "E non me lo hai mai detto?"

"E che ti dovevo dire? Era solo una mia idea. E comunque spero che papà abbia avuto fiducia in lei, in nostra madre."

Allora mi è ritornato alla mente il discorso da lui abbozzato sulla spiaggia e stavo per rispondere che, in realtà, il dubbio papà ce l'aveva ancora, pur avendo fatto in modo di non mostrarlo a nessuno per tutta la vita, tantomeno alla moglie. All'ultimo però ci ho ripensato, mi sembrava quasi di tradirlo, come se quelle poche frasi dette davanti alla luna fossero state solo per me, la confessione di un padre a un figlio. Così sono rimasto zitto, e dopo un po' ho detto tutt'altro: "Io torno a Procida".

"Quando? Avverto Ciccio di accenderti il riscaldamento."

"No, non hai capito. Ci torno a vivere."

Lei ha cercato il mio sguardo, i suoi occhi lucidi che riflettevano il bagliore dell'albero. "Io non so se e quando riuscirò a tornare, però sono contenta per te... e per la casa."

"Perché non mi hai detto di Ondina?" ho chiesto subito.

Lei è sembrata spiazzata, ma ha risposto: "E quando avrei dovuto dirtelo che non parliamo mai? Chi ti vedeva...".

Avrei potuto ribattere, ma ero stanco e assonnato, perciò ho desistito, e così siamo rimasti in silenzio, di nuovo, io a fissare le lucine come inebetito, Marina ad accarezzare Tannen che continuava a russare beato, finché ci siamo addormentati, vicini.

Come una vita fa.

Sansa mi permette di lisciarle a lungo il pelo ruvido mentre è impegnata a far scrocchiare il pane sotto le robuste mandibole. Quando ha terminato di masticare l'ultimo pezzo, mi rialzo e torno dentro, sperando che mi segua. Lei, però, resta sull'uscio, la porta spalancata e il vento che spinge dentro il freddo. Mi osserva.

"Allora, mi aiuti a rimettere a posto le cose?"

La cana inclina il capo e decide finalmente di infilarsi in casa, quindi si impossessa della poltrona di papà e resta a guardarmi soddisfatta da lì, con il fuoco che le riscalda il muso a pochi metri.

Sorrido e chiudo la porta, poi aggiungo un ciocco nel camino fischiettando *Malafemmena*.

Per oggi il vento e l'inverno restano fuori.

Qui dentro c'è tutto quello che deve esserci.

Quasi tutto.

La prima foto della mia nuova vita

C'è un mare che ondeggia senza direzione, la superficie dell'acqua bordata di un arancio pastello. E c'è la sabbia sotto i miei piedi scalzi, fredda e umida. C'è l'inverno sulla spiaggia di Ciraccio, con i faraglioni sferzati dal vento e schizzati di spuma bianca e un paio di nuvoloni neri che dondolano sull'isolotto di Vivara.

C'è un gozzo tirato in secco su una duna, sottratto alla rabbia dell'acqua.

C'è un chiosco chiuso, uno scheletro di legno spogliato delle tapparelle di paglia.

C'è un grosso tronco sepolto per metà nella ghiaia scura.

Sulla sinistra, il costone frastagliato sovrasta la spiaggia e sembra poter venire giù a ogni raffica di vento, quasi stesse sopportando il peso dell'intera isola.

Invece tiene e sta lì, resiste.

Ci sono tre parabordi appartenuti a chissà quale grande imbarcazione che qualcuno ha ammassato accanto alla parete rocciosa, una macchia rossa che ruba lo sguardo, oltre alla solita sterpaglia e a qualche sacchetto di plastica abbandonato dal maestrale.

E poi c'è Sansa che avanza con il muso infilato nella rena bagnata, lasciando una scia di impronte dietro di sé.

Il fosso dove quella assurda notte la tartaruga depose le

uova, invece, se l'è portato via il mare, che si porta via sempre tutto.

Dal collo mi pende la vecchia Olympus.

Compio due passi verso destra e infilo i piedi nell'acqua gelata, poi mi fermo ad ammirare l'insenatura dove è vissuto e morto mio padre, il mare che gli è sempre stato amico e che ha sempre rispettato, infine allargo lo sguardo alla ricerca del punto esatto dove quella mattina d'estate la mangianza fece da tappeto a un amore scombinato, e resto con l'indice sul pulsante della macchina fotografica, pronto a scattare la prima foto della mia nuova vita.

Invece Sansa abbaia e si mette a correre in direzione dei faraglioni.

È ancora una figura lontana, ma la riconosco subito: i capelli risucchiati dal vento, avanza a piedi scalzi e con indosso un paio di pantaloni bianchi e un maglione nero che le arriva alle ginocchia e le ricopre anche le mani. Nonostante sia cambiata molto negli anni, nel suo camminare a fatica si porta tuttora dietro l'aria di sfida al mondo che aveva da bambina.

Sansa le salta attorno festosa, ma Ondina si blocca di colpo, appena mi scorge dall'altra parte della spiaggia, e rimane con una mano sulla pancia, una pancia sporgente che costringe il pullover a seguirne la linea tonda.

Ci guardiamo a lungo, il sole alla nostra destra che scompare lento nel mare con un impasto di arancio e viola. Ci guardiamo e non ci muoviamo, come paralizzati. Poi torno ad appoggiare l'occhio alla macchina e allora lei sorride debolmente, con ancora la mano sul ventre gravido e lo sguardo già da madre, i capelli liberi al tramonto, e Sansa accanto con la lingua fuori.

Forse, per una volta aveva davvero ragione il comandante, rifletto prima di scattare: la vita è fatta di attimi di perfezione nei quali arriva la giusta luce e tutto ci appare come deve essere, e forse il segreto non è cercare di prolungare questi attimi, di fermarli a ogni costo, che nulla può essere fermato, ma accontentarsi di godere del bello, di scorgerlo. Forse si tratta solo di trovare il coraggio di non trattenere ciò che amiamo, chi amiamo, di *lasciar sparire la terra all'orizzonte*, confidando che tanto al prossimo battere di ciglia ci sarà un nuovo piccolo brillio a rendere, seppure per un istante, tutto perfetto.

1.

2.

3.

4.

5.

6.

7.

8.

9.

10. La perfezione è un attimo che sfugge alle regole.

Indice